KB043516

일.상 혹은. 환.상

4色 로맨스

일.상
혹은.
환.상

가하

4色 로맨스

일.상
혹은.
환.상

지은이 | 연두, 이지환, 정지원, 채현
펴낸이 | 이형기
펴낸곳 | 도서출판 가하

초판인쇄 | 2011년 12월 10일
초판발행 | 2011년 12월 15일
출판등록 | 2008년 10월 15일 제318-2008-00100호

주 소 | 서울 영등포구 당산동5가 33-1 한강포스빌 1209호
전 화 | (02) 2631-2846
팩 스 | (02) 2631-1846
www.ixbook.co.kr

ISBN 978-89-6647-095-2   03810

값 9,000원

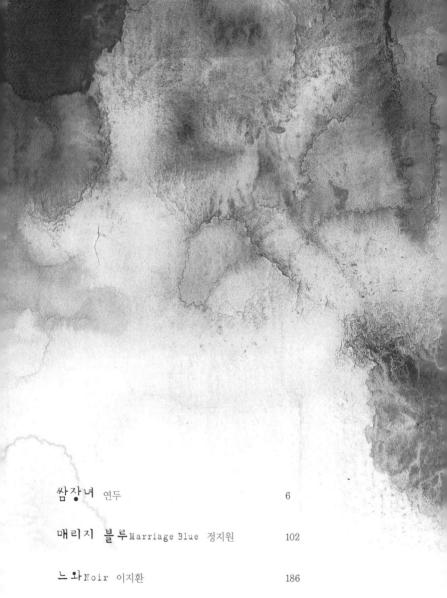

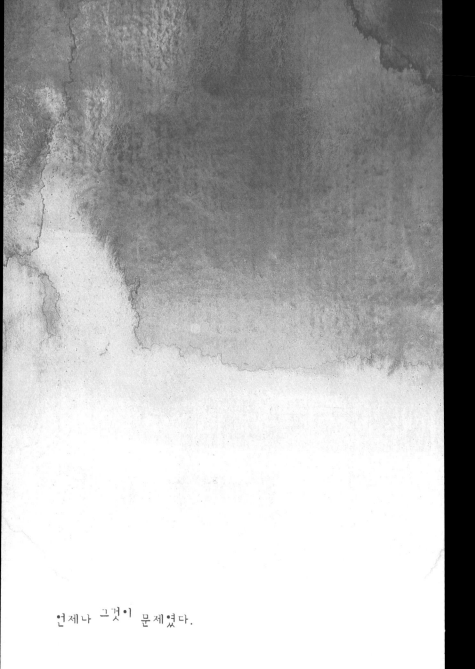

언제나 그것이 문제였다.

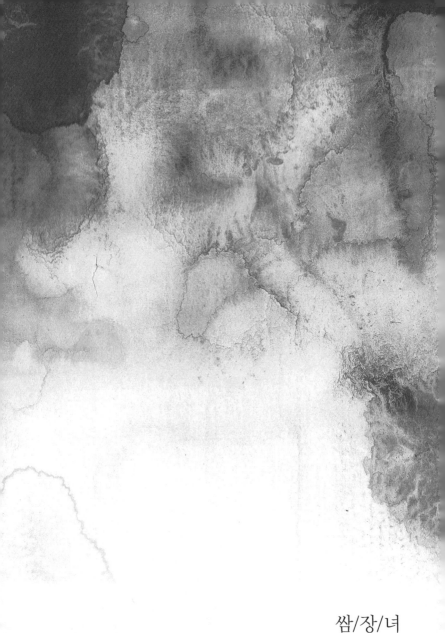

쌈/장/녀

연두

연두

본명은 신순옥이다.

1977년생, 봄에 태어난 뱀이라서 그런지 독을 좀 품고 있다. 그동안 내 외모에 자만했다는 걸 깨닫고 요즘 머리를 기르고 있다. 우아하게 보이고 싶었는데, 머리를 기르니 타잔 같다.
야성이 느껴져서 슬프다.

오래 살고 싶다. 건강하게.
그래서 많은 작품을 쓰고 싶다.
100권 쓰고 세상 떠나는 게 꿈이다.

닥치고 글을 쓰겠다.

「얼어죽을 놈의 나무」, 「그의 모든 것, 또는」, 「내 여자 말희」, 「의자에 앉다」, 「연애와 구애에 대한 동물행동학적 고찰」, 「진:심」 등을 출간하였다.

언제나 그것이 문제였다

돈인가, 자존심인가.

분수를 지킬 것인가, 체면을 지킬 것인가.

실리를 얻을 것인가, 이미지를 얻을 것인가.

물질을 추구할 것인가, 가치를 추구할 것인가.

육신이 살아남을 것인가, 정신이 살아남을 것인가.

언제나 그것이 문제였다.

언제나 그것이 선택되지 않았다.

언제나 그것이 괴롭혔다.

물론 양쪽이 통합되는 균형점을 찾을 수 있다면 좋겠지만, 보영은 그 균형점을 찾는 데 매번 애를 먹었다.

친구의 결혼식에 낼 축의금을 찾으러 은행에 온 지금도 그랬다. 며칠 전부터 고민했지만, 현금인출기와 마주선 지금도 '현실 고려'와 '체면 유지'라는 양 극단 사이에서 축의금으로 얼마를 찾는 게 현명한 짓인지 알 수가 없었다. 그녀가 작업한 카피라이트 고료가 들어올 날짜는 아직 열흘이 남아 있었고, 통장에는 약 7만 원이 남아 있는 상황이었다. 아예 축의금을 안 내거나 친구 결혼식에 안 가는 경우의 수를 제외한다면, 결국 3만 원을 낼 것인가 5만 원을 낼 것인가 하는 문제로 귀결됐다.

그녀의 현실을 감안한다면 3만 원을 내야 하지만, 3만 원을 낼 관계는 아니었다. 최소한 5만 원을 내야 할 관계였지만, 5만 원을 낸다면 남은 열흘을 2만 원으로 버텨야 했다.

3만 원과 5만 원의 균형점은 무엇일까?

4만 원일까?

솔직히 4만 원을 내고 싶은 마음이 굴뚝같았지만, 받아들이는 사람은 3만 원보다 더 기분나빠할 액수이리라.

공자는 말했단다. 중용이란 산술적인 중간을 의미하지는 않는다고. 산술적인 중간을 취하는 것은, 노나라의 현인인 자막이란 사람이 해석한 중(中)을 빗대어, 자막지중(子莫之中)이라고 한단다. 공자는 진정한 중용은 주위 형편에 따라 적절한 태도를 취하는 것을 뜻한다며, 이를 수시이중(隨時而中)이라 칭했다나 뭐라나.

언젠가 우연히 이 구절을 읽었을 때, 보영은 이렇게 말했다.

"말 참 쉽다."

그렇다. '적절한 태도'를 모르겠는데, 적절한 태도를 취하라고 말하면 귀만 피곤해지는 법이다.

문제는 결정을 미뤄두고 고민할 시간이 더 이상 남아 있지 않다는 것이다. 축의금을 찾자마자 결혼식장으로 향해도 제시간에 맞추기 힘들었다.

주저하며 현금인출기에 신용카드를 넣은 보영이 작은 화면 속에 있는 여러 개의 버튼을 가만히 내려다보았다. [잔액조회]와 [예금인출] 버튼이 눈에 들어왔지만 우선은 인출할 수 있는 카드현금이 남아 있는지 확인해봐야 했다. 통장에 남아 있는 돈은 다음 수입이 있을 때까지 건드리고 싶지 않은 그녀였다.

[신용카드]를 누르자, [현금서비스]와 [서비스조회]가 나타났다. 예금이자의 몇 배나 되는 이자를 꼬박꼬박 챙겨먹는 카드회사가 곧 죽어도 [서비스]라는 명칭을 사용하는 것이 뻔뻔하게 느껴졌지만, 꾹 참고 [서비스조회]를 찍었다. 현금인출기는 비밀번호 네 자리를 요구했고, 보영은 정성스럽게 버튼 네 개를 만져주었다.

그냥. 왠지. 그런 느낌이 들 때가 있다. 버튼을 정성스럽게 눌러주면, 남아 있는 잔액이 더 많이 나올 것만 같은 그런 느낌. 뜨겁게 애무하듯 버튼을 터치하면 인출기가 이성을 잃고 이자를 붙여줄 것만 같은 느낌.

지성이면 감천한다고 하지 않았던가, 지터치면 감인출기하지 말란 법도 없지 않은가. 보영은 성의어린 손길에 이어 이번엔 간절하고 애절한 눈길로 현금인출기를 응시했다.

'제발, 많이 남아 있어라.'

현금인출기는 그녀의 눈길 아래에서 비밀번호를 인식하고, 서둘러 잔액이 표시된 화면을 보여주었다. 인출기도 조금은 흥분한 듯했다……고 믿고 싶었지만.

[서비스가능 금액 : 9,730원]

돌덩이로 뒤통수를 얻어맞은 것처럼 보영이 멍하니 숫자를 내려다보았다. 언제 카드를 이렇게 많이 긁었단 말인가, 밥값과 커피값 말고는 계산한 적이 없는 것 같은데 말이다.

문득 그녀가 입고 있는 호피무늬 원피스를 내려다보았다. 막상 사놓고는 너무 짧아서 지금껏 한 번도 입지 않았던 원피스였다. 도대체 무슨 생각으로 이걸 사두었을까, 차려입고 나갈 만한 만남이 한 달에 몇 번이나 된다고. 설혹 만남이 있다한들 그녀의 허벅지를 조금 더 보여주는 게 무슨 의미가 있단 말인가. 결과적으로 그녀가 쓴 카피 몇 문장은 그녀의 허벅지를 보여주기 위해 쓴 것이 되고 말았다. 그냥 보여주면 될 허벅지를 왜 힘들게 카피를 쓰고 보여주고 있는 걸까. 측정불가능한 자신의 어리석음에 보영이 깊은 한숨만 쉬었다.

그 원피스를 입고 인출기에게 허벅지까지 보여주고 있던 보영은 아랑곳 않고 1만 원에서 270원이 모자라다고 주장하는 현금인출기를 싸늘하게 노려보았다. 그토록 정성스럽게 애무하듯 어루만져주고 눌러주었는데, 현금인출기는 그녀의 서비스를 날름 받아 처먹고는 안면몰수를 한 것이다.

일.상 혹은. 환.상

"잔인한 새끼."

더 약 오르는 건 가능한 금액이 9,730원이라는 것이다. 5천 원 이하로 남아 있으면 아예 마음을 접을 텐데 누구 약 올리려고 작정을 했는지, 현금인출기가 꼭 그녀를 조롱하는 것만 같았다.

270원 모자란 그녀가 좌절 섞인 숨을 토해내는 사이, 싹수없는 인출기는 카드를 토해냈다. 이젠 어쩔 수가 없다. 예금통장에 남아 있는 돈이 얼마인지 확인하고, 3만 원이든 5만 원이든 찾아야 한다. 보영이 인출기에 현금카드를 집어넣고는 이번엔 무심하고 냉정한 손길로 버튼을 찍었다.

[조회업무]

[잔액조회]

현금인출기는 보영을 걱정해주는 척 친절한 경고 하나를 해주었다.

[비밀번호를 입력할 때는 타인이 볼 수 없도록 지갑이나 다른 손으로 가리고 입력을 하시기 바랍니다.]

'걱정 마라, 빼 갈 돈도 없다.'

보영이 비밀번호를 누르며, 얼마를 찾아야 하나 다시금 고민하는데 잔액이 표시되었다.

[68,570원]

"……"

너무 어이가 없으면 머릿속이 하얗게 되는 법이다. 7만 원 정도가 남아 있다고 생각했는데, 이 덜 떨어진 액수는 뭐란 말인가. 인출기가 찾을 금액을 입력하라며 숫자버튼을 보여주었지만, 보영은 아무것도 누르지 못했다.

도대체 무엇부터 해야 하는 건지 머릿속이 뒤죽박죽이었다. 지갑 안에 5천 원짜리 한 장이 들어 있었는데, 그걸 입금하고 7만 원을 찾아야 하는 것인지 아니면 천 원짜리로 바꿔 와서는 2천 원을 입금해야 하는 것인지 그것도 아니면 그냥 6만 원을 찾아야 하는 것인지 말이다.

'그래, 일단 6만 원을 찾고 나중에 2천 원을 입금하자.'

보영이 빠르게 상황을 정리하고, 액수를 입력하려는데 인출기는 입력시간이 지났다며 처음 화면으로 돌아가 버렸다. 그리곤 그녀의 현금카드를 퍽하고 토해냈다.

"아으, 정말⋯⋯."

짜증 섞인 얼굴로 그녀가 다급히 손목시계를 쳐다보았다. 결혼식 시간이었다.

서둘러 현금카드를 다시 집어넣고는 빠르게 버튼을 눌러대자, 인출기가 찾는 금액 6만 원을 다시 확인시켜주는 창을 띄웠다. 헌데 이럴 수가! 수수료 6백 원이 표시되어 있는 게 아닌가.

"이런, 씨이⋯⋯."

저절로 욕이 터져 나왔다. 옆 인출기에서 돈을 찾던 사람이 움찔하며 쳐다보았지만, 구겨지는 얼굴을 도저히 펼 수가 없었다. 토요일 12시가 넘었다고 수수료가 붙은 것이다. 잔액조회하고 버튼 누르다가 낮 12시를 넘긴 것이다. 그것도 겨우 3분이 넘었는데, 현금인출기는 언제 봤냐는 식이었다.

수수료를 붙여서 돈을 찾자니, 남은 금액은 이제 7,970원이 되었다. 2천 원만 넣으면 찾을 수 있었던 만 원을 수수료 때문에 이제는 3천 원을 입금해야 찾을 수 있게 되었다.

보영이 두 눈을 감은 채 깊은 숨을 몰아쉬었다.

'아……, 정말 눈에 땀난다.'

마음 같아서는 현금인출기를 때려 부수고 울어버리고 싶었지만, 울 수는 없었다. 보영은 눈 꼬리 사이로 비집고 나오려는 눈물방울을 얼른 눈을 깜박여 안구 속으로 집어넣었다. 결혼식에 가기 위해 물광인지 윤광인지 하는 메이크업까지 정성들여 한 마당에 낮짝 위로 줄 자국을 남길 수는 없었다. 그래도 한 가지 위안이 되는 건, 통장은 텅텅 비어 있어도 자신의 영혼은 아직 감수성으로 꽉 차 있다는 것?

보영이 현금인출기가 빠끔히 열어젖힌 뱃속에서 만 원짜리 여섯 장을 집어 들었다.

"쳐 죽일 놈들."

잔액 7,970원이 찍힌 명세표를 낚아채듯 뽑아낸 그녀가 허둥지둥 결혼식장을 향해 뛰었다. 새로 산 원피스의 끝자락이 가

볍게 찰랑거렸다. 허벅지에 느껴지는 시폰의 부드러움에 보영
이 뛰어가면서도 그런 생각을 했다.

'그래도 이 원피스를 사두길 잘했어.'

"그래, 3만 원으로 해. 3만 원. 체면이 밥 먹여 주냐. 3만 원 냈다고 끊어질 관계면 어차피 끊어져야 할 관계인 거야."

엘리베이터와 화장실에서 보영은 끊임없이 중얼댔다. 이런 사소한 일에 아직도 자존심을 운운하는 철없는 여자를 질질 잡아끌고, 그녀가 곧장 신부 측 접수처로 가서는 봉투를 하나 받았다. 곧장 화장실로 갈까 했지만, 화장실에서 축의금 봉투에 돈을 넣는 게 왠지 비참하게 느껴졌다. 그녀가 사람이 드문 구석진 곳을 찾아 이리저리 두리번거리다가, 로비 끝에서 몇몇 사람들이 축의금 봉투에 돈을 넣는 걸 보고는 그곳으로 향했다. 그곳에서 봉투에 이름을 쓰고, 막 지갑을 열어 3만 원을 꺼내……려 했지만 지척에서 들려오는 낯익은 목소리에 손이 멈춰졌다.

"왜 이렇게 늦었어?"

그녀를 알아본 대학 동기가 그녀에게로 걸어오고 있었다. 보영이 얼른 지갑을 닫고는 누구인지를 확인했다. 고개를 들어보니, 대학 때 오랫동안 짝사랑했던, 졸업 후에도 가끔씩 연락하며 만났던, 그러니까 이 결혼식에 온다는 소식을 듣고 더더욱 그녀를 오게 만들었던 이유 중 하나인, 그래서 여전히 멋있으면 어떻게 잘해볼까 하는 마음으로 그녀를 치장하게 만든, 그 친구였다.

"……어어, 결혼식장을 못 찾아서 조금 헤맸어."

봉투와 지갑을 든 채 여전히 멋있는 그 친구를 얼떨떨해하며 쳐다보는데, 그 친구는 봉투를 보더니 깜빡했다는 얼굴로 뒤돌아섰다.

"아, 맞다. 나도 아직 못 냈다."

"그래?"

3만 원 낼 건지, 5만 원 낼 건지 에둘러서 떠볼까 갈등하는데, 그 친구가 봉투를 가지러 뛰어갔다. 그 친구가 안 보는 동안 얼른 3만 원을 꺼내려고 다시 지갑을 열었다. 친구가 오기 전에 봉투 안에 넣어버리고 싶은데, 그 망할 놈의 현금인출기가 빳빳한 새 지폐를 주는 바람에 만 원짜리 6장이 찰싹 달라붙어 있었다. 괜히 잘못 집어 들었다가는 저주의 4만 원을 넣을 수도 있어서, 지폐를 한 장 한 장 확인하며 집어 드는 데에 시간이 걸렸다. 그렇다고 사람들이 지나가는 로비에서 장사꾼처럼 돈을 세는 건, 너무 격이 떨어지는 행동이라 차마 할 수가 없었다.

한 장 한 장 정확히 확인한 만 원짜리 세 장을 막 지갑에서

일.상 혹은. 환.상

꺼내어드는 순간, 그 친구가 봉투를 들고는 휘적휘적 큰 걸음으로 그녀에게 다가왔다. 보영은 그 친구를 향해 해사한 미소를 지어주고는, 자신도 모르게 지갑에서 덥석 2만 원을 더 집어 꺼내버렸다. 아무렇지 않게, 당연하다는 듯, 여유와 자신감이 넘치는 얼굴로, 봉투에 5만 원을 집어넣었다. 그 친구는 힐끗 보영의 봉투를 보더니, 제 지갑에서 5만 원 권을 한 장 꺼내 봉투에 넣었다.

"5월 되니까 결혼식 축의금으로 나가는 돈이 장난이 아니다."

친구의 그 말에 보영은 동의한다는 뜻의 미소를 지어 보였다.

"그렇지, 뭐."

"이것들이 나중에 내 결혼식 때 다 올지 모르겠다."

"내 말이……."

"이상하게 올해 엄청 가네."

"서른셋이 버틸 수 있는 한계였던 거지, 뭐. 서른다섯이랑 서른여덟 때 또다시 광풍이 불지 않겠어?"

보영이 신부 측 접수처로 향하는데, 곁에서 같이 걸음을 떼던 친구가 넌지시 물었다.

"너는 만나는 사람 있는 거야?"

"……그냥 친구로 만나는 정도?"

없다고 하려니 자존심이 상하고, 있다고 하려니 이 친구의 접근 가능성을 잘라내는 것만 같아서 보영은 애매모호하게 얼버무렸다. 헌데 두 사람이 축의금을 접수하고 있는 그때, 어디선가 이십대 중반의 여자가 다가오더니 그 친구의 팔짱을 끼었다.

"어디 있었어요? 안 보여서 찾았잖아요."

"어, 친구랑 이야기 좀 하느라고."

여자는 애교인지 타박인지 알 수 없는, 그러니까 입술을 삐죽대면서도 미소를 짓고 동시에 흘겨보는 아주 난해한 표정을 지어 보였다. 보영은 신부의 남동생이 받아든 그녀의 축의금 봉투를 조용히 응시했다.

'내 5만 원……'

머리가 띵했다. 하늘에서 준비하고 있던 마지막 관문을 통과하지 못한 느낌. 가장 잘 보이고 싶어 하는 사람이 곁에 있더라도 3만 원을 내야 한다는 결심까지 했어야 했는데, 꼼짝없이 함정에 빠져버렸다.

지금이라도 봉투를 돌려달라고 할까. 어떻게 보든 말든, 다시 가서 2만 원을 빼낼까. 머릿속으로 온갖 생각들이 빠르게 스쳐 지나가는데, 친구가 자신의 어린 애인에게 이렇게 말했다.

"인사해, 예전에 말한 그 카피라이터 친구."

"아아, 이분이구나."

보영이 미간을 찡그리며 싱긋 웃어 보이자, 친구의 어린 애인이 화사한 미소를 지으며 인사를 했다.

일.상 혹은. 환.상

"이야기 많이 들었어요. 카피라이터라서 그러신지 정말 스타일이 멋지시네요."

"예, 많이 듣는 소리예요."

보영의 말에 친구의 어린 애인이 깔깔거리며 웃었다.

"어머, 정말 듣던 대로다. 굉장히 기가 세다고 들었는데……."

보영이 씩 웃는 표정을 지어 보이고는, 친구 쪽으로 몸을 돌렸다.

"나 식장 안으로 들어갈 건데, 같이 들어가자."

말만 그렇게 뱉어놓고, 보영이 혼자 성큼성큼 식장 안으로 들어가 버렸다. 어린 애인이 생긴 놈한테 허벅지를 더 보여주고 있을 이유가 없었다.

식장 안은 주례가 한창이었고, 입구 쪽에 대학 동기 친구들이 줄지어 서서 구경하고 있었다. 보영이 그들 사이에 서자, 얼굴을 알아본 친구들이 하나둘씩 모여들었다.

"여어, 오랜만이다."

"오오, 강보영, 여전히 화려하네."

"그런가?"

보영이 평소 모습이라는 양 시큰둥하게 응수했다.

호피무늬 원피스에 허리를 꽉 졸라맨 양가죽 허리벨트, 반짝이는 큐빅이 촘촘히 박힌 시계와 섬세하게 수공으로 만들어진 귀걸이와 목걸이, 콧날이 날렵하게 디자인된 송치 구두와 가죽 서류가방, 모두 직장 다닐 때 정신 못 차리고 사들였던 물건들이었다. 꼬박꼬박 월급을 받았던 직장생활 7년 동안 얼마나 옷과 구두와 액세서리를 사놓았는지 손 가는 대로 눈 감고 막 걸쳐도, 스타일이 나왔다.

보영이 서류가방을 어깨에 메고, 남의 팔이 아니라 오로지 자신의 두 팔만 엮어서 팔짱을 끼고는 심드렁한 얼굴로 신랑신부의 뒷모습을 바라보았다.

대학 동기들은 저 기세등등한 강보영이 연단 앞에 있는 신랑신부를 한심하게 보고 있다고 생각했지만, 보영은 이런 생각을 하고 있었다.

'2만 원으로 열흘을 버틸 수 있을까?'

지금 이 순간 가장 두려운 건 통장에 있는 7,970원마저 공과금으로 빠져 나가는 것이었다. 월요일이 되면 곧장 은행에 가서 3천 원을 입금하고 1만 원을 빼놔야겠다고 결심하며 보영이 부케 받을 분 나오라는 말에 앞으로 나아갔다.

기념사진 촬영을 마치고, 뷔페식당으로 들어가 보니 비싸고 맛있는 음식은 거덜이 나 있었다. 그녀가 좋아하는 생굴이라든가, 연어와 크림치즈라든가, 새우튀김 같은 건 발 빠르게 움직인 하객들의 입 속으로 모두 들어가 버린 상태였다. 여러 번의 경험상 이러한 현상을 예측하는 그녀였기에, 다른 결혼식에 가면 사람들이 주례를 들을 때 그녀는 밥을 먹고 마지막 사진 촬

영할 때 예식장 안으로 들어갔었다. 헌데 부케를 받는 입장이라 그럴 수가 없었다.

식당에 남아 있는 음식을 천천히 둘러보았다. 조금 남아 있는 생굴과 연어, 그리고 새우튀김 먼저 싹 쓸어서 접시에 담았다. 다른 친구들은 자리를 잡거나 '오랜만이다, 어떻게 살고 있니?'라는 영양가 없는 인사를 나누며 여유를 부리고 있었지만, 보영은 그럴 여유가 없었다.

앞으로 열흘 동안, 아니 어쩌면 예정된 날짜에 급료가 입금되지 않으면 그것보다 더 오랫동안 이런 기름진 음식들은 먹어볼 수 없을 것이다. 궁상맞게 축의금 본전을 뽑겠다는 그런 생각도 없었고, 필요 이상으로 과식하게 만드는 뷔페를 혐오하는 그녀였지만 그녀의 상황이 결단을 요구했다. 먹을 수 있을 때 토할 때까지 먹어두라고 말이다.

배가 찢어질 만큼 먹었다. 누군가 배를 누르면 바로 똥을 쌀 수 있을 정도였다. 내일, 아니 모레까지 안 먹어도 될 것 같았다. 운이 좋아 글피까지 배고픔이 느껴지지 않는다면 2만 원으로 일주일만 버티면 되는 것이다.

헛배가 부르지 않기 위해서, 오랫동안 꼭꼭 씹어서 목구멍으로 넘겼다. 음식을 허겁지겁 게걸스럽게 먹는 모습을 싫어하는 그녀였기에, 우아하게 천천히 오랫동안 먹었다. 하지만 많이 먹는 게 티가 난 걸까. 함께 먹고 있던, 그러니까 이미 음식에서

손을 떼고 커피를 마시며 동기들과 이야기를 나누던 친구 하나
가 문득 보영을 보고는 감탄하듯 말했다.

"야, 그렇게 많이 먹으면서 어떻게 살이 하나도 안 쪘냐?"

조용히 편육을 씹고 있던 보영이 입 안의 음식을 넘기곤 피
식 웃어 보이며 말했다.

"마감할 땐 스트레스 때문에 거의 안 먹거든."

"아아……."

동기는 미처 몰랐다는 듯 고개를 끄덕였지만, 보영은 속으로
냉소했다. 사실 마감 때도 잘 먹었다. 오히려 마감 때 스트레스
가 많기 때문에 더 많이 먹는 편이었다. 살이 안 찐 건, 그러니
까 날씬한 몸매를 유지하는 비결은 일을 의뢰한 회사가 예상보
다 늦게 급료를 지급하거나, 일이 없어서 돈이 없을 때 생짜로
굶기 때문이었다. 이를테면 '프리랜서 증후군'이라고 할 수 있다.
물론 이런 사실을 그녀 입으로 말해줄 생각은 추호도 없다.

결혼식이 끝난 후, 오랜만에 얼굴을 보게 된 대학 동기들끼
리 맥주 한잔하자는 말이 나왔지만, 보영은 일 때문에 가봐야
한다며 인사를 했다. 누구 한 사람이 총대를 메고 한턱 쏘는 거
면 상관없지만, 더치페이라도 하는 날엔 전 재산이 날아갈 수
있었다.

"주말인데, 좀 쉬지."

그녀와 친구로 지내는 또 다른 남자 동기가 아쉬운 얼굴로 보

일.상 혹은. 환.상

영을 붙잡았다. 보영이 어쩔 수 없다는 뜻으로 난감한 미소를
지었다.

"내가 하는 일이 주말이 따로 없잖아."

"어휴, 만날 바쁘대."

옆에 있던 다른 친구가 시간 끌지 말자는 의미로 한마디 끼
어들었다.

"바쁘면 돈 많이 벌고 좋지 뭘 그러냐? 얘가 바쁘다고 한 게
하루 이틀이냐."

모두들 우르르 모여 주차장으로 향하고 있을 때, 보영이 혼
자 지하철역을 향해 걸었다. 오랜만에 신는 하이힐 때문에 허리
는 아팠고 발뒤꿈치가 쓰라렸지만, 5월의 햇살과 바람이 화사
했다. 그 햇살과 바람을 음미하며 한쪽 손에 들고 있던 부케를
코에 가져갔다. 흰 장미와 공단 리본으로 만든 화려한 부케는
향기가 없었다.

'내…… 5만 원…….'

궁금하지도 않았다

어디서 빼갔는지 궁금하지도 않았다.

어차피 각종 공과금과 사용료 중 하나일 것이다.

월요일 아침 9시 5분, 통장에 들어 있는 7,970원마저 자동이체로 빠져 나갔다는 걸 확인하고 은행 문을 나섰을 때 보영은 아무것도 궁금하지 않았다.

너무 아득하고 까마득해서, 자신이 서 있는 곳이 어디인지 모르겠는 그런 느낌. 끝없는 허공을 무서운 속도로 내려오다가 낙하산이 망가진 걸 깨달았을 때 오는 그런 느낌, 무거운 호스를 낑낑 메고 화염 속을 뛰어 들어갔는데 쏟아지던 물줄기가 뚝 그쳐버린 그런 느낌, 그런 느낌들의 총체만이 보영을 에워쌌다.

눈을 감았다, 떴다. 알고 싶지 않은 현실은 여전히 눈앞에 있었다.

위자료 한 푼 못 받고 쫓겨난 이혼녀처럼, 보영이 터벅터벅 집으로 돌아갔다. 다리가 풀리고 손발이 떨려왔지만, 그래도 아직은 지갑 속에 8,500원이 남아 있고 카드로 9,730원을 사용할 수 있다는 걸 떠올리며 걸음을 옮겼다.

집에 돌아오자마자 냉장고 문을 열고 남아 있는 음식을 샅샅이 파악했다. 집에서 밥을 해먹지 않고 거의 사먹는 편이라 냉장고엔 별 다른 반찬이 없었다. 시골집에서 보내준 김치와 고추장과 된장 통만 고이 자리 잡고 있었다.

'아……, 어제 내가 돌았었구나.'

어제, 그러니까 일요일 낮 도저히 배고픔을 견디지 못하고 참치 캔을 하나 사다가 김치찌개를 끓여 먹었다. 도저히 김치로만 찌개를 끓이는 건 맛이 안 날 것 같아서, 두부와 참치 캔을 두고 고민하다 참치 캔을 골랐는데 지금 이 순간 자괴감이 물밀듯이 몰려왔다. 보영이 냉장고 앞에 쪼그려 앉아 빨간 국물만 남아 있는 김치 통을 내려다보다가, 벌떡 일어서서 냉동 칸을 열어보았다.

밀가루가 있었다. 많이 남아 있지는 않았지만, 두세 장의 부침개를 부칠 양은 되었다. 그렇다면 김치 국물과 섞어 부침개를 해먹을 수 있다. 이건 곧 하루치 식사량은 해결할 수 있다는 뜻이다. 게다가 놀랍게도 튀김가루가 있었다. 한번 해먹고 남겼는지 많은 양이 남아 있었다. 물론 몇 년 전에 산 건지 기억이 나지 않았다. 유통기한 따위 궁금하지도 않았다. 보영이 유통기한이 표시되는 포장봉지 윗부분에서 시선을 피한 채 튀김가루를 다시 냉동실에 넣어두었다.

떨리던 손과 발에 조금씩 기운이 찾아왔다. 밀가루의 존재는 갑자기 현실을 다르게 생각하게 만들었다. 생각해보니 쌀은 넉넉하게 남아 있었고, 양념과 기름도 충분히 남아 있으니 매운맛, 신맛, 단맛 다 맛볼 수 있었다. 물론 쓴맛은 이미 충분히 맛본 상태였다.

'훗, 내가 누군데. 이 정도는 충분히 버틸 수 있다, 이거야.'

역시 사람은 긍정적인 태도가 중요하다고, 마음 한번 돌려먹으니 '잔액 0원'의 충격 따위 아무것도 아니지 않느냐고, 그렇게 호기어린 웃음을 입가에 그리고 있을 때였다. 휴대전화 벨소리가 들려오더니, 모르는 번호가 화면에 찍혀 있었다.

"네."

— 강보영 씨 맞나요?

"네. 그런데요."

— 택배인데요. 지금 댁에 계신가요?

"……네."

대답을 하면서도 보영이 고개를 갸우뚱했다. 주머니 사정이 사정이니만큼 요 근래 주문한 물건이 없었다. 시골에서 가끔 김치나 장을 보내주긴 하지만, 그럴 때는 미리 연락을 해주어서 이렇게 뜬금없이 택배를 받는 경우는 없었다. 거래하는 회사에서 간혹 명절 선물을 보내줄 때는 있지만, 지금은 명절도 아니었다.

잠시 후 현관문을 두드리는 소리가 들려왔고, 보영이 문을 열었다. 택배 직원은 조그만 상자를 내밀었는데, 상자를 받아들고 감사하다는 말을 웅얼거리는 보영에게 이렇게 말했다.

"착불입니다."

"네?"

얼른 상자 위에 붙어 있는 발송장을 확인해보았다. 모르는 사람이 잘못 보낸 택배이기를 바랐건만, 발송인은 그녀의 오랜 친구였다.

"얼마죠?"

차마 반송시킬 수가 없어서 그녀가 2,500원을 예상하며 묻는데, 직원은 또 이렇게 말씀하셨다.

"사천 원입니다."

"네?"

인터넷에서 주문할 때의 착불 요금만 알고 있던 터라, 4,000원은 그야말로 충격으로 다가왔다. 인생의 짜릿함이란 건 바로이런 걸까?

보영이 미적미적 방으로 들어가 지갑을 가지고 나왔다. 그리곤 멍하니 5,000원을 꺼내 직원에게 내밀자, 직원은 잔돈 천 원을 거슬러주고는 쏜살같이 사라져버렸다. 5,000원을 50,000원짜리 지폐로 헷갈리고, 45,000원을 거슬러주는 그런 실수 따위는 하지 않았다.

　현관문을 잠글 생각도 않고, 그녀가 스르르 현관문 앞에 주저앉았다.

　친구가 무얼 보냈는지 궁금하지도 않았다. 생각해보니 그녀도 가끔 깜짝 선물로 친구에게 고구마나 과일 한 상자씩 보내곤 했다. 친구 또한 깜짝 선물을 보낸 것이리라. 그러니까 정말 '깜짝' 선물이었다. 너무 '깜짝' 놀라서, 손발이 마비되는 느낌이었다.

　보영이 물끄러미 지갑을 내려다보았다. 지갑 속엔 4,500원이 들어 있었다. 만약 착불로 택배가 하나 더 온다면 그대로 파산이다.

　'……경희야, 너 나한테 왜 이러니.'

　시집가서 잘 살고 있는, 아이 때문에 통 만나지는 못하고 가끔 택배로 선물을 주고받는 친구 경희를 향해 보영이 소리 없이 울부짖었다.

　상자를 열어보았다. 일전에 메신저로 대화할 때 지나가는 말로 갖고 싶다고 했던 스포츠 시계가 상자 안에 들어 있었다. 정장용 시계뿐이어서, 운동할 때 불편하다는 말을 했었는데 친구는 그 말을 잊지 않고 선물로 보내준 것이다. 함께 동봉된 카드에는 이렇게 적혀 있었다.

『보영아, 네 생일을 깜빡했지 뭐야. 생일 한참 지났지만, 축하해. 네가 검은색 싫어해서, 흰색으로 샀는데 맘에 들지 모르겠다. 이거 차고 운동 열심히 해.^^』

카드를 고이 접어놓고, 투명 플라스틱으로 된 포장 상자를 열었다. 시계는 스포츠 시계답지 않게 보영의 취향대로 깔끔하고 산뜻했다. 보영이 멍하니 시계를 바라보았다. 고마운 일인데, 고마워야 마땅한데, 고마울 수밖에 없는 일인데, 어째서 하나도 고맙지 않은 걸까.

친구는 무슨 생각으로 착불로 이 선물을 보낸 걸까, 궁금하지도 않았다.

전화를 걸어 고마움을 표시해야 하지만, 그럴 기운이 없었다. 보영이 무표정한 얼굴로 천천히 문자를 입력했다.

〈경희야, 보내준 시계 받았어. 고마워. 너무 너무 마음에 들어.*^^* 요런 센스쟁이! ㅋㅋ〉

하얗게 질린 얼굴로 문자를 전송한 강보영이 터덜터덜 안방으로 들어가 침대에 누웠다. 슬슬 배가 고파오기 시작했다. 어제 끓였던 김치찌개는 새벽녘 일하다 너무 배고파서 싹 먹어치운 터라, 반찬 삼아 먹을 게 없었다.

아, 이럴 줄 알았으면 토요일 날 결혼식 때 더 먹었어야 했는데. 배가 찢어지다 못해, 걸을 수 없을 정도로 먹었어야 했는데.

보영이 자책과 회한으로 괴로워했다.

많이 먹어두겠다고 결심은 했지만, 그건 생각뿐이었지 극한까지 자신을 밀어붙이지는 않았던 것이다. 그때 벨트를 풀고 먹었어야 했다. 그랬다면 어제까지는 배가 고파지지 않았을 것이고, 김치찌개는 지금 먹고 있었을 텐데. 아니, 통장잔액이 0원이라는 걸 알고는 참치 캔을 사지 않았을 텐데.

창문 밖으로 구름이 천천히 흘러갔다. 보영은 바람이 부는 대로 몸을 맡기고 흘러가고 있는 구름을 바라보았다. 아무도 눈치 채지 않게, 아무도 모르게, 구름은 몰래 움직이고 있었다. 어쩌면 그녀가 지금 지옥으로 가는 중인데, 그녀만 눈치 채지 못하고 있는 게 아닐까? 버티면 된다고 생각하다가, 엄청난 상황에 직면하게 되는 건 아닐까? 지금, 바로 지금 무언가 대책을 마련해두어야 하는 게 아닐까?

하지만 좀처럼 계획이란 게 세워지지 않았다. 딱히 대책이란 것도 머릿속에 떠오르지 않았다. 그래봐야 회사에 전화해서 결제를 먼저 좀 해주겠냐는 말을 하거나, 시골에 계신 엄마에게 궁한 소리를 하거나, 친구에게 손을 벌리는 낯부끄러운 짓밖에 없었는데, 아직은 그 세 가지 다 하고 싶지 않았다.

"그래, 갈 데까지 가보자."

무계획이 계획이었다. 졸라매는 데까지 졸라매고, 더 이상 버틸 수 없을 때는 엄마에게 전화를 걸거나 아니면 친구에게 밥을 사달라고 하거나, 그것도 아니면 지금까지 피똥 싸며 사 모은 책을 중고시장에 팔기로 결론을 내렸다.

보영이 홀가분한 마음으로 커피 한 잔을 마시려고 주방으로 나갔다. 정신을 차리고 지금 맡고 있는 프로젝트에 집중해야 했다. 마감이 나흘밖에 남지 않았다.

가스레인지 위에 물을 올리고, 드리퍼에 종이 필터를 갈아 넣었다. 그리곤 원두커피가 담긴 통을 열었다. 보영이 조용히 커피통을 바라보더니, 말간 얼굴로 다시 뚜껑을 닫았다. 커피가 다 떨어진 것 따위, 이젠 놀랍지도 않았다. 언제 떨어진 건지 궁금하지도 않았다. 가스레인지 불을 끄고, 지갑을 들고 곧장 마트로 향했다.

커피 앞에서 선택이란 있을 수 없었다. 밥은 못 먹어도 커피는 먹어야 했다. 커피는 기호가 아니라 일을 하기 위한 장비였다. 일단 현금 4,500원을 보호해놔야 하기에, 카드로 쓸 수 있는 9,730원 내에서 먹을 걸 골랐다. 원두커피 3,700원짜리를 골라 넣으니, 반찬을 살 돈은 5,030원이었다.

자, 생각해보자. 가장 싸고 양이 많은 게 무엇일까. 보영이 야채 칸 앞에 서서 모든 야채를 천천히 둘러보았다. 가지가 다섯 개에 천 원이었고, 오이가 세 개에 천 원이었다. 겨울이 아니라 다행이다. 5월은 역시 축복의 계절이다.

가지는 불에 볶으면 작아지고, 오이는 소금에 절이면 쪼그라

든다. 물론 생오이를 된장에 찍어 먹을 수 있겠지만, 그 하나를 삼아 밥을 먹기엔 부족하다. 우선 쌈장을 최대한 활용할 수 있도록 쌈 싸 먹을 수 있는 야채를 골랐다. 상추 천 원, 양배추 1/4통 천 원, 깻잎 천 원 이렇게 세 가지를 장바구니에 넣자 남은 돈은 2,030원이었다.

2,000원으로 무엇을 골라야 영양적으로 균형이 맞을까. 보영은 미역국을 끓이는 게 나을까 아니면 미역쌈을 먹는 게 나을까 갈등하다가, 미역쌈을 골랐다. 소고기나 해산물을 넣지 않은 그러니까 미역만 넣은 미역국이 맛있을 리 없다.

이제 1,030원이 남았다. 가지와 오이 사이에서 갈등하던 보영이 문득 고개를 들어 저 멀리 냉장보관대에 진열되어 있는 어묵을 바라보았다. 어묵이 먹고 싶었다. 하지만 1,030원짜리 어묵이 있을까? 혹시 몰라 가보았다. 십여 개의 어묵 가격표를 천천히 훑어 내리던 그녀의 눈동자가 [1,200원]이라는 가격표에서 멈췄다.

아……, 200원.

2억 원어치의 슬픔이 몰려왔다.

갑자기 저 어묵 한 입만 먹어봤으면 원이 없겠다는 강렬한 욕구가 찾아왔다.

보영이 어묵을 집어 들고는 뒷면에 쓰여 있는 '원료 및 함량' 표시를 읽어내려 갔다.

일.상 혹은. 환.상

[향미증진제, 소르빈산칼륨, 산화방지제……]

강렬한 욕구가 점점 작아지더니, 이내 사라져버렸다. 역시 먹고 싶은 게 생겼을 땐 원료를 천천히 읽으면 된다.

보영이 어묵을 내려놓고, 다시 야채 칸으로 돌아갔다.

가지와 오이, 둘 중 뭐가 더 나을까. 가지는 다섯 개나 되지만 익히면 양이 줄고, 오이는 생으로 먹을 수 있지만 세 개밖에 안 된다. 이미 생으로 먹을 수 있는 야채가 세 가지이니, 생으로 먹는 건 중간에 지겨울 가능성이 컸다. 반찬이 한정되어 있을 땐 식감을 다양하게 해야 한다.

두 야채의 미래를 그려보았다. 오이는 생으로 먹거나 무쳐 먹는 두 가지 길이 떠올랐고, 가지는 볶아 먹고, 구워 먹고, 튀겨 먹고, 쪄 먹는 네 가지 길이 떠올랐다. 중간에 입맛이 떨어졌을 때를 대비해 다양한 방식으로 요리할 수 있는 야채가 도움이 될 것이다. 포만감을 느끼기 위해서는 튀겨 먹는 게 가장 나으리라. 역시 가지와 오이도 남자처럼 크기보다는 쉽게 질리지 않는 게 중요했다.

마침내 가지 다섯 개를 장바구니에 넣고 보영이 계산대로 향했다. 30원 차이를 남겨두었으니, '잔액한도초과'라는 개망신은 당하지 않으리라.

현명한 선택을 한 걸까?

이 와중에 원두커피를 산 건 어리석은 게 아니었을까?

나는 진정 된장녀였단 말인가?

보영이 그런 고민을 하며 계산대에 올려둔 커피를 바라보고 있는데, 계산원이 물었다.

"봉투 필요하세요?"

"네."

무심코 대답한 그녀가 이내 놀란 얼굴로 고개를 저었다.

"아뇨."

봉투를 사면 50원이었다. 카드잔액에서 30원을 남겨놓은 상태이니 봉투를 추가하면, 한도초과가 된다. 계산원은 별일 아닌 듯 봉투를 내려놓았지만, 보영은 얼굴이 시뻘게지고 심장이 두방망이질 쳤다.

"구천 칠백 원입니다."

보영이 카드로 계산을 치르고는, 커피와 가지, 상추, 깻잎, 양배추, 쌈미역을 품에 가득 안고 마트를 나왔다.

그날 정오, 보영이 냉장고에서 된장과 고추장을 꺼냈다. 참기름과 참깨를 넣고 석석 비볐다. 상추와 깻잎을 씻어 채에 밭쳐 놓고, 양배추와 가지 그리고 쌈미역은 냉장고에 소중히 넣어두었다.

상추와 깻잎을 겹치지 않고, 한 장씩만 손바닥에 올려놓고 밥을 쌌다. 천천히 야채 본연의 맛을 음미하며 먹었다. 상추가 이렇게 달달하구나, 깻잎이 이렇게 복합적인 맛을 내는구나, 새삼 느끼며 한 입 한 입 아껴 먹었다.

오랜만에 쌈을 먹어서일까, 왜 이리 입맛이 좋은 건지 밥 한 공기를 다 먹었는데도 더 먹고 싶었다. 보영이 남아 있는 상추와 깻잎을 보곤 조용히 젓가락을 내려놓았다.

식탁을 정리하고, 커피 한 잔을 내렸다. 뜨거운 물을 붓자, 커피 위로 거품이 생기면서 온 집 안에 커피향이 감돌았다. 깊이 그 향기를 들이마셨다. 동시에 휴대전화로 문자가 날라 왔다. 선물을 보낸 친구의 문자였다.

〈맘에 든다니 다행이다. 네가 하도 까다로워서 보내면서도 걱정했거든.^^〉

까다로운 줄 알면서 착불로 선물을 보내는 행동의 의미는 뭘까? 궁금하지도 않았다.

훗날 보영이 지나가는 말로 이 일을 말했을 때, 친구는 이렇게 말했다.

"그때 사실은 여러 군데 택배를 보낼 일이 있었는데, 합쳐 보니까 배송료가 장난이 아닌 거야. 그래서 에라 모르겠다고 하고 그냥 다 착불로 보내버렸지. 왜?"

"아니야. 아무것도. 그냥 궁금했어."

"착불로 와서 황당했구나?"

"음, 좀……"

심장마비 걸릴 만큼.

결국 사람과 사람 사이의 일이다

정확히 10년 만이었다. 보영이 스물네 살 때 광고기획사에 입사하면서 카드를 만들었으니, 카드대금을 결제하지 못한 것은 10년 만의 일이었다. 10년 동안 단 한 개의 카드를 사용해 오면서 간혹 현금서비스로 모자라는 돈을 채워 넣은 적은 있어도, 이렇게 완전히 결제 자체를 못 한 것은 처음이었다.

쌈과 가지 튀김으로 열흘을 버틴 강보영이 그토록 기다리던 열하루째 날, 망연자실한 얼굴로 컴퓨터 앞에 앉아 있었다. 컴퓨터 화면엔 여전히 잔액 0원이란 표시가 되어 있었다. 그러니까 입금이 될 것이라고 생각했던 급료가 들어오지 않은 것이다.

카드결제일은 이미 하루가 지나 있었다. 휴대전화는 이미 아침나절 예금 잔액을 확인해달라는 카드회사의 문자메시지를 받은 상태였다.

보영이 은행 사이트를 닫고, 이 상황을 어떻게 해결해야 하나 머리를 싸맸다. 노인수당과 자식들이 보내주는 용돈으로 근근이 살아가는 엄마에게 연락을 해야 하나, 이미 두 번 돈을 빌린 적이 있던 친구에게 다시 궁한 소리를 해야 하나, 그것도 아니면 힘들게 모은 책을 팔아야 하나.

보영의 머릿속으로 언젠가 그녀의 오빠가 했던 말이 떠올랐다.

"엄마한테 용돈은 드리지 못할망정 엄마한테 손 벌리는 게 말이 되냐? 지금 네 나이가 몇이야?"

두 번째 돈을 빌렸을 때 굳어졌던 친구의 얼굴도 떠올랐다. 보영은 세차게 고개를 젓고, 몸을 돌려 책장을 바라보았다. 연필로 줄을 치고 메모를 해가며 읽는 습관 때문에 책장 속에 있는 책은 대부분 흔적이 남아 있었다. 물론 지우개로 지우고 팔면 되는 일이지만, 도저히 그들을 떠나보낼 각오가 서질 않았다.

그 밤, 자신이 무능하고 한심한 인간이라는 자기혐오에 시달린 보영이 얼굴에 칼자국이 있는 험상궂은 사람들에게 잡혀가는 꿈을 꾸었다. 꿈속에서 몇몇 남자가 서 있었는데, 한 사람은 언제까지 빚을 갚을 거냐고 고함을 쳤고, 한 사람은 수술용 메스를 손에 쥔 채 돈이 없으니 콩팥이라도 떼어가겠다며 보영에게 다가왔다.

일.상 혹은. 환.상

차가운 칼날이 보영의 배를 찌르고 들어왔을 때, 보영이 소리를 지르며 꿈에서 깨어났다. 식은땀으로 범벅이 된 그녀가 욱신거리는 배를 부여잡고 몸을 웅크렸다. 열흘 동안 계속된 긴장과 불안에 이어, 카드결제를 하지 못하는 최악의 상황에 직면하자 위가 경련을 일으킨 것이다.

다음 날 아침, 보영이 휴대전화를 쥔 채 손가락으로 책상을 똑똑 두드렸다.

똑, 저번 달에 마감시킨 브로슈어가 나왔는지부터 묻자.

똑똑, 디자인 수정하느라 아직 인쇄되지 않았다고 하면.

똑똑똑, 저번 일의 잔금을 결제해달라고 할 것인가, 지금 일의 계약금을 달라고 할 것인가.

똑똑 똑똑똑 똑똑 똑똑똑.

회사 기획팀장에게 전화를 하기에 앞서, 기본 입장과 어조를 정리하던 그때, 손에 쥐고 있던 휴대전화가 울렸다. 아름다운 멜로디였건만, 보영은 감전이라도 당한 양 움찔 놀라 휴대전화를 떨어트렸다. 심장이 곤두박질치며 쿵쾅쿵쾅 거칠게 뛰어댔고, 손은 바들바들 떨리기 시작했다.

전화벨 소리는 멈추지 않고 계속 흘러나왔다. 번호는 휴대전화 번호가 아니라 일반 번호였다. 같은 숫자가 뒷자리에서 반복하는 걸로 보아, 직감적으로 아니 자격지심으로, 어디에서 걸려온 건지 알 것 같았다. 카드회사에서 독촉을 하기 위해 전화를 한 것이리라.

받을 것인가, 말 것인가.

양 갈래의 길에서 갈등하는 그때, 예전에 들었던 이야기 하나가 떠올랐다. 은행의 대출상품을 소개하는 팸플릿을 만들기 위해 은행 담당자와 미팅을 했다가 듣게 된 이야기였다. 대출 이자나 카드대금을 결제하지 못하면 어떻게 되냐는 보영의 질문에 담당자는 이렇게 말했었다. 은행 직원도 사람이라는 것을 명심하라고. 많은 사람들이 일단 두려움과 불안 때문에 무조건 전화를 받지 않고 피하고 보는데, 그렇게 되면 직원은 고객의 상황과 계획을 파악할 수 없기 때문에 대처방안을 논의할 수 없다는 이야기였다.

"고객이 전화를 무조건 안 받으면, 우리들도 사람이라 화가 나고 초조해져요. 그리고 고객을 무책임한 사람이라고 생각해서, 더 빨리 블랙리스트에 올리게 되고요. 사람들은 은행 직원들이 빚 독촉을 하려고 전화하는 줄 아는데, 아니에요. 휴가나 출장 때문에 깜박하고 연체되는 분들도 많고, 어차피 결제를 하고 나면 계속 우리 은행과 거래할 고객분들이라 함부로 못 하죠."

그 은행원은 고객들이 카드나 대출이자를 연체했더라도 전화를 받는 게 본인들한테 훨씬 유리하다고 덧붙여 말했다. 은행 직원 또한 자신이 담당하는 고객에게서 불량고객이 나오기를 바라지 않고, 파산보다는 어떻게든 빚을 갚아나가기를 바란다며 은행 직원을 적이 아니라 협력자로 보는 게 중요하다고 보영에게 강하게 피력했었다.

.그 당시만 해도, 강보영은 자신이 이런 상황에 직면하게 될 거라고는 상상하지 못했기에 그저 신기해하고 재미있어하며 그 이야기를 들었었다. 하지만 지금 이 순간 그 이야기가 보영에게 전화를 받을 수 있는 힘을 주었다.

벨소리를 듣고만 있던 강보영이 눈을 질끈 감고 전화를 받았다. 머릿속으로 그 이야기가 떠올랐지만 결제를 하지 못했다는 자격지심에 당장이라도 다그치고 무시하는 말들이 쏟아질 것만 같았다. 목을 빼들고 망나니의 칼을 기다리는 죄인처럼 보영이 잔뜩 긴장한 목소리로 대답했다.

"네."

— 저……, 강보영 고객님 맞습니까?

예상과는 다르게 너무나 예의바르고 정중한 어조였다. 보영은 그제야 숨을 쉴 수 있었다.

"네, 맞는데요."

젊은 남성으로 추측되는 은행 직원은 유감스러운 소식을 전하는 것처럼 오히려 조심스럽게 용건을 꺼냈다.

— 저는 으뜸은행의 문선우라고 합니다. 고객님의 카드대금이 결

제되지 않아 이렇게 전화 드리게 되었는데, 통화 괜찮으신가요?

통화가 가능하냐는 정중한 말을 듣자 보영은 눈물이 찔끔 날 정도로 마음이 놓였다. 굴욕과 창피를 각오하고 전화를 받았는데, 이 순간 이 은행담당자에게 진심으로 미안한 마음이 생겼다.

"정말 죄송합니다. 어제 입금이 되기로 한 게 있었는데, 그게 입금이 안 돼서 결제를 못 했어요."

— 아, 그러셨군요.

담당자가 이해어린 태도를 보이자 보영이 변명하듯 자신의 상황을 덧붙였다.

"수입이 들쭉날쭉한 일을 하고 있어서, 이렇게 됐습니다. 정말 죄송합니다."

— 자영업을 하고 계신가요?

'자영업'이라는 용어가 너무 어색해서, 보영이 '프리랜서'라고 답하자 담당자는 조금은 호기심어린 질문을 했다.

— 프리랜서라면 작가나 예술계통에서 일하는 분이신가요?

"아, 아뇨. 카피라이터예요."

— 카피라이터면 수입이 좋지 않나요?

담당자는 의외라는 듯 천연덕스럽게 물어왔다. 내내 수그린 태도로 대답하던 보영이 순간 답답하다는 듯 한숨을 내쉬었다. 카피라이터라고 하면 무조건 화려하고 돈을 잘 벌 거라고 생각하는 사람들의 편견어린 반응들이 모두 떠올랐다.

"모르는 소리 마세요. 광고기획사가 제일기획만 있는 줄 아세요? 그럼, 댁……, 아니 선생님은 은행 다니니까 연봉 1억이에요?"

짜증을 섞다 못해 비꼬는 말까지 곁들이자, 예의바르고 정중했던 담당자가 다소 굳은 목소리로 응수했다.

— 은행이 다 한국은행인 줄 아십니까?

"그러니까 제 말이요. 카피라이터가 글 한 줄 쓰고 떼돈 번다고 생각하지 마시라고요."

대화가 너무 샛길로 빠졌다고 느껴졌는지 담당자는 목을 가다듬는 기침소리를 내더니 원래의 예의바른 목소리로 말했다.

— 고객님, 그럼 연체금은 언제까지 결제가 가능하신가요?

보영도 얼른 원래의 수그린 태도로 돌아갔다.

"다음 주까지 입금할게요."

만약 회사에서 이번 주까지 입금하지 않을 수도 있는 일이어서, 보영이 시간을 여유 있게 잡아 말했다. 담당자는 잠시 침묵하더니, 조심스레 말을 꺼냈다.

— 미납금이 그리 많지 않던데, 어디서 융통을 좀 하실 수는 없나요?

카드대금은 56만 원이었다. 얼마 되지 않은 돈을 차마 융통하지 못해 이 전화를 받고 있는 보영으로서는 그 말이 불난 집에 기름을 끼얹는 것과 진배없었다. 그래서 꽈배기처럼 꼬인 말들이 터져 나왔다.

"네, 못 해요. 못 하니까 결제를 못 하죠. 융통이 됐으면 제가 이러고 있겠어요? 그냥 다음 주까지 연체이자 내면 되잖아요."

— ....

보영과 비슷한 연령대의 남자 직원은 또다시 침묵하더니, 이내 신중하면서도 달래는 듯한 어조로 말했다.

— 음, 그게 결제가 다음 주로 넘어가면 제가 고객님을 명단에 올려야 하거든요. 이번 주까지 결제를 해주시면 제 선에서 올리지 않을 수가 있어서 그런 겁니다.

"아……."

겨우 56만 원을 결제하지 못했다는 비참함에 발끈 성질을 냈던 보영이 그 말을 듣고서야 제정신을 차렸다. 비꼬는 것이 아니라 도와주려고 한 것인데, 자격지심에 혼자 난리를 친 것이다. 하기야 이 사람이 이런 전화를 한두 번 하는 것도 아니고, 미쳤다고 바쁜 시간 쪼개어 남을 비꼬고 앉아 있겠는가.

보영이 정신을 수습하고, 어른스럽게 협조적인 태도를 취했다.

"그건 몰랐네요. 그럼, 이번 주까지 결제할 수 있도록 해볼게요."

담당자는 반가운 소식을 들은 양 한층 힘이 들어간 목소리로 화답했다.

— 그래주시겠습니까? 그럼, 명단에 안 올리고 기다릴 테니, 꼭 부탁드립니다.

"네, 한번 해볼게요."

— 꼭 해주셔야 합니다. 이번 주 금요일까지 꼭이요.

"네, 꼭 할게요."

보영이 결심어린 목소리로 대답을 하자, 담당자가 그제야 인사를 건네 왔다.

— 일하시는 데 번거롭게 해드려서 죄송합니다. 아무쪼록 좋은 카피 많이 쓰십시오.

생각지도 못한 인사에 보영이 어쩔 줄 몰라 하며 인사를 했다.

"아뇨. 제가 오히려 감사하죠."

— 그럼, 안녕히 계십시오.

"네, 안녕히 가세요."

가긴 어딜 가라고 하는 건지 모르겠지만, 저절로 고개까지 숙여졌다. 보영이 휴대전화를 쥔 채 천천히 고개를 들었다.

꼭 꿈을 꾼 것 같다. 예상했던 일은 하나도 일어나지 않았고, 오히려 끔찍했던 자기혐오와 자책에서 벗어난 느낌이었다. 이상하게 홀가분하고, 기운이 났다. 카드대금을 결제하지 못하는 일 정도는 살면서 한 번쯤은 일어날 수 있는 일이었고, 중요한 건 그 일을 해결하는 것이라는 생각이 이제야 들기 시작했다.

모든 은행의 카드담당자가 방금 전처럼 고객을 존중하며 문제를 협의하는지는 잘 모르겠지만, 보영은 은행 직원 문선우에게 고마웠다. 일방적으로 구제불능인간으로 대하는 것이 아니라, 책임 있게 문제를 해결해갈 수 있는 사람으로 대해준 그의 태도에 뭔가 구제를 받은 듯한 기분이다.

그날 오후, 보영이 회사에 전화를 걸어 이전 일에 대한 결제를 부탁했다. 팀장은 회계팀에서 실수로 빠트렸다며, 오히려 미안하다는 말과 함께 바로 입금하겠다는 답을 해왔다. 약속대로 다음 날 입금이 되었고, 카드대금은 바로 결제가 되었다. 마침내 열이틀 만에 통장의 배가 불러 있었다.

돈이 들어오면 실컷 고기를 먹겠다고 벼르고 있었지만, 막상 돈이 들어오자 그 욕구가 자취 없이 사라져버렸다. 밀린 공과금과 각종 사용료와 구독료가 돈을 채갈 예정이라 다음 달 생활비까지 생각하면 간당간당한 돈이었고, 또다시 이런 저런 걸 샀다가 이런 상황이 또 올 수도 있다는 생각에 돈을 인출할 수가 없었다.

보영이 세 달 만에 엄마의 계좌로 용돈 30만 원을 보내고, 그동안 장바구니에 넣어두기만 했던 책을 몇 권 주문하는 것으로 만족했다. 사실은 봐두었던 원피스와 구두가 있었지만, 허벅지와 종아리를 보여줄 남자도 없거니와, 당분간은 미친 듯이 일에만 파묻혀야 할 상황이었다.

통장에 돈이 들어온 다음 날, 보영이 노트북과 자료를 챙겨들고 근처 카페로 나갔다. 아메리카노보다 천 원이나 더 비싼 생크림이 듬뿍 올라간 모카커피 한 잔을 시켜놓고 일을 하는데, 어느 순간 주위를 살펴보니 죄다 연인들이었다.

고개를 들어 무심히 지나가는 차들을 바라본다. 열흘 동안 쌈만 싸 먹은 덕에 몸매는 더 날씬해지고 얼굴은 환하게 피어났건만, 게다가 호피무늬 원피스를 걸치고 반짝이는 하이힐까지 신었건만 그녀는 여전히 혼자 일만 하고 있었다.

소리 없이 한숨을 내쉬던 그녀가 문득 건너편에 있는 은행을 보곤 며칠 전 통화했던 은행 직원을 떠올렸다. 당연히 얼굴은 떠오르지 않고, 목소리만 떠올랐다. 정중하고 신중하면서도 사려 깊은 목소리였다. 어떻게 생겼을까, 어떤 사람일까, 보영이 목소리를 토대삼아 그 직원의 모습을 상상해보다가 이내 고개를 설레설레 저으며 노트북으로 시선을 가져갔다. 아무리 잘생기고 멋진 사람이라고 해도, 그 사람과는 평생 안 마주치는 게 좋은 일이리라. 그 사람과 마주친다는 건, 그녀가 또 카드결제를 못 하거나 파산신고를 한다는 뜻이니 말이다.

보영이 생크림을 홀짝이며, 일이나 했다.

아는 게 죄다

　— 선생님, 요즘 스케줄 어떠세요?

　이 질문은 새로운 일거리가 있는데, 할 의향이 있냐는 뜻이다. 이때 덥석 물면 안 된다. 새 일거리가 어떤 내용인지를 떠나, 일을 덥석 문다는 건 일이 없다는 뜻, 그러니까 돈이 궁하다는 암시를 주기 때문에 단가를 깎일 수 있기 때문이다. 보영은 얼마 전 맡고 있던 프로젝트를 마감한 상태여서 새 일을 찾는 중이었지만, 내색하지 않았다.

　"하나 기다리는 게 있긴 한데, 천천히 해도 되는 일이에요. 왜요?"

　— 제과회사에서 이번에 과자세상이라고 전시회를 여는데, 저희한테 일이 들어왔거든요. 그래서 선생님이 전시회에 들어가는 전체 카피를 다 맡아주실 수 있을까 해서요.

　욕심이 났다. 전시회 전체 카피면, 포스터부터 팸플릿, 패널, 신문 광고까지 규모가 컸고 그만큼 페이도 컸다. 하지만 '과자'라는 게 마음에 걸렸다. 모르는 상태면 그냥 하겠는데, 그러기엔 '과자'에 대해 너무 많은 걸 알고 있었다. 몇 년 전 알레르기 증상 때문에 이런 저런 식품에 대한 공부를 했던 보영은 '과자'가 독약이라는 걸 알아버렸던 것이다. 그때 이후로는 가끔 먹던 과자도 뚝 끊은 상태였다.

잠시 망설이며 갈등하던 보영이 완곡하게 일을 거절했다.

"아무래도 제가 하기엔 힘들 것 같아요. 아이들을 대상으로 한 카피는 해본 적이 없거든요. 다른 일도 기다리고 있는 상태고요."

기획팀장은 다시 한 번 생각해보라는 뜻으로 아쉬움을 표했다.

— 선생님 카피는 톡톡 튀어서, 제가 봤을 땐 아이들한테도 먹힐 것 같은데요. 그리고 아이들 마음에 드는 것보다 클라이언트 마음에 드는 게 우선인 거 아시잖아요.

"아니에요. 제가 제과 쪽을 해보질 않아서, 그 분야의 언어를 구사하는 데 서투를 거예요."

— 정 그렇다면, 어쩔 수 없죠. 알겠습니다. 다른 분한테 맡길게요.

"죄송해요. 저한테 일 주시려고 한 건데. 그나저나 이번에 넘긴 화장품 일은 어떻게 됐어요? 클라이언트 쪽에서 아직 검토 중인가요?"

— 브랜드 런칭이라 그런지 시간이 좀 걸리네요.

불길한 말이었다. 6월에 출시를 하겠다며 작업 기간 동안 내내 닦달을 했던 클라이언트가 수정단계에서 시간을 질질 끈다는 건 뭔가 문제가 생겼다는 걸 의미했다.

"혹시 그쪽에서 출시를 늦추려는 눈치인가요?"

— ……아니라고는 하는데, 두고 봐야 할 것 같아요. 여름을 겨냥해서 낼까 지금 고민하는 눈치예요.

"그렇군요."

— 여하튼 수정회의 잡히는 대로 바로 연락드릴게요.

통화를 끝낸 보영이 책상 위에 놓인 달력을 응시했다. 언제 시간이 저렇게 흘러가버린 걸까. 카드결제일이 일주일밖에 남아 있지 않았다. 한 달 내내 붙잡고 씨름했던 새 화장품 브랜드 카피 일이 미뤄질 수 있다는 소식에 스멀스멀 불안감이 찾아왔다.

곧장 은행 사이트로 접속한 그녀가 계좌 잔액을 확인해보았다. 백여만 원 정도가 남아 있으려니 했던 그녀의 통장엔 겨우 50여만 원이 남아 있었다.

"헉!"

식겁한 얼굴로 얼른 거래내역을 확인했다. 맙소사, 건강 보험료가 석 달이나 밀려 있었는지 한꺼번에 석 달 치가 빠져 나가고, 두 달 치가 밀려 있던 휴대전화비로 30여만 원이 빠져 나가 있었다. 기억을 더듬어보니, 저번 달에 새 일을 맡으면서 방심하고 휴대전화 결제로 책을 샀다. 카드로 책을 사면 할부를 한다는 생각에 대량으로 주문하게 되어서, 휴대전화로 제한된 금액만큼만 책을 샀는데, 이젠 휴대전화비가 뭉텅이로 목돈을 빼가고 있었다.

보영이 은행 사이트를 닫고 바로 카드회사 사이트로 넘어갔다. 결제예정금액을 확인하기 위해서였다.

"제발……."

약속은 깨기 위해 있는 것이고, 소원은 이뤄지지 않으려고 있는 것인지, 역시나 그녀의 바람은 바로 물을 먹었다.

[인출 예정 금액 : 83만 원]

아……, 33만 원이 모자란다. 월말에 빠져 나갈 공과금이 한두 개 더 있으니, 카드결제일이 되었을 땐 더 많이 모자랄 것이다. 그럼, 현금서비스를 받아 넣어도 10여만 원이 부족하다.

보영이 그대로 책상에 엎드렸다. 이럴 줄 알았으면 아까 과자 전시회 일을 맡는 거였는데. 급하다고 사람을 있는 대로 볶아 대던 그 화장품 회사가 이런 식으로 뒤통수를 칠 줄이야 누가 알았겠는가.

그녀가 더 약이 오르는 건 새 화장품 브랜드에 그녀가 쏟아 부은 애정 때문이었다. 거짓과 포장이 난무한 화장품 광고 일은 될 수 있으면 맡지 않는 일 중 하나였는데, 그래도 천연자연 화장품이라 성심성의껏 시간과 공력을 쏟아 부었던 것이다.

죽은 듯이 엎드려 있던 그녀가 어느 순간 고개를 들더니 바싹 기합을 넣은 얼굴로 인터넷을 검색하기 시작했다. 카피라이터 모임 사이트에 새로 일감이 올라왔나 알아보기 위해서였다. 새로 올라온 일감이 몇 개 눈에 들어왔다. 건설, 제약 분야 관련 일이 대부분을 차지했고, 지방선거를 앞두고 있어서인지 선거 관련 일이 하나 올라와 있었다.

보영이 선거일을 클릭하고는 천천히 내용을 읽어 내려갔다. 구인 글엔 일에 대한 별다른 말이 없이 그저 선거 카피라이터를 뽑는다는 간단한 말만 적혀 있었다. 선거일은 일정상 빠듯하게 해야 해서 스트레스가 이만저만이 아니지만, 마감 날이 절대 미뤄질 수 없는 일이라 정해진 기간에 페이를 받을 수 있다는 게 장점이었다.

하지만 이상했다. 선거가 한 달이 채 남지 않은 지금은 이미 테스크포스(task force : 대책위원회)가 다 꾸려져 한참 홍보물을 만들고 있을 시기였다. 보영의 후배가 이미 이 일을 하고 있어서 얼마 전에도 그 후배의 푸념을 들은 참이었다.

도대체 어떤 일을 시키려고 지금 이 시기에 새 카피라이터를 뽑는 걸까. 기존에 뽑았던 카피라이터가 마음에 안 들어서 부랴부랴 새로 뽑으려는 것일까?

일.상 혹은. 환.상

보영이 연락처와 이메일을 적어놓고는, 차분히 스스로에게 질문을 던졌다.

과자인가, 선거인가.

아이를 상대로 거짓말을 할 것인가, 어른을 상대로 거짓말을 할 것인가.

먹을 것을 꾸며줄 것인가, 정책을 꾸며줄 것인가.

과자에 진심을 담을 여지가 있는가, 공약에 진심을 담을 여지가 있는가.

일하고 있는 상황을 상상해본다. 어떤 일이 더 괴로울지, 어떤 일이 더 재미있을지 카피를 쓰는 그 순간을 그려본다. 보영이 과자와 선거 카피를 각각 떠오르는 대로 노트에 써보았다.

『건강에 좋은 검은깨와 통밀이 아삭아삭 씹혀요.』

『보여주는 행정이 아니라, 느껴지는 행정을 하겠습니다.』

두 문장을 적어본 강보영이 거래회사로 전화를 걸지 않고, 이메일로 보낼 이력서를 다듬기 시작했다. 과자 카피를 쓸 땐 몸이 굳어졌지만, 선거 카피는 그래도 손이 움직였다.

보영이 경력 사항만 쓰여 있는 이력서에 대학 때의 활동을 추가시켜 기입했다.

『동아리 '마르크스철학연구회', 총학생회 활동.』

대학 때의 활동을 추가시킨 이유는 한 가지였다. 만약 보수당 쪽 후보가 카피라이터를 뽑는 거라면, 그녀의 정치성향을 미루어 짐작하고 알아서 뽑지 말라는 뜻이었다.

보수당이 아니었던 걸까? 아니면 급해서 일단 뽑고 보는 걸까? 다음 날 강보영이 바로 연락을 받고 여의도로 향했다.

그로부터 열흘 후, 보영이 입술을 질근질근 깨물며 자기소개서를 작성하고 있었다.

"으휴, 외주 뽑으면서 무슨 자기소개서까지 바라?"

간혹 프리랜서 카피라이터를 뽑으면서 자기소개서까지 요구하는 회사가 있었다. 10여 년간의 경력이 적힌 이력서 한 장이면 충분한 일이 많기에, 자기소개서를 요구하는 회사에는 지원하지 않았지만 지금은 이것저것 가릴 계제가 아니었다. 카드결제일이 그저께였고, 그녀의 계산대로 결제대금 중 10여만 원이 모자랐다.

보영이 막 자기소개서와 포트폴리오를 메일로 보내고 있을 때였다. 책상에서 멀찍이 떨어뜨려 놓은 휴대전화가 울렸다. 번호를 확인하지 않아도 알 수 있었다. 또다시 결제를 못 했다는 것에 딱 혀 깨물고 죽고 싶은 심정이었는데, 어김없이 전화를 하는 그 담당자가 이젠 원망스럽기까지 했다.

겨우 10여만 원을 미납한 것이고, 굳이 전화하지 않아도 미친 듯이 새 일을 따려고 발악중인데 그 사이를 못 참아주나 싶다. 물론 지금 그녀의 생각이 적반하장이라는 것은 그녀도 잘 알고 있다.

보영이 휴대전화 벨소리를 무시하려고 버텼지만, 벨소리는 멈추지 않았다. 결국 은행원 문선우가 강보영보다 더 끈질겼다. 보영이 전화를 받자, 딱딱한 어조의 인사가 들려왔다.

— 으뜸은행의 문선우입니다.

"네, 알고 있어요. 9만 8천 원이 미납된 것도 알고 있고요. 이번 주 안에 결제할게요."

— 이번 주까지 결제는 가능하신 건가요?

10만 원을 구할 수 있겠냐는 그 물음에 순간 자존심이 있는 대로 상했지만, 보영이 최대한 감정을 드러내지 않고 차분하게 대답했다.

"지금 새 일 구하고 있으니까, 계약금 받으면 바로 결제할 수 있어요."

못 미더운 걸까. 담당자 문선우는 새 일을 금방 구할 수 있냐는 질문을 우회적으로 던졌다.

— 일은 많이 있나요?

불경기엔 기업들이 가장 먼저 광고비부터 줄이는지라, 문선우는 시장 상황을 물은 것인데 보영은 능력이 없어서 일이 없는 게 아니냐는 뜻으로 받아들였다.

"저 마음만 먹으면 일 더미 속에 파묻혀 살 수 있어요. 제가 일을 가리니까 그런 거죠."

그는 이 와중에 일을 가린다는 보영의 말이 조금은 어이가 없는지 조용히 반문했다.

— ……. 일을…… 가린다고요?

차분하게 이 상황을 이야기하려고 했던 보영이 그 물음에 속이 부글부글 끓었다. 누구보다 더 잘 알고 있었다. 이런 상황에 일을 가리는 게 얼마나 배부른 소리인지, 또 얼마나 한심하게 들리는 말인지. 하지만 이런 굴욕적이고 수치스러운 상황이 또 올 거라는 걸 알면서도, 일을 도중에 포기했던 그 괴로움을 누가 알랴. 은행원 문선우가 원하는 건 그녀가 닥치는 대로 일해서 카드 값을 제때에 꼬박꼬박 내는 것이라는 걸 알면서도, 보영은 감정을 억누르지 못하고 성난 말을 쏟아냈다.

"네, 가려요. 아직 배가 덜 고파서요. 저도 제가 아이들한테 과자가 좋은 거라고 거짓말을 했으면 좋겠는데, 안 되는 걸 어떻게 해요? 죽어도 못 하겠는데, 차라리 굶어죽으면 죽었지, 못 하겠는데요. 그래도 어떻게든 문선우 씨한테 전화 안 받으려고, 선거 카피 일까지 지원했는데, 이렇게 되고 말았어요. 됐나요?"

성난 폭우처럼 쏟아지는 그녀의 말에 압도된 것인지, 문선우는 오랫동안 침묵했다. 그는 결제여부보다 강보영의 상황이 더 궁금했는지, 차분하게 되물었다.

— 선거면 이번에 있었던 지방 선거 말인가요?

"네. 그거라도 하려고 했는데 사흘 만에 뛰쳐나왔어요."

문선우는 한숨을 내쉬더니, 안타까움이 담긴 어조로 말했다.

— 마음에 안 드는 게 있더라도 꾹 좀 참고 하지 그랬어요.

"가보니까 꼴통 보수당이었어요. 내가 일부러 마르크스까지 들먹이면서 이력서를 써서 보냈는데, 저를 떡하니 뽑아났다고요."

— 아니 왜요?

"역으로 운동권 출신이 필요했던 거죠. 기자들이랑 상대 후보가 공격해올 질문을 뽑아 달래요. 그에 대한 대답도 뽑고요."

— 어떻게 보면 적임이었네요.

"제 말이요. 제가 봐도 제가 잘 할 것 같더라고요. 그래서 꾹 참고 했는데, 사흘째 되니까 도저히 못 하겠더라고요. 그래서 돈 안 받겠다 그러고 나왔어요."

— 생각보다 카피가 안 나왔나 보죠?

보영이 그런 건 있을 수 없는 일이라는 양 발끈했다.

"아뇨! 카피는 잘 나왔어요."

— 그럼, 왜 나왔어요? 일한 거 아깝게……

그때의 일을 떠올리는 것만으로도 다시 분노가 치미는지, 보영이 이를 갈며 말했다.

"노무현 그 놈은 빨갱이라고 해서요……. 노무현 대통령은 좌파라고 하는 것도 아니고……. 노무현 그 놈은 빨갱이라고……. 그래서 나왔어요. 자기들끼리 그러고 떠드는데, 더 이상은 못 참겠더라고요."

보영의 심정에 공감을 해서일까, 아니면 그 말 한 마디에 맡은 일을 내던지고 나오는 보영의 행동이 한심하게 느껴져서일까. 문선우는 다시 오랫동안 침묵했다.

보영은 어디 가서 말도 못 하고 속에 담고 있었던 그때의 심정을 그에게 털어놓았다.

"정말 너무한 거 아닌가요? 살아 있는 분도 아니고, 이미 돌아가신 분인데, 아직도 그 놈이라니. 아직도 빨갱이 운운하다니. 아무리 사석이고 자기들끼리 하는 말이라지만. 제가 거기서 의자 하나 못 집어던지고 나왔다는 게 너무 너무 분해요."

말끝에 가서는 보영이 주먹으로 책상을 탕하고 내리쳤다. 문선우는 할 말을 잃은 양 또다시 한숨을 내쉬더니, 성난 보영을 달랬다.

― ……잘했어요. 그런 것까지 참고 일할 수는 없죠.

그래도 참고 일했어야 한다고, 철딱서니 없는 행동이라고 말하면 바로 전화를 끊어버리고, 결연하게 신용불량자의 길을 가려던 강보영이 동감하다 못해 지지의사를 밝히는 문선우의 말

일.상 혹은. 환.상

에 마음이 풀어졌다.

"여하튼 결제 다 못 해서 정말 죄송해요. 제가 어떻게든 일 따서 이번 주 안에 꼭 결제할게요."

— 알겠어요, 일단은 강보영 씨를 믿고 명단에 안 올릴게요.

"정말 고마워요."

보영이 웅얼웅얼 고맙다는 말을 하자, 그는 걱정스럽게 덧붙였다.

— 다음 일은 꼭 괜찮은 일이었으면 좋겠네요.

"대학 소개하는 브로슈어니까 별일은 없을 거예요. 걱정 마세요."

다음 날, 자기소개서까지 요구했던 회사에서 연락이 왔다. 보영이 바로 강남으로 향했고, 일을 받아왔다. 며칠 후 계약금이 들어와 문선우와 약속한 대로 그 주에 미납액 9만 8천 원을 결제할 수 있었다. 금요일 오후였으니, 아슬아슬했다.

보영이 가슴을 쓸어내리고, 최대한 빨리 끝내려고 일에 집중했다. 더 아슬아슬한 건 다음 달이었기 때문이다. 계약금으로 들어온 돈이 작업비의 10퍼센트여서, 다음 달 카드 대금이 또 걱정이었다. 과연 한 달 후에 나머지를 모두 받을 수 있을까, 신만이 아실 일이다.

강보영을 보면 은행원도 돌아앉는다

휴대전화가 울렸다. 같은 번호로 세 번째 걸려오는 전화였다. 아침나절, 점심나절, 그리고 지금이다. 은행원 문선우는 퇴근도 하지 않는 걸까? 직장인들이 퇴근하는 6시가 훌쩍 넘은 밤 9시임에도 전화를 걸고 있었다.

이젠 겁도 안 났다. 손발도 떨리지 않았다. 될 대로 되라는 심정이었다. 아니 배 째라는 심보이기도 했다. 대학 브로슈어 카피를 수정하고 있던 강보영이 벨소리를 무시하고 모니터만 죽자고 노려보았다. 아무것도 안 들린다고, 나는 지금 여기에 없다고 레드썬을 외쳤지만, 전화벨은 멈추지 않았다.

은행원 문선우가 점잖게 보이지만, 사실은 누구보다 성질이 있다는 걸 전화벨이 말해주고 있었다. 전화벨은 또 말하고 있었다. 너는 거기에 있다고, 거기에 있는 거 다 안다고.

젠장, 뭐가 무서워서 피하냐. 은행 돈 못 갚은 거지, 문선우 돈 못 갚은 거 아니지 않은가. 어차피 문선우도 월급 받고 이 전화를 하는 건데, 그녀가 문선우를 겁낼 이유가 뭔가.

일.상 혹은. 환.상

귀를 막고 있던 강보영이 마침내 이판사판이라는 심정으로 전화를 받았다.

"네."

휴대전화 속에서 씩씩거리는 콧김 소리가 작게 들려왔다. 그의 목소리는 역력하게 성이 나 있었다.

— 전화는 왜 안 받아요?

"……. 할 말이…… 없어서요."

— 강보영 씨는 할 말이 없어도, 저는 있어요. 이렇게 전화를 안 받아버리면, 저도 더 이상 어떻게 해줄 수가 없다고요.

"……."

보영이 침묵하자, 그가 크게 숨을 들이쉬더니 차분한 어투로 물었다.

— 도대체 이번엔 왜 결제를 못 한 겁니까? 걱정 말라고 하더니…….

"생각보다 작업기간이 더 걸려서 그래요."

— 강보영 씨, 이렇게 대책 없는 사람입니까? 이번이 벌써 세 번째예요. 세 번이나, 그것도 연속으로 결제를 안 하면 명단에 올릴 수밖에 없다고요. 저도 강보영 씨 사정을 봐주는 데 한계가 있단 말입니다.

그가 명단에 올리지 않을 거라고 기대한 건 아니었다. 차라리 명단에 올려버리고 그녀를 버려줬으면 좋겠다. 보영이 아무 말도 안 하자, 그가 답답하다는 듯 다그쳤다.

— 뭐라고 말 좀 해봐요. 도대체 언제까지 계속 이럴 건지…… 제가 어떻게든 해줄 거라고 믿고 지금 이러는…….

"……카피가 안 나와요. 마음이 조급해서 그런지 아무것도 안 떠올라요."

침울하게 웅얼거리듯 흘러나오는 보영의 말에 다그치던 문선우가 말을 멈췄다.

아, 정말 미쳐버리겠다. 어제부터 강보영이 전화를 받지 않아 설마 무슨 짓을 저지른 건 아닐까 걱정을 하며 속을 태웠던 그였다. 그런데 카피가 안 나오신단다.

남들은 큰 은행에 다닌다고 부러워하고 시기하지만, 썩어가는 그의 속을 누가 알리오. 문선우가 천천히 숨을 내쉬며 숫자열을 세는데, 보영이 변명인지 합리화인지 자신도 할 만큼 했다는 걸 피력했다.

"어떻게든 이번엔 결제하려고 발버둥을 쳤단 말이에요. 이 대학이 학생들 등록금으로 땅 투기를 하든, 이사장 식구들이 다 해 처먹든, 청소부아주머니들을 노예처럼 부려먹든 상관 않고 쓰려고 정말 노력을 했다고요. 근데 이사장이 내 카피가 마음에 안 든다고 자꾸 수정을 시켜요. 진정성이 안 느껴진다고."

급기야는 보영이 혼자 흥분해서 이를 박박 갈며 외쳤다.

"어따 대고 감히 진정성을 운운하는 거냐고."

일.상 혹은. 환.상

문선우는 지친 얼굴로 보영의 혼잣말을 조용히 듣고 있었다. 언제까지 이런 말들을 들어야 하나 슬쩍 짜증이 일어났지만 그래도 강보영의 심정을 조금은 알 것 같아서 그가 달래듯 말했다. 물론 세뇌되다시피 한 친절교육의 소산이기도 했다. 은행원은 고객에게 도움을 주어야지, 비난을 해서는 안 되는 것 아닌가.

　— 다른 분야의 일을 좀 알아보는 게 어때요? 건설이랑 제약 쪽이 규모도 크고, 일이 많지 않나요?

　으뜸은행에서 재작년 주식투자 규모를 늘렸는데, 그 당시 건설과 제약 분야에 대한 투자를 확대한 것을 근거로 한 이야기였다. 물론 4대강 사업과 의료민영화 사업을 염두에 둔 투자였다.

　그래도 나름 애정과 관심의 발로에서 제안을 했건만, 강보영은 모르는 소리 말라는 듯 일언지하에 잘라냈다.

　"건설이랑 제약 쪽은 안 해요. 건설 쪽은 대부분 아파트 광고라 부동산 투기에 편승하는 거고, 제약은 사람들에게 효능은 크고 부작용은 적은 것처럼 거짓말을 해야 한다고요."

　문선우는 순간 짜증이 치밀어 올랐지만 꾹 참았다. 듣자 듣자 하니, 이것도 안 되고 저것도 안 되고 이제 보니 강보영이라는 이 여자가 책임은 안 지고 투덜대기만 하는 대책 없는 인간으로 느껴졌다.

— 강보영 씨, 지금 강보영 씨 상황이 그렇게 독야청청할 때라고 봅니까? 이것도 문제다, 저것도 문제다 그러는데 그러는 강보영 씨는 살면서 아무 잘못도 안 저질렀나요? 거짓말도 한 적 없고, 남의 눈에서 눈물 나게 한 적도 없나요? 그렇게 본인한테 깨끗하고 떳떳합니까?

대화의 목적이 완전히 엇나가고 있었고, 그가 과도하게 감정적으로 반응하고 있다는 것, 말하면서도 알고 있었다. 하지만 멈춰지지 않았다. 그건 아마도 그가 은행원으로 일하면서 참고 견뎌야 하는 여러 모순과 불의 때문일 것이다. 누구는 바보라서 직장을 다니고, 일을 하는가. 알면서도 살아야 하니까, 책임을 져야 하니까 다 참고 견디며 일하는 게 아닌가.

— 도대체 세상에 자기가 원하는 일만 하는 사람이 어디 있습니까? 지금 제 눈에는 강보영 씨가 책임은 은행에 떠넘기고, 혼자 잘났다고 떠드는 걸로 보입니다. 만약에 강보영 씨한테 처자식이 딸려 있거나 부양가족이 있다면 그런 말을 하고 있었겠어요?

강보영이 순간 움찔했지만, 결코 엎드리지 않았다. 어차피 이 판사판 할 말은 하겠다는 양 그녀가 퍼부었다.

"그러는 문선우 씨에게는 부양가족이 있나요? 저는 있어요. 시골에 몸이 불편한 어머니가 계세요. 자식이 보내주는 돈으로 근근이 살아가는 어머니가 계시다고요! 그런 엄마를 보면서도 돈에 환장하지 못하고 여전히 가치를 따지고 있는 내 자신이 얼마나 끔찍하게 느껴지는지 문선우 씨가 알아요? 나도 내가 작정을 하고 돈 되는 일만 했으면 좋겠는데, 그게 안 되는 내 자신을 죽여버리고 싶다고요. 남자들 걸핏하면 처자식이 어쩌고 하는데, 듣기에 역겨워요. 자기들 비겁한 걸 왜 처자식한테 떠넘기죠? 내 일을 더럽히지 않기 위해 나는 결혼이나 아이는 진즉에 포기했어요. 그런 생각은 못 하죠?"

있는 대로 흥분한 보영이 그에게 말할 틈도 주지 않고 바로 쏴붙였다.

"명단에 올리세요! 신용불량자가 되든, 이번 주 안에 결제하든 제가 알아서 할 테니까요. 제가 문선우 씨한테 명단에 올리지 말아달라고 부탁한 적 없어요!"

보영이 그에게 들을 말 없다는 듯 전화를 끊어버렸다. 그리곤 치미는 성질을 참지 못하고, 책상 위에 있는 연필깎이를 집어 들어 그대로 벽을 향해 던졌다. 플라스틱 연필깎이가 산산 조각나고, 그 안에 들어 있던 연필밥이 사방으로 흩어졌다. 보영이 부서진 연필깎이를 내려다보았다.

처음 카피라이터로 입사했을 때 기념으로 샀던 연필깎이였다. 컴퓨터로 작업을 하지만, 그래도 글을 다루는 자의 기본은 잊지 않으려고 언제나 메모나 낙서는 연필로 했다. 컴퓨터로 쓰면 문장이 산만해지고 늘어져서, 연필로 천천히 또박또박 글자를 쓰는 그 느낌을 잊지 않으려고 지금껏 연필을 사용했다.

십여 년 동안 한 번도 망가지지 않고, 그녀의 일과 함께 나이가 든 연필깎이가 결국 카드대금 앞에서 부서져버렸다. 서른세 살, 아직도 아이처럼 연필깎이를 사용하는 그녀가 지금은 정말 바보처럼 느껴졌다.

　"……병신이 따로 없군."

　그녀에게서 눈물이 흘러나왔다.

　어쩌면 문선우의 말이 맞는 건지도 모른다. 맞기 때문에, 더더욱 화가 난 건지도 모른다. 은행과, 친구들과, 오빠와, 엄마에게 책임을 떠넘기고 혼자 뜻있는 척 잘난 척하고 있는 건지도 모른다.

　세상을 기만하며 살지 않겠다고 했지만, 사실은 세상을 기만하고 있었던 건지도 모른다. 못하는 걸 안하는 걸로 꾸미고, 무능력한 걸 소신 있는 걸로 꾸미고 있었던 건지도 모르겠다.

　다음 날 긴 잠에서 깨어난 강보영이 작업실 방에 흩어진 연필밥과 검은 재를 쓸고 닦았다.

　앞으로 이 순간을 잊지 말라는 의미로 산산이 부서진 연필깎이 조각을 접시에 담아 책상 위에 올려놓고, 전날 미처 마무리하지 못한 대학 브로슈어 카피를 수정했다. 진정성이 뭔지 이제는 정말 모르겠지만, 진정성이 느껴질 수 있도록 마음을 짜냈다.

일.상 혹은. 환.상

  카드 결제일이 지난 지 일주일이 되는 날이었다. 대학 브로슈어 수정을 끝낸 보영이 새로 거래하게 된 회사 메일로 원고를 전송하고는 전화를 걸었다. 수정원고에 대해 논의할 것도 있었지만, 급료를 미리 좀 당겨달라는 부탁을 하기 위해서였다. 물론 첫 작업을 하는 회사에게 그 말을 꺼내려니, 궤도를 이탈하고 우주공간을 떠다니는 미아가 된 느낌이다.

  — 아, 강 선생님!

  "원고 수정한 거 방금 메일로 보냈거든요."

  — 아, 확인했어요. 좋던데요.

  "그래요? 이번엔 잘 통과됐으면 좋겠는데 그쪽에서 또 어떻게 볼지 모르겠네요."

  — 두고 봐야죠, 뭐. 그렇잖아도 전화 드리려고 했었는데, 선생님 일정 어떠세요?

  "음……괜찮아요. 다른 거 진행 중이긴 한데, 틈이 생겼어요."

  — 잘됐네요. 이거 좀 촉박한 거라 일주일 안에 해야 하거든요.

  "내용이 뭔데요?"

  — 대영그룹이라고 판지 회사예요.

  "판지요?"

— 네, 포장박스 그런 거 만드는 회사인데, 계열사가 많아요.

"제품 소개하는 카탈로그예요?"

— 아뇨. 사보예요. 이번에 이 회사에서 사보를 창간하는데, 임직원 글들이 너무 중구난방이라서요. 그걸 좀 정리해주셨으면 해서요. 회사 현황보고서도 자료로 있는데요, 이걸 글로 정리해야 하고요.

판지회사라면 종이를 다루는 회사였다. 폐지를 재활용해서 만드는 친환경기술을 다루는 곳이었기에 보영이 얼른 하겠다고 했다. 급한 일을 해주겠다고 하니, 오히려 상대방이 고마워했다.

보영이 화기애애한 분위기를 틈 타 급료 이야기를 꺼냈다.

"저기, 부탁이 하나 있는데요. 지금 맡은 일은 선불로 좀 주실 수 있을까요? 다른 프로젝트했던 게 늦춰져서요."

— 아, 그러셨군요. 알겠어요. 제가 회계팀장님께 이야기해보고 바로 연락드릴게요.

"고마워요."

하늘이 보영을 테스트했던 걸까? 너는 네 소신을 지키기 위해 어디까지 비굴해질 수 있냐고, 너는 양심대로 살기 위해 어디까지 엎드릴 수 있냐고 말이다. 보영이 새로 거래하는 회사 담당자에게 얼굴이 화끈거리는 선불 이야기를 꺼낸 직후, 기다렸다는 듯 모든 문제가 해결됐다.

카드결제일로부터 열흘이 지난 날, 윤문비가 입금되었다. 미납된 카드대금 68만 원이 빠져 나갔는지 확인하기 위해 은행 사이트에 들어갔던 강보영은 잔액을 보곤 깜짝 놀랐다. 생각지도 않았던 돈이 들어와 있던 것이다. 화장품 브랜드 일로 받기로 했던 금액이 들어와 있었고, 새로 거래하는 회사는 윤문비뿐 아니라 수정 작업 중인 대학 브로슈어 비용까지 입금을 한 것이다. 백만 원이 채 안 되는 윤문비만 보내는 게 번거로워서였는지는 알 수 없었지만, 통장은 오랜만에 목돈을 품고 당황해하고 있었다.

보영은 자기가 착각을 한 게 아닌가 싶어 자릿수를 다시 세어보았다. 분명 백 단위였다. 이 정도 돈이면 서너 달은 생활비 걱정은 하지 않아도 되는 돈이었다.

은행 사이트를 닫은 보영이 멍하니 책상에 앉아 있었다. 평소 같으면 들어온 돈과 나갈 돈을 정리하고 앞으로 얼마가 남게 될지 계산을 했지만, 그러고 싶지가 않았다. 아니 이 정도 목돈이면 그런 계산은 당분간 하지 않아도 되었다. 통장에서 얼마가 나가는지 신경 안 써도 되는, 그야말로 계좌잔액이라는 족쇄를 풀고 잠깐 세상 밖으로 외출 휴가를 받은 죄수의 심정이랄까.

카드대금이 결제되었지만, 일주일이 지난 상태이니 명단에는 올랐을 것이다. 상관없었다. 이미 각오하고 있었으니. 지금까지 명단에 오르지 않은 건 천운에 가까웠다. 어떻게든 그녀를 명단에 올리지 않으려고 애써준 문선우에게 그녀가 퍼부었던 말들이 새록새록 떠오르면서, 미안함과 착잡함이 몰려왔다.

보영이 휴대전화를 들고 만지작거렸다. 휴대전화 통화내역엔 그의 사무실 번호가 찍혀 있었다.

뭐라고 한단 말인가. '나 결제했어요……'라고 말할 건가. 상관 말고 명단에 올리라고 그 진상을 떨어놓고선 이제 와서 그에게 칭찬받고 싶은 이 웃기지도 않은 마음은 뭘까.

누구에게 말하기 참 민망하고 창피한 카드대금 연체 일을 그는 알고 있었고, 그 시간 동안 그녀가 겪었던 마음고생이 어떠했는지 문선우만이 알고 있었다. 그래서 연대감 비슷한 게 생겨버린 걸까?

보영이 피식 자조어린 웃음을 지었다. 웃긴다. 다음 달, 아니 다다음달까지 카드결제를 할 수 있다고 카드담당자에게 보고하고 싶어지다니, 그녀가 생각해도 그녀는 정말 진상이었다.

결국 휴대전화를 내려놓고, 다시 카피라이터 사이트로 들어갔다. 서너 달 치의 생활비가 준비되었지만 마음이 놓이지 않았다. 프리랜서 일이란 게, 언제 어떤 변수가 생길지 알 수 없다는 것을 너무나 잘 알고 있기에 큰 프로젝트를 따기 전까지는 통장 안에 있는 돈을 건드릴 수 없었다. 5백에 가까운 그 돈은 가까이 가서 손을 대려고 하면 사라지는 신기루와 다를 바가 없었다.

일.상 혹은. 환.상

언제까지 이렇게 살아야 하는 걸까. 언제까지 버틸 수 있을까. 예측할 수 없는 수입 구조 때문에 계획을 짤 수가 없었다. 적금을 붓는 것도, 몇 년 전 중단한 대학원 논문도 생활비 펑크 앞에서는 모두 물거품이 되기 일쑤였다.

다음 날, 자료로 볼 책을 사기 위해 서점에 들른 보영이 서점 유리창에 붙은 구인광고를 빤히 들여다보고 서 있었다.

[아르바이트 모집 : 20세~35세 여성,
근무시간 오전 9시~낮 1시, 이력서 지참]

최저임금을 기준으로 한 시급을 받겠지만, 하루에 네 시간이라는 짧은 근무시간도 매력적이었고, 무엇보다 정기적으로 돈이 들어올 수 있다는 게 그녀를 끌어당겼다. 일이 미뤄지거나 시안 처리가 되더라도, 최소한의 돈이 들어온다면 그나마 좀 안정적으로 계획을 세울 수 있지 않을까 싶다.

'근데 요즘 시급이 얼마지?'

그녀가 아르바이트를 했던 예전 일은 이제 낯설게 느껴질 정도로 오래 전 일이었다. 기억을 더듬어보니, 시급 2천 원을 하던 시절이었다.

연대만이 살 길인 것을

절망이란 이런 걸 두고 말하는 걸까. 아니 절망이란 단어는 너무 절망스러우니까 좌절이라고 하자. 좌절이란 이런 걸 두고 말하는 걸까. 일주일 전 서점 아르바이트 자리에 지원을 했건만, 믿을 수 없게도 연락이 오지 않았다.

이력서를 놓고 가면 며칠 안에 전화를 주겠다고 했던 카운터 직원의 말을 곧이곧대로 듣고 연락을 기다린 그녀가 멍청했던 걸까.

새 일거리 자료가 책상 위에서 보영을 기다렸지만, 보영은 시체처럼 침대에 누워 세상 다 산 사람의 얼굴을 하고 있었다. 통장엔 아직 잔액이 넉넉하게 남아 있건만, 왜 이리 기운이 없는 건지 그야말로 만사 귀찮았다.

어느 순간 침대 머리맡에 있는 휴대전화가 울렸지만, 손가락 하나 까딱하기 싫었다. 하지만 일을 의뢰하는 전화일 수도 있기에 보영이 어기적어기적 휴대전화를 집어 번호를 확인했다.

번호를 확인한 순간, 보영의 두 눈이 휘둥그레졌다. 예상치 못

한 번호였던 것이다. 카드 결제일이 아직 사흘이나 남아 있는데, 왜 문선우가 전화를 건 것인지 모르겠다. 그때 마지막 통화로 오만정이 떨어졌을 거라고 생각했는데 말이다.

명단에 올라가서, 이제 곧 카드가 정지된다는 말이라도 하려는 걸까. 만약 그런 거라면, 반가운 소식이다. 카드라면 이제 그녀도 지긋지긋하니까, 차라리 정지되어버렸으면 좋겠다.

"네. 강보영입니다."

소금에 절인 상추처럼, 기운이 쭉 빠진 보영의 목소리에 문선우는 하려던 말을 꺼내지 못하고 걱정스럽게 물었다.

— 무슨 일 있어요?

"……아뇨, 없어요. 서점에서 떨어진 일 말고는……."

그녀의 말뜻을 얼른 파악할 수 없었던 문선우가 잠깐 눈을 끔벅이다 되물었다.

— 서점이요?

"네, 서점이요. 일주일 전에 서점 아르바이트에 지원했거든요. 근데 오늘까지 연락이 없네요."

전화를 건 용건은 다 잊어버리고, 문선우는 오랜만에 듣는 보영의 행로가 놀라울 뿐이었다. 고객 강보영의 미래는 정말이지 예측 불가능했다. 그녀가 무엇을 할지 그로서는 이제 상상조차 되질 않았다.

— 서점 아르바이트면 나이가 걸리지 않아요?

나이가 그녀의 아킬레스였는지, 강보영의 목소리에 힘이 들어갔다.

"자격조건에 35세까지 지원이 가능했어요. 그리고 제 외모가 이십대 후반으로 보이기 때문에 나이 때문에 떨어진 건 아니라고 봐요."

— 아아……, 그러세요?

문선우는 이제 고객한테 비꼬기까지 했다. 강보영이 서점 일은 더 이상 왈가왈부하고 싶지 않다는 양 용건이 뭐냐고 퉁명스럽게 묻자 문선우는 그제야 헛기침을 하고는 진지하게 말했다.

— 다음 달엔 결제할 수 있는 건지 궁금해서 전화했어요.

블랙리스트에 오르면 결제가 가능한지 전화로 미리 확인을 하는 걸까? 보영이 쓴 입맛을 다시며 결제가 가능하다고 하고, 내친김에 다음 달 대금까지도 결제할 의향이 있다고 하니 문선우가 놀라워했다.

— 어떻게 된 거예요? 그때 계속 수정한다고 하더니, 일이 해결된 거예요?

"해결됐어요. 그 정도 수정 과정은 사실 껌도 아니에요. 쫓기는 상태에서 쓰려다 보니까 그런 거죠. 직장 다닐 때는 수정을 열일곱 번 한 적도 있는 걸요, 뭐."

— 여하튼 잘됐네요. 다음 달에도 결제를 못 하면 어쩌나 좀 걱정

했거든요. 그리고 그때 제가 말을 심하게 한 거 미안해요.

조심스럽게 건네 오는 사과 인사를 보영이 가만히 듣고만 있더니, 나도 죄송하다는 말로 화답하기는커녕 또다시 진상 같은 말을 쏟아냈다.

"아니에요. 지금에 와서 생각해보니까 문선우 씨 말이 맞아요. 책임은 남한테 미루고 혼자 고고한 척했어요. 알고 보니까 난 아무짝에도 쓸모없는 꼽재기더라고요."

그가 갸우뚱 눈을 치켜떴다.

'꼽재기? 곱빼기랑 비슷한 말인가?'

보영은 그가 해줄 말을 찾지 못해 머뭇거리는 줄 알고 더 강하게 속을 토해냈다.

"완전히 꼽재기 중의 꼽재기예요. 서점에 지원하면 당연히 될 거라고 생각하고 계획을 다 짜놓았는데, 뚝 떨어졌어요. 아르바이트에서도 떨어지는 경력인 줄 모르고, 지금껏 잘난 척을 한 거죠. 작정만 하면 벌 수 있다고. 근데 아니에요. 아무도 날 원하지 않아요. 난 발꿈치 때만도 못한 존재예요."

꼽재기가 여하튼 자신을 비하하는 안 좋은 단어라는 건 미루어 짐작할 수 있었다. 문선우는 이런 와중에도 낯선 우리말을 사용하는 강보영이 감탄스러웠다.

— 서점에서 떨어진 거 때문에 지금 이러는 거예요?

"전 정말이지 될 줄 알았거든요. 연락을 기다리라고 하기에 당연히 연락이 올 줄 알았거든요. 정말 이해가 안 돼요, 나이도 35세 미만이고, 외모도 되고, 책도 좋아하는데 도대체 왜 연락을 안 주는 건지."

— 이력서에 혹시 카피라이터 경력을 다 썼어요?

보영이 어리벙벙한 얼굴로 당연히 썼다고 대답하자, 문선우는 답답하다는 듯 혀를 찼다.

— 아르바이트에 누가 카피라이터를 채용하고 싶겠어요? 부담스럽게.

"아니, 제가 기꺼이 하겠다는데, 왜 부담스러워요? 나는 서점 판매고를 올리기 위해서 이벤트 전시를 어떻게 하면 좋을지 그것까지 고민하고 있었다고요. 그래서 도서관 가서 서점 운영에 관련된 책까지 싹 빌려서 읽고 있었다고요."

— 그런 태도부터가 이미 부담스러울 걸요. 저도 은행에 취직하기 전에 잠깐 주유소에서 아르바이트를 했었는데, 대졸이라는 걸 알고 굉장히 부담스러워하던데요.

"……"

보영은 납득할 수가 없었다. 청소원 모집에 대학원 졸업한 사람이 지원하고, 고졸 출신이 대통령이 되는 이 사회가 아직도 학력으로 모든 걸 평가하고 있단 말인가?

아니면 지금 문선우가 그녀를 위로하려고 학력을 들먹이는 것인지도 모른다. 사실은 대학원 중퇴의 카피라이터라서 떨어진 게 아니라, 그녀의 인상이 성질 더럽게 생겨서 떨어진 것일 수도 있다.

보영은 마지막 보루를 잃은 느낌이었다. 직장을 뛰쳐나왔을 땐, 식당일을 하는 한이 있더라도 더 이상 거짓을 쓰지는 않겠다고 결심을 했던 것인데 이제 보니 식당이 오히려 그녀를 원하지 않을 것 같았다. 하기야 설거지 한 번 하고 방 한 번 쓸고 닦고 나면 가쁜 숨을 몰아쉬는 저질 체력인데, 식당이 그녀를 뽑을 리가 없다.

10년 전엔 그녀가 원해서 카피라이터 길을 갔지만, 이젠 세상이 그녀에게 카피라이터 길만 강요하고 있었다. 네가 하던 일이나 하라고, 여긴 네 영역이 아니라고 바리케이드를 치고 그녀를 밀어내는 것만 같다. 프로스트도 직업을 바꾸지 못해 '가지 않은 길'이란 시를 쓰게 됐던 건 아니었을까.

좌절의 침묵만을 들려주는 그녀에게 문선우가 말을 걸었다.

— 그래서 요즘에 일은 하고 있어요?

"연극포스터 하고 있어요."

— 듣는 것만으로 허기가 느껴지네요.

건설, 제약, 제과, 화장품, 다단계 등을 제외하니 할 수 있는 일이 많지 않았다.

그는 침울한 분위기를 환기시켜 보려고 농담을 던졌다.

— 그러다 슈퍼마켓 전단지 하는 거 아니에요?

웃자고 던진 말에 보영이 죽자고 달려들었다.

"슈퍼마켓은 아니지만 백화점 전단지는 이미 했어요. 외계인도 놀란 가격파괴라고!"

외계인도 놀랄 카피였다. 문선우가 어이가 없어 콧방귀 섞인 웃음을 뱉어냈다. 하지만 강보영의 생활력은 인정해줘야 할 것 같다. 만날 앓는 소리, 죽는 소리 하면서도 끊임없이 뭔가를 하고 있으니 말이다.

— 강보영 씨, 그래도 대단하네요. 마음만 먹으면 뭐든 한다고 하더니, 진짜 그런가 봐요. 어떻게 그렇게 일을 잘 따요?

기운을 북돋아주려고 한 말이기도 했는데, 보영이 시큰둥하게 대꾸했다.

"별거 아니에요. 후배 디자이너가 얼마 전에 백화점 편집실에 들어갔거든요. 그래서 얻어걸린 거예요. 연극포스터는 친구가 연극배우라 알음알음으로 하게 된 거고요."

그에게 그런 굴욕적인 말들을 듣고도, 소신을 지키려고 서점에 지원하고 연극포스터와 전단지 일까지 하고 있는 강보영이 이제는 대단하게 느껴졌다. 문선우는 시무룩해 있는 강보영에게 기쁜 소식 하나를 전했다.

— 강보영 씨 아직 명단에 안 올라갔어요. 그러니까 초조해하지 말고 일해요. 그 이야기 하려고 전화한 거예요. 저번에 초조해서 카피가 안 나온다고 했잖아요.

일.상 혹은. 환.상

"안 올라갔다고요?"

— 운이 좋은 거죠. 사실은 강보영 씨는 백만 원 미만의 소액연체이기 때문에 명단까지 올라갈 가능성은 적어요. 물론 반복적으로 연체하면 올라가지만, 어쨌든 아직 안 올라갔으니까 앞으로는 관리 잘 해요.

이 세상에 운이 좋아 이루어지는 일 따위는 없다는 것 알 나이는 되었다. 세상의 모든 일 뒤에는 사람의 손길과 마음이 존재한다는 것, 너무나 잘 알고 있는 보영이었다. 보영이 그래도 고맙다는 말을 하려고 하는데, 문선우가 인사를 건네곤 전화를 끊었다.

— 그럼, 잘 지내요. 그리고 다시는 저랑 통화할 일 없기를 바라고요.

마지막 말은 농담으로 한 말이었는데, 보영은 그 말이 왠지 서운했다. 빚 독촉을 하기보다는 오히려 그녀의 상황을 같이 공감하고 걱정해준 그가 속으로는 그녀와의 통화에 진저리를 치고 있었던 걸까?

하지만 며칠 후 문선우와 다시 통화할 일이 생겼다. 물론 카드대금 결제 때문은 아니었다. 대학 브로슈어 일을 했던 회사에서 은행 브로슈어 일이 들어왔는데, 바로 문선우가 다니고 강보영이 거래하는 으뜸은행 브로슈어였던 것이다.

강보영이 회사에서 보낸 자료를 출력해놓고는 회심의 미소를 지었다. VIP고객을 위한 금융재테크상품 안내서였기에 견적이 크게 나오는 일이었다. 그건 은행이 투자를 한 만큼 큰 효과를 바란다는 뜻이다.

물론 약간의 어깃장이기도 했다. 다시는 통화할 일 없기를 바란다는 그의 말에 엇나가고 싶은 마음의 발로랄까. 강보영이 먹이를 노리는 독수리처럼 형형한 얼굴로 휴대전화에 찍혀 있는 번호로 전화를 걸었다.

— 네, 으뜸은행 카드관리팀 문선우입니다.

"……저 강보영이에요."

— 네?

생각지도 못한 강보영의 전화에 문선우가 어리둥절해하는데, 강보영은 그 사이 자신의 이름을 까먹었나 싶어 다시 자신을 소개했다.

"세 번 연속으로 카드대금 연체했던 강보영이라고요."

— 아……, 네, 강보영 씨. 어쩐 일이에요?

이번 달에 카드대금을 결제하지 못할 것 같다는 말이라도 할까 봐 겁이 난 걸까. 그는 놀랍다는 반응을 보였다. 보영이 괜히 전화했나 잠깐 갈등하다가, 밑져야 본전이라는 생각으로 용건을 꺼냈다.

일.상 혹은. 환.상

"저한테 이번에 으뜸은행 일이 들어왔어요."

— 그래요? 어떤 일이요?

설마 모르는 내용에 대해 설명을 부탁하려고 전화한 걸까? 은행에서 카피가 필요한 일이야 수도 없이 많았다. 각종 대출 상품, 보험상품, 적금 안내까지 리플릿 팸플릿을 정기적으로 발행했고, 매년 달력과 수첩도 제작하고 있으니 그 중 어떤 일을 맡은 건지 알 수 없었다.

"VIP용 금융재테크상품 브로슈어요."

— 아, 그 일이 강보영 씨한테 갔군요.

화답을 하면서도 강보영의 의도가 파악되질 않았다.

그런데 강보영이 뜬금없는 질문을 던졌다.

"이거 VIP용이니까 잘 만들어졌으면 좋겠죠?"

뭐 절실한 건 아니지만 그렇다고 해두자.

— 예, 뭐…… 나쁠 건 없겠죠. 왜요?

"제가 카피를 잘 뽑아서 자산이 큰 고객을 여럿 잡으면, 문선 우 씨가 나중에 성과급을 받을 때 좀 도움이 될까요?"

— 글쎄요, 그건 저도 잘…….

보영이 약간 실망스러운 듯 숨을 내쉬었다.

"문선우 씨한테는 전혀 도움이 안 되나요?"

그래도 강보영이 그의 배려와 도움을 기억하고, 이 일을 잘해 주고 싶어 하는구나 싶어 살짝 말을 바꿨다.

― 일단 큰 고객을 잡으면 은행 수익이 커지니까, 직원인 저한테도 좋죠.

강보영은 그 말을 기다렸다는 듯 목소리가 커졌다.

"그죠? 아무래도 제가 카피를 잘 쓰면, 문선우 씨한테도 좋겠죠?"

― 예…….

그가 그렇다고 치자는 식으로 마지못해 수긍을 하는데, 강보영이 그제야 속내를 밝혔다.

"그럼, 제가 이 브로슈어 끝내주게 카피 잡아줄 테니까, 저 마이너스 통장 좀 만들어줘요."

뻔뻔하다 뻔뻔하다 해도 이런 뻔뻔한 여자가 또 있을까. 문선우가 그야말로 '벙찐' 얼굴이 되어 입만 벙긋거렸다. 정말 말문이 탁 막히고, 헛웃음만 터져 나왔다.

나름 많은 계산을 하고 승부수를 던졌는데, 그가 아예 말도 안 된다는 반응을 보이자 강보영이 마침내는 강짜를 부렸다.

"아우, 만들어줘요! 마이너스 통장 있으면 안정적으로 일할 수 있단 말이에요. 카드대금 때문에 자잘한 일만 맡게 된다고요. 장기프로젝트 좀 맡아서 해보게 만들어줘요. 대신 진짜 잘 써드릴게요. VIP고객들 마음을 아주 홀려버릴 자신이 있다고요."

듣고 있는 문선우의 눈이 매섭게 가늘어졌다. 보영이 귀를 기울이고 그의 대답을 기다리는데, 그는 오랫동안 침묵하며 사람 애를 끓이더니 마침내 무뚝뚝한 목소리로 답했다.

— 강보영 씨, 지금까지 하던 대로 대쪽같이 쓰십쇼.

보영이 먹히지 않을 거라는 걸 알면서도 협박을 해보았다.

"VIP들이 싫어하는 화법을 교묘하게 구사할 수도 있어요. 나 이래봬도 언어인지학도 공부했어요."

— 마음대로 해요. 상관없으니.

전화기 속에서 강보영의 큰 한숨 소리가 들려왔다. 어디선가 '쳇, 벽창호 같으니라고.' 하는 소리도 들려오는 듯했다. 문선우가 미간을 좁힌 채 전화기에 귀를 바싹 대는데, 강보영이 그럼 잘 있으라는 말을 하곤 전화를 끊었다.

그가 전화기를 내려놓으면서 안도의 숨을 내쉬었다. 하마터면 강보영의 청을 들어줄 뻔했다. 물론 브로슈어 잘 만든다고 그에게 득 될 건 없었지만, 강보영의 상황에서 마이너스 통장을 만든다는 건 더 큰 빚을 지게 될 가능성이 컸다. 마이너스 통장을 개설해주지 않은 건 정말 잘한 일이라고 되뇌며 문선우가 미안한 마음을 털어냈다.

그나저나 강보영에게 으뜸은행 브로슈어 일이 갔으니, 당분간 카드대금 결제는 걱정 안 해도 될 것 같다. 문선우가 흐뭇한 미소를 지으며 방금 전 보고 있던 컴퓨터화면을 다시 바라보았다. 그는 순식간에 얼굴을 구기더니, 골치가 썩는다는 양 이마를 짚었다. 컴퓨터 화면엔 장기고액연체자 명단이 떠 있었다.

먹을 것이냐, 말 것이냐

그 해 가을, 강보영은 꼭 다람쥐 같았다. 겨우살이를 대비해 가을 내내 도토리와 밤을 발에 땀나도록 저장해두는 다람쥐처럼, 그녀도 동시다발적으로 일을 의뢰하는 회사들을 바쁘게 찾아다녔다. 서점 아르바이트라는 마지막 보루가 그녀에게 없다는 걸 깨닫곤, 새로운 일감을 구하기 위해 여러 회사에 이력서와 포트폴리오를 보낸 탓이었다.

보영은 다람쥐처럼 광화문, 홍대, 여의도, 양재동, 강남, 신사 등 서울 곳곳을 돌아다녔고, 산악용품 광고, 실버 산업 컨설팅, 공공캠페인, 대학 브로슈어, 은행 브로슈어, 농수산물 전시회, 한방서적 출판 등 다양한 도토리를 주워 모았다.

통장엔 새로운 도토리가 계속 쌓여갔다. 대신 너무 바빠서 지인과 친구들의 결혼식에 갈 수 없었다. 가려고 마음만 먹으면, 마감과 겹치거나 철야를 하는 상황이 반복됐다. 하지만 이렇게 해야만 프리랜서에게 찾아오는 겨울을 견딜 수 있다는 걸 알기에 불평 않고 받아들였다. 겨우살이란 말대로, 이렇게 돈을 저장해두어야, 겨우 살아갈 수 있다는 걸 이제는 잘 알기 때문이다.

그녀가 나름의 기준으로 선택한 일들이 단지 통장을 불리는 돈으로만 환산되는 것이 아니라 사회공동체라는 가치에 조금이라도 기여를 했으면 좋겠다는 간절한 바람도 있었다. 다람쥐가 땅에 묻은 도토리가 다람쥐의 망각 덕분에 싹이 나고 잎을 틔워 마침내는 나무가 되고 숲을 이루는 것처럼, 그녀가 하는 일들이 사회라는 숲에서 조그만 싹을 틔워낼 수 있기를 바랐다.

다람쥐가 도토리를 흙 속에 묻는 깊이가 도토리가 가장 발아하기 좋은 깊이인 것처럼, 보영도 자신의 카피가 사람들의 마음속에서 발아되기를 바랐다. 등산을 하는 사람들과 노인들, 대학신입생들과 농수산물 상인과 소비자, 은행 고객과 건강해지고픈 환자들에게 그녀의 카피가 좋은 길잡이가 되기를 말이다.

보영의 이런 월동준비를 으뜸은행도 알고 있었던 걸까. 마이너스 통장에 대해 까맣게 잊어버리고 카페에서 열심히 카피를 쓰고 있을 때였다. 뜬금없이 으뜸은행 여직원이 전화를 걸어 마이너스 통장을 만들지 않겠냐며 제안을 해왔다. 일종의 광고 전화였다.

"마이너스 통장이요?"

— 예, 고객님, 으뜸은행에서 이번에 비정규직근로자와 영세자영

업자분들의 원활한 자금융통을 위해서 대출상품을 판매 중입니다.

보영이 너무 반가운 나머지 카페라는 것도 잊어버렸다.

"어, 저 카드대금 연체한 적 있어서 신용등급이 안 되지 않나
요?"

전화를 한 직원과 주위의 다른 카페 손님들이 더 당황해했
다.

문선우와 전화를 주고받으면서, 카드대금연체가 살면서 일어
나는 수많은 일 중의 하나일 뿐이라는 생각을 갖게 된 보영이
었다. 게다가 은행 직원들에게 친밀감마저 느끼고 있었다.

직원은 아직 보영의 신용등급을 모르는지, 추측의 말을 했
다.

— 여러 번 연체하거나 고액을 연체하셨던 게 아니면 괜찮을 겁니
다.

보영은 명단에 올라가지 않았다는 문선우의 말을 기억했다.

"다른 은행들과 공유한다는 그 블랙리스트인가 그거엔 올라
가지 않았어요."

— 그럼, 괜찮을 겁니다. 그리고 카드거래뿐 아니라 예금평균잔액
과 연소득 수준에 따라 또 달라지니까 신청하셔도 될 것 같습니다.

생각해보니 예금평균잔액은 요 몇 달 동안 괜찮았다. 연소득
도 올해 힘들었지, 작년엔 괜찮았다. 물론 작년에도 들쭉날쭉
한 수입 때문에 있는 대로 고생을 했지만, 연소득으로 따지면

일반 신입사원 연봉 수준은 되었다.

— 그럼 고객님, 마이너스 통장을 발급받으실 수 있는지 고객님의 신용등급을 조회하도록 하겠습니다. 안내가 나오면 주민번호뒷자리를 눌러주세요.

보영이 안내에 따라 뒷자리를 눌렀다. 명단에는 오르지 않았지만 카드대금연체기록이 남아 있었는지 신용등급은 아슬아슬하게 발급조건을 충족시켰다.

은행 직원은 필요한 서류를 구비하고 으뜸은행 통장을 거래하는 지점을 방문해달라고 안내를 했다.

며칠 후, 신사동 쪽에 있는 회사에서 수정회의를 마치고 나온 보영이 곧장 근처에 있는 으뜸은행으로 향했다. 드디어 마이너스 통장을 만든다는 안도감과 과연 잘하는 짓일까 하는 회의감이 동시에 몰려왔다. 일단은 담당자에게 이자와 상환조건을 상세히 듣고 결정을 내리기로 했다.

어쩌면 문선우를 볼 수 있다는 생각에 설레기도 했다. 어떻게 생겼을까? 어떤 느낌의 사람일까? 목소리와 말투처럼 점잖고 반듯한 사람일까? 물론 문선우를 일부러 찾아가서 볼 생각은 없었다. 그녀가 마이너스 통장을 만든다고 하면 왠지 딴죽을 걸 것 같았다.

일.상 혹은. 환.상

은행에 들어서자마자 곧장 대출이란 글씨가 쓰여 있는 쪽으로 향했다. 번호표를 뽑고 대기석에 앉아 순서를 기다리는 동안 일하고 있는 은행 직원들을 슬쩍슬쩍 살펴보았다. 창구업무를 하는 직원들 뒤로 많은 은행원들이 일을 하고 있었다.

보영은 그들 중 삼십대 초반으로 보이는 남자 직원을 찾아보았다. 제 나이대로 생겼다면 조건에 맞는 직원은 세 명이었다. 한 명은 금방이라도 꿀단지를 들고 꿀을 찾으러 갈 것처럼 생긴 곰이었고, 한 명은 그야말로 딱 은행원처럼 생긴, 그러니까 바늘로 찔러도 피 한 방울 안 날 것처럼 깐깐하고 완고하게 생긴 사람이었다. 나머지 한 명은 평범하게 생겼는데 이마 위쪽이 훤한 것이 머지않아 대머리가 될 듯했다.

저 중에 누가 문선우일까? 보영이 눈을 가늘게 좁히고 세 명을 번갈아가며 훑고, 살피고, 분석했다. 느낌상 세 명 모두 그녀가 그려온 이미지와 달랐다. 물론 문선우가 내부 사무실에서 근무하고 있을 수도 있지만, 저 세 명 중 한 명이라면 세 번째 은행원일 것 같았다. 머리가 벗겨지기 직전인 게 안타까웠지만, 꽤 반듯하고 온화한 이미지를 풍겼던 것이다.

보영이 세 남자를 잡아먹을 것처럼 쳐다보는 사이, 앞에 있는 사람이 상담을 끝내고 자리를 떴다. 보영이 상담직원에게 이자와 상환조건에 대한 설명을 듣고, 1년 만기상환이 아닌 분할상환을 선택했다. 카드현금서비스 이자보다 훨씬 낮은 이자라, 차라리 나을 성싶었다. 마침내 결정을 내리고, 서류를 제출하자 직원이 서류를 검토하며 이것저것 확인을 해나갔다.

보영은 멀뚱히 앉아서 기다리고 있으려니 심심하기도 하고, 목이 마르기도 했다. 음료수 자판기가 있는 곳을 찾아보니, 저 멀리 한 구석에 생수와 커피를 마실 수 있도록 테이블이 마련되어 있었다.

"커피 한 잔만 뽑아올게요."

"네, 그러세요. 고객님."

거의 자동으로 미소를 지으며 화답을 한 대출담당 직원은 다시 면밀한 눈빛으로 서류들을 검토하고 컴퓨터로 뭔가를 입력했다. 분위기를 보아하니 발급이 될 듯했다.

보영은 테이블을 향해 걸어가면서 창구 뒤에 책상에서 업무를 보고 있는 남자 직원들을 다시 훔쳐보았다. 모두들 가슴 부근에 명찰을 달고 있었지만 거리가 멀어서 이름들이 정확히 보이지 않았다. 게다가 보영의 시선을 느꼈는지 남자직원들이 고개를 들어 보영을 쳐다보기 시작했다.

에이, 그만두자. 문선우를 봐서 또 뭘 어쩌겠다는 건가.

보영이 시선을 거두고, 커피자판기 앞에서 버튼을 누르려는데 그 근처에서 업무를 보고 있던 남자 직원이 자판기로 다가왔다. 그는 하고 있던 업무에 정신이 팔려 있는지 생각에 잠긴 얼굴로 걸어오더니, 팔짱을 낀 채 보영에게서 한 발자국 떨어져서는 순서를 기다렸다.

쪼르륵, 카푸치노라고 쓰여 있는 자판기에서 커피가 나왔다. 인스턴트 커피를 마시면 혀가 텁텁하고 속이 메슥거려서 웬만하면 먹지 않았는데, 마이너스 통장 때문인지 아니면 문선우와 마주칠 수 있다는 생각 때문인지 긴장이 되어 아무 커피라도 마시고 싶어졌다.

보영이 카푸치노인지 카푸치노 맛 독약인지 모를 커피를 빼내면서 안타깝다는 얼굴로 곁에 서 있는 남자 직원을 슬쩍 쳐다보았다. 이런 커피를 매일 마시며 일을 해서 그런가, 참으로 얼굴이 삭아 있었다. 서른 후반으로 보이는 그 남자는 배가 나오지는 않았지만 얼굴은 온갖 근심을 떠안은 듯 어두워 보였다. 게다가 검은 뿔테 안경 때문인지 심각해 보이기까지 했다.

헌데 그 남자의 명찰에 쓰여 있는 세 글자를 보곤 보영이 움찔했다. 바로 '문선우'라는 글씨가 쓰여 있었던 것이다. 보영이 믿기지 않는 얼굴로 멍하니 종이컵을 들고 옆으로 물러서자, 문선우는 자판기 버튼을 누르고는 다시 다른 생각에 빠진 얼굴로 커피를 기다렸다.

세상에, 그녀와 동년배이거나 아니면 더 어릴 수도 있다고 생각했던 문선우가 사십을 바라보는 남자였다니. 그것도 저렇게 삭은 얼굴을 하고 있다니, 충격이었다. 나이가 있는 분인 줄 모르고 동년배 대하듯 하지 않았던가. 게다가 삭은 얼굴을 보고 있노라니 왠지 미안한 마음까지 들었다. 그녀가 그의 얼굴을 삭게 하는데 일조를 한 듯해서 말이다.

보영이 그의 등을 쳐다보고 있는 것도 모르고, 그는 다 채워진 커피를 빼내어 한 입 마셨다. 그런 문선우에게 들으라는 듯 그녀가 혼잣말을 내뱉고 뒤돌아섰다.

"외계인도 놀랄 맛이군."

그리고는 대출 창구 쪽으로 걸어가는데, 그 말을 들은 문선우가 퍼뜩 고개를 돌려 보영의 뒷모습을 쳐다보았다.

보영이 대출 상담 직원과 마이너스 통장을 개설하는 절차를 밟고 있는 동안에도, 문선우는 자기 책상에 앉아 그녀가 있는 쪽을 뚫어지게 쳐다보았다. 혼자 고개를 갸웃거리고, 그녀가 있는 창구 쪽을 여러 번 쳐다보았지만 그녀가 있는 창구 쪽으로 오지는 않았다.

마침내 보영이 '꿈과 희망이 두 배'라는 무시무시한 이름의 마이너스 통장을 가방에 넣고 제발 빚이 두 배가 되지 않기를 기도하며 은행 문을 나설 즈음이었다. 문선우가 대출 창구 쪽으로 다가오더니 직원과 몇 마디 말을 나누었다. 그는 막 은행을 나서고 있는 여자가 강보영이라는 걸 확인하고는 깜짝 놀란 얼굴로 문 쪽을 바라보았다. 강보영의 이미지가 그의 예상과는 너무 달랐던 것이다. 통화를 할 때 기세가 워낙 좋아서 강보영이 체격도 크고 몸집도 좀 퉁퉁한 여성일 것이라고 생각했던 그였다. 헌데 은행 문을 나서고 있는 여자는 호리호리한 몸매에 아담한 모습을 하고 있었고, 아슬아슬한 미니스커트에 화려한 하이힐을 신고 있었다. 다시 뜯어봐도 카피라이터로는 보이지 않았다. 카피라이터는 커피와 담배에 찌든, 괴상한 외모를 하고 있을 줄 알았는데 말이다.

문선우가 얼른 보영의 뒤를 쫓아 은행 문을 나섰다. 혹시나 하고 문선우가 뒤를 따라올까 싶어 천천히 걷고 있던 보영이 그녀를 부르는 소리에 뒤를 돌아보았다.

"강보영 씨, 맞죠?"

보영은 이미 그를 알고 있었다는 의미의 웃음을 입가에 물고 고개를 끄덕였다. 문선우가 은행 앞 계단을 내려오더니, 보영에게 악수를 청했다.

"저 문선우입니다."

보영이 그의 나이 대를 의식하고 정중하고 예의바르게 악수를 했다.

"네, 안녕하세요. 결국 이렇게 보게 되네요."

그는 보영의 손을 놓지 않은 채 환하게 웃으며 말했다.

"그나저나 이렇게 미인이신 줄은 몰랐네요. 저는 카피라이터시니까 좀 더 특이하게 생기셨을 거라고 생각했거든요."

'식상하게 생겼다는 뜻인가?'

보영이 너무 길게 손을 잡고 있는 게 어색해 머뭇머뭇 손을 놓으며 답했다.

"저야말로 제가 생각했던 것보다 나이가 있으셔서, 좀 놀랐어요. 전화로 할 땐 저와 비슷한 나이인 줄 알았거든요. 제가 통화할 때 너무 말을 예의 없게 한 것 같아서, 죄송해요."

그가 눈썹을 치켜 올리며 그 무슨 소리냐 하는 얼굴을 하다가 이내 쓴웃음을 물었다.

"저 강보영 씨랑 동갑인데요."

"……"

보영이 멍한 얼굴로 문선우를 쳐다보았다. 그 말을 들으니 얼핏 눈동자와 입매에서 앳된 느낌이 묻어나는 것 같기도 했다. 하지만 아무리 봐도 삼십대 후반이었다. 사회생활에 찌들고 지친 직장인 말이다.

"……많이 힘들었군요."

문선우가 삭은 얼굴을 쓸어내리며 너털웃음을 지었다.

"그나저나 마이너스 통장 만든 것 같은데, 괜찮겠어요?"

얼굴 이야기는 그만하자는 뜻인지, 그는 화제를 돌려버렸다. 안타까운 눈빛을 하고 있던 보영이 이내 뚱한 얼굴로 어깨를 으쓱여 보였다.

"고정 일자리 알아보고 있어요."

"카피라이터로요?"

"아뇨. 카피 일은 계속 가려가면서 할 거예요. 어차피 하기 싫은 거 하면 병이 나거든요. 그래서 차라리 안전장치를 하나 장착하려고요."

"그럼, 다른 서점에 지원한 거예요?"

"아뇨, 아이들 논술학원이랑, 도서관 주말 아르바이트랑, 실버 산업 컨설팅 회사 파트타임이요."

"어떻게 분야가 다 다르네요."

"뭐, 관련 되는 거 일단 다 넣어본 거죠. 그 중에 되는 걸로 가려고요."

"세 개 다 되면요."

"실버 산업 쪽으로 갈 거예요. 엄마 때문에 예전부터 노인복지 문제에 관심이 있었거든요."

"카피라이터는 정말 갈 곳이 많네요. 굶어죽을 일은 절대 없겠어요."

보영이 모르는 소리 말라는 의미의 쓴웃음을 지었다.

"돈이 몰리는 곳엔 언제나 사람들의 욕심으로 가득 차 있어요. 카피라이터는 끊임없이 그 욕심을 부추겨야 되죠. 그게 얼마나 슬프고 공허한 건데요."

"그래도 공익광고도 있고, 사람들한테 알려주면 좋은 그런 상품도 많잖아요."

두 사람은 어느새 근처 테이크아웃 커피점을 향해 걷고 있었다.

"그렇긴 해요. 가끔은 사람들한테 빨리 알려주고 싶어서 손이 막 근질거리거든요. 그래서 이 일을 계속하나 봐요."

이제는 어느 정도 혼란과 갈등에 대한 답을 내린 듯 보영이 가벼운 얼굴로 말을 이었다.

"맛있는 것만 먹을 수 없을 땐 둘 다 안 먹는 걸 선택했는데, 이제는 안 그러려고요. 이젠 맛있는 거, 맛없는 거 둘 다 먹는 쪽을 택하려고요."

두 사람은 테이크아웃 커피점에서 커피 두 잔을 샀다. 바로 앞에 야외의자가 몇 개 놓여 있어서 잠깐 자리를 잡고 앉았다.

"사무실에 안 들어가 봐도 돼요?"

문선우는 가을햇살을 쬐어보는 것도 오랜만이라는 듯 기분 좋은 얼굴을 하고 있었다.

"이럴 때 아니면 또 언제 농땡이를 칩니까. 그리고 야근하면 되죠, 뭐."

보영이 하긴 그렇다는 의미로 커피를 건배하듯 추어올리고는 입가에 가져갔다. 아까 마셨던 카푸치노 맛 독약과는 천지차이로 다른 원두커피 맛이었다. 맛있는 건 역시 맛있었다. 맛있는 걸 먹는 게 좋지만, 때로는 맛없는 게 얼마나 맛없는지 일깨워줘서 너무 맛있는 건 두렵기도 하다.

"여기 커피 맛 좋네요. 예전에 이곳에서 일할 때는 이 카페 없었는데, 새로 생겼나 봐요."

일.상 혹은. 환.상

"그런가요? 저는 이 은행에 들어오고 나서부터 계속 봐와서 오래된 곳인 줄 알았어요."

아득한 눈빛으로 가을 하늘을 올려다보는 문선우를 보며 보영이 혀를 찼다.

"직장 다닌 지 몇 년이나 됐다고 벌써 그렇게 팍 삭았어요? 나중에 어떡하려고?"

그는 떨떠름한 웃음을 짓다가, 가볍게 농담처럼 말했다.

"……그래서 그만두려고요."

"네?"

보영이 놀란 눈으로 쳐다보았지만, 문선우는 이미 마음의 결정을 내린 듯 가뿐한 얼굴로 했다.

"원래부터 적성에 안 맞는 걸 했던 거예요. 무조건 안정된 직장을 가져야 한다고만 생각했었거든요."

그는 오래 전 아버지가 사업실패로 빚더미에 올라앉았었다는 것과 어머니가 그 빚을 갚느라 허리가 휘도록 아직도 일하고 있다는 걸 말하지 않았다. 대신 지금 하고 있는 일에 대해 속내를 털어놓았다.

"쉽지가 않아요. 몇몇 뻔뻔한 고객들 빼고는 대부분 다 제각기 사정이 있는 어려운 사람들이거든요. 그런 사람들한테 빚 독촉을 한다는 게 매번 쉽지가 않아요. 가끔씩 카드빚 때문에 자살했다는 기사 뜨면, 내가 전화한 사람인가 싶어서 가슴이 덜컥 내려앉고…… 그래요."

긴 말을 하지는 않았지만, 심적 갈등이 꽤 깊었다는 것을 알 수 있었다. 그는 별일 아닌 양 다시 커피를 마셨지만, 보영은 그에게 꼭 해주고 싶은 말이 떠올랐다.

"제가 겪은 문선우 씨는, 자살하고 싶게 만드는 은행원은 아니었어요. 오히려 재기할 수 있게, 다시 일어설 수 있게 힘을 주는 사람이었지."

커피를 마시느라 시선을 내리고 있던 문선우가 그 말에 강보영을 응시했다. 보영이 진심으로 하는 말이라는 의미에서 문선우를 마주 보았다. 그러다 너무 오랫동안 응시하는 그의 시선을 못 견디고 보영이 괜한 말을 던지며 눈길을 피했다.

"뭐, 정 괴로우면 그만둬요. 나중에 급한 일 생기면 내가 돈 한번 빌려줄게요."

그가 시선은 떼지 않고, 입 꼬리만 슬쩍 올렸다.

"얼마나 빌려줄 건데요?"

"글쎄요. 한 백만 원?"

"명단에 올리지 않은 값치고는 너무 적은데요."

고개를 돌리고 있었던 보영이 어이가 없다는 얼굴로 그를 홱 쳐다보자, 그가 장난꾸러기 같은 얼굴로 말했다.

"돈 빌려주는 건 됐으니까, 주말에 밥이나 사요."

보영이 눈을 끔벅끔벅하다가, 어느 순간 눈을 가늘게 뜨고

일.상 혹은. 환.상

그를 유심히 쳐다보았다. 그는 선택을 하라는 의미인지 가만히 그 시선을 견디며 웃고만 있었다.

나중에 돈을 빌려주겠다는 약속을 할 것인가, 주말에 밥을 살 것인가.

채권자와 채무자로 만난 그와 거리를 둘 것인가, 친밀해질 것인가.

얼굴이 삭고 곧 실업자가 될 남자와 관계를 발전시켜나갈 것인가, 말 것인가.

그것이 문제였다.

보영은 카드대금이 세 번 연속 연체되는 지옥을 헤쳐 나왔던 자신을 믿기에, 문선우가 실업이라는 지옥을 헤치고 나올 것이라고 믿었다. 그녀가 스스로에 대한 확신을 잃지 않았던 것처럼, 그도 스스로에 대한 확신을 잃지 않을 사람이라고 생각했다.

"차는 선우 씨가 사요."

먼저 밥을 사는 게 살짝 자존심이 상해 보영이 그 말로 답을 대신했다. 그는 삭은 얼굴로 싱글싱글 웃고 있었다.

fin.

왜 평생 스무 살일 수 없는 걸까?

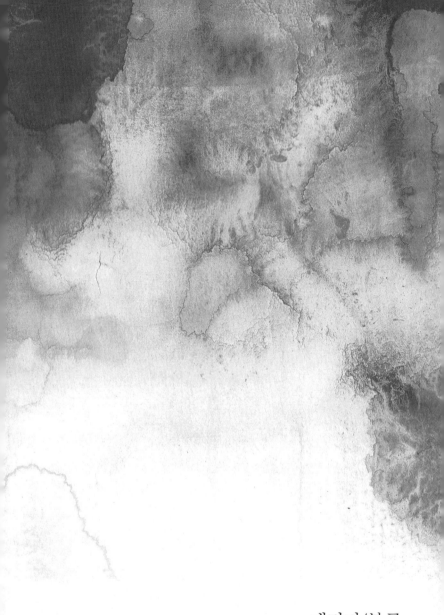

Marriage Blue 매리지/블루

정지원

정지원

「여름의 끝」, 「푸른 바다의 노래」, 「봄바람」, 「길들여지다」, 「민들레 한 송이」, 「초혼사」 등을 출간, 「깊은 밤을 날아서」로 2004년 제9회 신영 사이버문학상 우수상을 수상하였고, 2005년 「인연」으로 북박스 장르문학상 로맨스 부분 가작을 수상했다.

최근에는 「한국 환상 문학 단편선 1, 2」, 「한국 스릴러 문학 단편선 2」, 「하우스 허즈번드」, 「하데스와 페르세포네」를 출간했다.

1

"넌 인생의 승리자야!"

경화의 말에 문득 머릿속이 멍해졌다. 내 반응을 알아채지 못한 것처럼 경화는 침까지 튀겨가며 열렬하게 외쳤다.

"진짜 성공했다. 정말 부럽다. 인생 너처럼만 살면 소원이 없 겠다. 나이 서른 넘어서 그런 남자 맞선으로 만나는 게 쉽니? 솔직히 난 맞선 자리도 안 들어와. 너 복 받은 줄 알아."

옆자리의 선미까지 고개를 끄덕거리고 있는 걸 보니 경화의 말이 맞는 건가 하는 생각이 들었다. 나는 복 받은 걸까.

30분 정도 잡다한 이야기를 나누었지만 친구들에게 작별인 사를 하고 카페를 나와 정수 씨가 오기를 기다리는 동안 머릿 속에 남아 있는 말은 오직 그것뿐이었다. 넌 인생의 승리자야.

푹푹 찌는 한여름 열기가 내리쬐는 바깥에서 기다릴 필요는 없었다. 정수 씨가 와서 전화를 할 때까지 카페 안에서 친구들 과 의미없는 잡담을 나눌 수도 있었다. 하지만 거기 앉아 있는 게 불편했다. 눈을 빛내며 부럽다, 잘됐다, 좋겠다를 연발하는 친구들을 보는 게 답답했다.

　나이 서른. 누군가는 과장 직함을 달았고, 누군가는 '사'자 달린 직업을 가졌고, 누군가는 아이를 낳았고, 누군가는 유학을 떠났다. 죽은 사람도 있고, 소식이 끊긴 사람도 있다. 이 세상에 태어나 삼십 년을 살았다는 것은 굉장한 일이다. 삼십 년. 날수로 따지면 만 일이 넘는다.

　그리고 만 일이 조금 넘은 시점에 나는 결혼을 앞두고 있다.

　정수 씨는 길가에 차를 세운 다음 몸을 뻗어 조수석 문을 열어주었다. 차 안은 에어컨 바람으로 오싹할 만큼 시원했다.

　"왜 바깥에서 기다렸어요? 카페로 가도 되는데."

　"친구들이 아직 있어서요."

　"어차피 조만간 한 번 인사해야죠. 연서 씨 친구들인데."

　"제대로 자리 만들어서 하는 게 좋잖아요. 지금 얼굴만 비추면 뒤에서 괜한 이야기라도 돌까 싶어서요."

　운전대를 쥔 채로 정수 씨는 허허 웃었다.

　"내가 얼굴이 뒷말 나올 만큼 그렇게 이상하게 생기진 않았는데. 혹시 연서 씨보다 너무 늙어 보여서 그래요?"

　아뇨, 아니에요, 그래도 제대로 인사하면 좋잖아요. 간신히 이런저런 말로 이야기를 매듭지었다. 정수 씨는 이야기하는 내

일.상 혹은. 환.상

내 한 번도 나를 쳐다보지 않았다. 운전을 할 때면 도로에서 절대로 눈을 떼지 않는 사람이었다.

엄마의 동창 아줌마의 복덕방에 자주 들르는 이웃 가게 사람이 들고 온 선자리였다. 우리 친구 아들인데, 유학을 갔다 와서 나이는 좀 있는데 애는 참 괜찮아, 대기업 연구소에 다니는데 애 엄마가 가능하면 빨리 결혼을 시키고 싶은 모양이더라고, 아는 참한 아가씨 좀 없어? 아줌마는 친구 딸인 나를 떠올리셨고 그 자리에서 우리 엄마에게 전화를 거셨다. 그 집에 큰딸 아직 남자 없지? 선 볼 거지? 그 나이에 설마 안 본다고 하진 않을 테니. 물론 엄마는 반색을 하셨다. 내가 설령 싫어했어도 두 팔을 걷어붙이고 성사시키셨을 것이다. 딱히 내가 거부한 건 아니지만.

만 서른, 누가 됐든 하다못해 맞선이라도 한번 보고 싶은 나이이다.

정수 씨의 첫인상은 수더분했다. 서른여덟 살에 지금껏 미국에서 공부를 했고 한국에 돌아온 지 6개월밖에 되지 않았다는 그는 파란 셔츠에 어울리지 않는 노란 줄무늬 넥타이를 매고 있었다. 초봄이라 날씨가 쌀쌀하긴 했지만 셔츠 위에 양복 재킷까지 껴입은 모습은 꽤 더워 보였다. 그러나 그는 호텔 커피숍에 앉아 있는 내내 재킷을 절대로 벗지 않았다. 나는 그가 다시 연락하지 않을 줄 알았다.

놀랍게도 그는 다음 날 아침 일찍 문자를 보냈다.

〈어제는 즐거웠습니다. 이번 일요일에 시간 괜찮으시면 영화나 볼까요?〉

마침표에 물음표까지 정확한 위치에 붙어 있는 문자를 보고 친구들과 인터넷 메신저로 한참 웃었지만 별로 흠잡을 데 없는 맞선상대를 단지 문자의 맞춤법 때문에, 그것도 정확한 맞춤법 때문에 거절할 순 없는 노릇이었다.

그렇게 한 번 두 번 만나다 보니 어느새 계속해서 만나고 있었다. 이 나이에 맞선으로 만난 사람을 두 달 세 달 만난다는 건 뻔한 결론을 불러오게 마련이었다. 서로 양가 부모님께 인사를 드리고, 어느새 상견례라고 이름만 안 붙였지 상견례나 다름없는 저녁식사 자리가 마련되고, 그리고 어느새 웨딩 컨설턴트와 상담을 하고 있었다.

"친구들이랑 피곤했나 봐요? 평소보다 조용한 것 같은데."

정수 씨가 웃음 섞인 목소리로 말했다. 정신을 차리고 주위를 둘러보니 집으로 가는 길이 아니었다. 낯선 건물과 길거리의 모습에 가슴이 두근거렸다. 기분 좋고 흥분되는 두근거림이 아니라 왠지 모를 두려움이 목덜미를 간질였다. 모르는 사람에게 납치되고 있는 것 같았다. 이대로 어디 부둣가로 가서 멸치잡이 배에 팔려가는 거다.

엉뚱한 상상에 쓴웃음이 번졌다. 정수 씨가 그런 이중인격자라는 것보다는 내가 슈퍼모델이라는 쪽이 훨씬 믿음이 가겠다. 운전 중에는 차간거리를 완벽하게 유지하고, 학교 앞에서는 속도를 줄이고, 브레이크 한번 과격하게 밟는 일이 없는 사람이었다. 운전으로 남자를 판단할 수 있다면 정수 씨는 전국에서 1, 2위를 다툴 만큼 성실한 사람일 것이다.

"친구들이 부러워하니까 왠지 기분이 이상하더라구요."

반쯤 솔직하게 대답하자 정수 씨가 잠깐 신호에 걸려 정지한 사이 내 쪽을 힐끔 보았다.

"결혼해서? 친구들도 다 연서 씨 나이 정도잖아요."

"그렇긴 한데 결혼한 친구는 몇 명 없거든요. 친한 친구들은 다 아직 솔로고."

"그 나이면 결혼할 때도 됐지. 계속 혼자 있다 보면 어느새 주변 친구들 다 결혼하고 같이 놀 사람도 안 남아요. 그거 굉장히 기분 안 좋거든요. 혼자 뒤처진 느낌이랄까."

뒤처진 느낌. 그 반대는 인생의 승리자인 걸까? 갑자기 그 말을 외치던 경화의 모습이 선명하게 떠올랐다. 그 애가 침을 튀겨가며 외쳐대던 건 자신을 혼자 두고 가지 말라는 애원이었을까?

정수 씨가 차를 골목 안쪽으로 몰고 가다가 어느 예쁘장한 주택 앞에 세웠다. 처음에는 뭐 하는 곳인가 했지만 자세히 보니 한쪽에 간판에 붙어 있었다. 음식점이었다. 저녁 먹기는 아직 이른데 싶어서 돌아보았더니 정수 씨는 왠지 바쁘게 안전벨트를 풀고 있었다.

"저기, 음, 시간 좀 이른 건 아는데 그냥 좀 빨리 먹어도 되죠? 연서 씨가 친구들이랑 시간이 좀 더 걸릴 줄 알았는데 의외로 일찍 연락을 해서."

오후 다섯 시, 아직 해는 지지 않았지만 저녁을 먹지 못할 정도의 시간은 아니었다. 케이크와 차로 배가 불렀지만 정수 씨에게 타박을 놓기도 뭐해서 그냥 따라갔다.

주택은 깔끔하고 조용했다. 음식점이라기보다는 평범한 주택 같았다. 위층으로 올라가니 개인실이라고 해도 좋을 정도로 작은 공간이 나왔다. 하나뿐인 테이블은 이미 세팅이 끝난 상태였다. 갑자기 여기가 어떤 가게인지 감이 왔다. 하루에 한 팀밖에 손님을 받지 않는다는 프러포즈 전용 레스토랑.

정수 씨는 부산하게 냅킨을 펼치고 식기를 만지작거리다가 눈이 마주치자 배시시 웃었다. 나도 마주 웃었다. 무슨 일이 벌어질지 이미 알면서 모른 척하는 건 어려운 일이었다. 웨이터가 작은 꽃다발과 상자를 가져와 테이블 위에 내려놓았다. 사전에 계획을 해두었던 모양이다.

"음, 사실 먼저 했어야 했는데, 벌써 부모님께 인사도 다 드리고 날짜까지 잡았으니까 늦었다고 해야겠죠. 그래도 반지는 좀 특별하게 주고 싶었어요."

일.상 혹은. 환.상

문득 아무것도 끼지 않은 손가락에 시선이 갔다. 오랫동안 커플링 같은 것과는 인연이 없던 손가락이었다. 정수 씨를 만나는 동안에도 백 일을 기념한다거나 반지를 맞추는 등의 일은 하지 않았으니까. 나이 서른이 넘으니 그런 소소한 일을 구태여 챙긴다는 게 촌스럽게 느껴졌다. 정수 씨도 그런 이야기를 하지 않아서 백 일도 언제인지 모르게 그냥 넘어갔고 정수 씨 생일도 그냥 지나갔다.

하긴, 백 일을 언제부터 따져야 하는데? 맞선 본 날부터? 두 번째 만난 날부터? 사귄다는 느낌이 든 날부터? 딱히 '사귀자!' 하고 만나기 시작한 것도 아니니 특정하기도 어려운 노릇이었다.

"연서 씨랑 만나서 정말 좋아요. 사실 그때 맞선에 나갈 때만 해도 별로 기대 안 했었는데, 처음부터 연서 씨가 느낌이 참 좋았어요. 만나면 만날수록 편한 사람이고. 우리 잘 살아 봐요."

마지막 말이 마치 새마을 운동 노래처럼 느껴져서 하마터면 웃을 뻔했지만 정수 씨가 그런 농담을 이해할 것 같진 않았다. 꾹 참고 어색한 웃음을 지으며 손을 내밀자 그가 생각보다 능숙하게 손가락에 반지를 끼워주었다. 이럴 때면 미국에 있었다는 지난 십 년 동안 그의 여자 관계가 문득 궁금해졌다. 한 번도 물어본 적은 없지만.

반지는 작은 다이아몬드가 채널 세팅된, 결혼반지라는 이름에 지극히 어울리는 물건이었다. 손가락의 반지를 보고 있자니 갑자기 결혼을 하는구나, 그 생각이 가슴을 콱 죄는 느낌이었다.

웨이터가 타이밍에 맞추어 애피타이저를 가져왔다. 반지 낀 손을 무릎에 내리고서 오른손으로 포크를 집어 들고 정수 씨에게 살짝 웃어 보인 후 음식을 먹었다. 예쁘게 접시에 담겨 있는 음식이 입 안에서 모래처럼 버석거리다가 목을 꽉 틀어막는 것 같았다.

이대로 살아도 좋은 걸까 생각할 때가 있다.

항상 인생이 흘러가는 대로 살았다. 태어나서 걷고 말하고, 적당한 나이에 초등학교에 들어가고, 그 다음에는 중학교 고등학교에 갔다가 시험을 봐서 남들 다 간다는 대학에 들어갔다. 대학생활이 별달리 재미있었던 건 아니지만 그럭저럭 4년을 다니고, 구직활동을 잠시 하다가 적당한 회사가 없어서 대학원에 들어가기로 했다. 대학원을 2년 더 다닌 다음 연구실 선배들이 줄줄이 들어간 화장품 회사 연구소에 따라 들어갔다. 그리고 몇 년간 회사에 다니다가 맞선으로 적당한 남자를 만나서 이제 결혼을 준비하고 있다. 결혼하고 나면 적당히 아이를 낳고 키우고 그렇게 살겠지.

이대로 계속 살아도 괜찮은 걸까.

뭔가를 원해서 악착같이 달려들어 본 적이 한 번도 없었다. 누군가는 대학 입시를 준비할 때 인생의 모든 노력을 다 썼다고 단언했다. 누군가는 첫사랑에 가슴이 무너져서 펑펑 울었던 적이 있다고 했다. 또 누군가는 음악이 하고 싶어서 집을 뛰쳐나오고 학교를 그만뒀다고도 한다.

나는 평생 그래 본 적이 없었다. 그럭저럭 공부해서 적당히 성적에 맞춰서 대학에 갔다. 그래도 큰 불만은 없었다. 회사가 나를 받아주지 않아서 나를 받아주는 적당한 대학원에 갔다. 지겹긴 했지만 나쁘진 않았다. 그리고 이제는 별 노력을 하지 않아도 나를 받아주는 남자 옆에 있다.

노력해서 얻어야 하는 걸 바란 적은 없지만, 한 번쯤은 바라야 하는 게 아닐까. 남들이 불타오르는 것을 볼 때마다 그런 생각이 머리 한구석을 스쳤다. 나도 뭔가 꼭 원하는 게 있어서 떼를 쓰고 화를 내고 울어야 하는 게 아닐까.

하지만 뭘 그렇게까지 원해야 할까? 직업? 연구직이 천직은 아니라 해도 적당한 월급을 주고 적당한 명함을 제공하는 일이었다. 꿈과 희망? 그게 뭐였는지 이제는 기억도 나지 않는다.

불만이 없다는 게 불만이라면 아마 주변의 모든 사람들이 돌을 던질 것이다. 하지만 그냥 그럴 때가 있다. 다른 사람들은 모두 다 좋겠다, 잘됐다, 부럽다 그러는데 나 혼자서만 심술을 부리고 싶을 때. 내가 바란 건 이게 아니란 말이야, 좀 더 좋은 게 있을 것 같았는데!

언제나 인생은 좀 더 좋은 게 있을 것 같았지만 결국에는 아무것도 없는 기나긴 길과 같다. 좀 더 가면 뭔가 근사한 게 나올 것 같은데, 정작 거기까지 가보면 금이라고 생각했던 건 허섭한 돌덩어리일 뿐이다.

뻔히 알면서도 어떤 사람들은 계속해서 악착같이 다음 번 황금을 향해 달려간다. 전에는 그걸 바보짓이라고 생각했는데, 지금은 왜 그런 바보짓 한번 해보지 않았던 걸까 후회가 들었다. 이대로 끝내도 되는 걸까? 결혼을 하고 아이를 낳고, 그러면 더 이상 바보짓을 하고 싶어도 할 수 없다.

문득 결혼반지를 빼놓고 가까운 미장원에 들어가 자우림의 노래처럼 훌쩍 삭발이라도 하고 싶어졌다.

하지만 하지 않겠지. 지금도 그렇게 열렬하게 원하는 건 아니니까. 그저 스쳐가는 생각에 가까울 것이다. 슬프게도.

"매리지 블루야."

선미는 내 이야기를 듣고서 이렇게 단언했다.

"결혼 전에 갑자기 우울해하는 그거?"

"그래. 무지 좋아서 결혼 결혼 날뛰던 커플이라고 해도 실제

일.상 혹은. 환.상

로 결혼 준비를 하면서 현실에 부닥치게 되면 당황하고 좌절하고 싸우게 마련이야. 생각하고는 다르니까. 이 사람이랑 평생 같이 살아야 하는데 괜찮을까, 이런 생각이 드는 거지. 그래서 우울해지는 거고. 넌 더더구나 그 사람이랑 오래 연애한 것도 아니잖아. 그러니까 그런 것도 당연하지 않을까?"

오래 연애한 것도 아니고 절절하게 사랑해서 결혼하는 것도 아니다. 기대가 없으니 우울할 이유도 없는 게 아닐까. 빨간 싱가포르 슬링을 내려다보며 그런 생각을 했지만 설명하기가 어려웠다.

"정수 씨 사람 좋던데. 심지어 자리 마련해서 청혼까지 했다면서. 선 봐서 만난 사이에 그렇게까지 해주는 남자 안 많다. 너무 그렇게 고민하지 마."

선미는 푸르스름한 미도리 사워를 홀짝거렸다. 선미는 경화처럼 대기업 연구원과 맞선, 곧장 결혼으로 돌진, 인생의 승리자, 이런 과잉 찬양을 늘어놓지 않아서 상담상대로는 훨씬 편했지만 오늘 머릿속이 복잡해 보이는 건 나 혼자가 아니었다.

미도리 사워가 반쯤 비었을 때 선미가 바에 주르르 놓여 있는 술병에게 이야기하듯 나직하게 말했다.

"나도 지난주에 선 봤다."

"어땠어?"

"어떻긴 뭐가 어때. 나 선은 처음 보잖아."

선미는 대학 때부터 7년이 넘게 만난 남자친구와 올해 초에 헤어졌다. 남자친구가 임용고시를 준비하며 한참 속을 썩었던 게 문제였지만, 결정적인 문제는 같이 임용고시를 준비하던 스물다섯 살의 여자애와 눈이 맞았다는 거였다. 변명하고, 호통치고, 급기야는 뺨을 때리기까지, 형편없기로 따지자면 지금껏 구경해본 결별 중 3위 안에는 들 것 같은 사건이었다.

어쩌면 그런 걸 봤기 때문인지도 모른다. 나의 마지막 결별은 그렇게 감정적이지 않았다. 만나고 있는 동안 어느새 마음이 식었고, 그러다 나는 취직을 했고 남자친구는 학생인 채 지방의 자취집에 머물렀다. 얼굴을 안 보는 시간이 길어지고, 그러다 어느 날 남자친구 쪽에서 먼저 헤어지자고 말했다. 그렇게 연락을 끊었다. 빈자리가 썰렁하긴 했지만, 가슴이 메이도록 울지도 않았고 밤마다 술을 마셔대지도 않았다.

처음에는 분명히 좋아했었다. 그는 지방에 살고 나는 서울, 주말마다 고속버스를 타고 오가는 만남이었지만 가는 길조차 두근거렸던 시절이 있었다. 고속버스 휴게소에서 사 먹는 간식만으로도 값비싼 레스토랑 데이트보다 좋았던 시절이 있었다.

그러니까 어렸다고 말하는 걸지도 모르겠다.

"선자리라는 게 참 기분이 그렇더라. 꼭 시장에서 물건 사는 거 같아. 부모님은 뭐 하시고, 형제들은 어떻고, 난 지금 무슨 일 하고 있고, 앞으로는 어떻게 하고 싶고……. 소개팅은 그렇진 않잖아."

"시장 맞아. 맞선 시장이라고 하잖아. 그게 괜히 하는 소리겠어?"

선배의 마음으로 말하자 선미는 나직하게 웃었다.

"그러게. 어쨌든 남자가 나쁘진 않았는데, 그렇다고 딱 좋은 것도 아니고. 차라리 소개팅이 더 마음이 편한 것 같아."

"너도 나이가 서른인데 가릴 처지니. 눈에 띄게 나쁜 데가 없으면 그냥 계속 만나는 거야."

충고랍시고 말을 해놓고 나니 우스워졌다. 선미는 웃지 않았다. 나를 돌아보고 마치 실망한 것 같은 표정으로 물었다.

"넌 그렇게 만나다가 정수 씨랑 결혼하기로 한 거야? 눈에 띄게 나쁜 데가 없으니까?"

대답할 말이 없었다. 달콤한 술이 갑자기 쓰게 느껴졌다. 선미는 다시 고개를 돌리고 줄줄이 선 술병을 바라보았다.

"난 아직은 그러기 싫어. 아직은 감정에 따라 살고 싶어. 나쁘지 않으니까 만나는 게 아니라 그 사람을 좋아하니까 만나고 싶어. 상대한테도 실례잖아."

하지만 그 상대방도 똑같은 기분으로 나를 만나고 있다면? 딱히 나쁜 데가 없으니까. 그럼 실례는 아니지 않을까?

정수 씨는 무슨 생각으로 나와 결혼하겠다는 마음을 먹은 걸까? 갑자기 궁금해졌다.

— 회식 끝나고 조금 전에 들어왔어요. 씻고 자야죠. 연서 씨가 이렇게 늦은 시간에 전화하는 건 처음인 것 같은데.

정수 씨의 말에 조금 놀랐다. 그랬나? 처음이었나? 하긴, 12시가 넘은 시간에 전화하는 건 직장인에게는 실례라고 생각하니까. 친구라면 한밤중에 전화 걸어 잠을 깨워도 미안하지 않지만, 정수 씨에겐 미안했다.

정수 씨는 나에게 친구 카테고리에 들어가 있지 않은 것이다. 조만간 결혼하게 될 낯선 사람인 것이다.

물어보려던 말이 갑자기 목에서 걸렸다. 정수 씨는 용건이 뭐냐고 묻고 있는데, 말이 나오지 않았다. 결국 회식 잘하고 들어갔는지 궁금해서 전화했다고 어물거리고 잘 자라고 인사를 하고 전화를 끊었다.

취한 탓인지도 모르겠다. 평소 같으면 걸지 않았을 전화를 걸어서 왜 나랑 결혼하려고 생각했어요, 하고 물으려고 하다니. 그럼 연서 씨는 왜 그러기로 했어요, 라고 물으면 뭐라고 대답할 건데? 결혼할 때가 됐으니까? 정수 씨에게 크게 나쁜 부분이 없으니까?

정수 씨가 똑같이 말한다면 아 하고 이해는 하겠지만 기분이 딱히 좋지는 않을 것이다. 정수 씨도 마찬가지겠지. 그럼 차라리 아무 말도 하지 않는 게 나을 것 같았다.

집에서는 엄마가 내가 오기만을 눈이 빠지게 기다리고 계셨던 모양이었다. 집에 들어서자마자 다녀왔습니다 인사도 하기 전에 등을 철썩 내리치셨다.

"왜 이렇게 늦게 다녀? 이 집에 있을 날도 오래 안 남았는데 일찍일찍 좀 들어와서 엄마랑 이야기도 하고 해야지. 거기다가 결혼 앞둔 애가 그렇게 자정 넘어까지 돌아다니는 거 소문이라도 나면 어쩔 거니?"

엄마는 흥분해서 쏘아붙이신 다음 갑자기 거실 한쪽에 있던 쇼핑백을 당겨 옷을 주섬주섬 꺼내셨다.

"오늘 사돈어른 만났는데, 같이 쇼핑을 했거든. 사람 참 통도 크지. 너 사이즈 어떻게 되냐고, 너 입을 옷도 좀 사자고 이것저것 같이 골랐다. 한번 입어봐라. 이런 시어머니가 어디 있니? 사람 좋지, 돈 많지, 거기다가 결혼한 다음에 데리고 살 생각 없다, 아들이랑 며느리한테 부담 안 줄 만큼 생활비는 있다, 딱 잘라 말하더라."

옷은 온통 정장 스타일의 원피스들이었다. 갓 회사에 들어온 신입 여사원이 입을 것 같은 하얀 리본 블라우스와 검은 치마가 붙어 있는 투피스 스타일의 원피스를 보고 있자니 아까 전에 마신 싱가포르 슬링이 도로 올라올 것 같았다. 이런 걸 나이 육십의 아줌마 두 분이 고르고 있었다는 사실이 이해가 가지 않았다. 옷을 사주고 싶다면 차라리 상품권으로 주는 편이 나을 텐데.

무엇보다도 옷 정도 사 입을 돈은 나에게도 충분히 있었다. 갑자기 십대 시절에도 없던 반항심이 불쑥 치밀어 올랐다.

"그거 너무 애들 같잖아요. 대학 갓 졸업한 이십대도 아니고 그게 뭐예요?"

"얘가! 시어머님이 사준 건데 최소한 입고 한 번은 나가야 될 거 아니니. 김 서방한테도 고맙다 그래라."

엄마는 정수 씨를 이미 '김 서방'이라고 부르셨다. 모든 것들이 나를 칭칭 동여매고 조이는 느낌이었다. 미친 듯이 도망치고 싶었다. 이렇게 살아도 되는 걸까? 이렇게 주변 사람들이 밀어붙이는 대로 밀려가면, 그러면 잘 사는 걸까?

"엄마."

목소리가 떨렸다. 하지만 이 옷 저 옷 꺼내며 비교해보고 있던 엄마에게는 들리지 않았던 모양이다.

"엄마, 나 결혼 안 하면 안 돼요?"

그제야 엄마가 나를 돌아보셨다. 무슨 말을 했는지 마치 3, 4초쯤 늦게 입력이 된 것처럼 엄마는 천천히 눈을 휘둥그렇게 뜨셨다.

"뭐?"

"결혼 안 하면 안 되냐고요."

"왜? 김 서방이 뭐 바람이라도 피웠어? 무슨 문제라도 있니? 둘이 싸웠어?"

아니, 그런 건 아니지만. 엄마한테 대답할 말이 아무것도 떠오르지 않았다. 엄마는 나를 한참 바라보다 옷을 밀어놓고 가까이 다가와 앉으셨다.

"결혼이라는 게 굉장히 큰일이지. 겁도 나고 무서운 것도 당연해. 하지만 그렇다고 안 하는 것보다는 상황 흘러가는 대로 그냥 맞춰가는 것도 괜찮은 거야. 엄마도 그랬어. 엄마는 네 아빠랑 한참 연애를 했는데도 막상 결혼을 하려니까 일도 많지, 집도 구해야 되지, 무엇보다도 부모님한테 귀여움 받고 살던 집에서 나와야 된다는 게 굉장히 큰 충격인 거야. 하지만 그렇게 하면서 사람이 다 어른이 되는 거지. 넌 집에서 나가 살아본 적도 없으니 더 그렇겠지만, 그래도 금방 괜찮아질 거야."

얼굴을 쓰다듬는 엄마의 손은 따뜻했지만, 엄마의 말은 내용만큼 내 가슴에 따뜻하게 닿지 않았다. 주변의 결혼한 친구들은 나와 달랐다. 그녀들은 다들 좋아하는 사람과 같이 살게 된다는 사실에 흥분하고, 그 간단한 일을 위해 거쳐야 하는 수많은 결혼과정과 시집의 간섭, 친정 엄마와의 충돌 등으로 스트레스를 받았다. 그런데 나는 그런 부분에 전혀 스트레스를 받지 않았다. 결혼식은 컨설턴트에게 맡기고, 이것저것 결정할 것들은 그저 그쪽에서 추천하는 대로 할 뿐이었다. 신혼여행? 정수 씨에게 물어보고 가고 싶다는 곳 아무 데로나 하면 되지. 웨딩 드레스? 숍에서 잘 어울린다고 추천하는 거 한두 개만 입어보고 고르면 되잖아. 예식장? 그건 컨설턴트가 알아서 잡아주겠지.

나에겐 열의가 없었다. 의욕도 없었다. 상황 흘러가는 대로, 남들이 가리키는 대로 이미 맞춰가고 있다. 바로 그 점이 무서운 거였다.

2.

회사 사람들은 친구와는 카테고리상 몇 미터 정도 떨어져 있다는 느낌을 준다. 때로 지나칠 정도로 사생활을 꼬치꼬치 캐묻는 사람도 있지만, 곧 결혼한다는 말에 대부분의 반응은 언젠데, 축하해, 어떤 사람이야, 어떻게 만났어, 좋겠네, 그 정도였다.

누구도 나에게 결혼하는 기분이 어떤지 자세하게 물어보지 않는다는 점이 마음 편했다. 어쩌면 회사가 다른 모든 일로부터의 도피처가 되었는지도 모르겠다.

"연서 씨, 잠깐만 와 봐요. 새로 MS 기계 들이는 것 때문에 그러는데."

실험용 기계를 돌리고 있는데 바깥에서 선임 연구원 박재익 박사가 불렀다. 기계를 자동으로 맞춰두고 나가니 양복 차림의 남자가 회의실 탁자 위에 주섬주섬 카탈로그를 펼쳐놓고 있었다. 박 연구원은 내 쪽으로 몸을 기울이고 이번에 거래처를 바꿔보자는 이야기가 나와서 여기저기 만나고 있는 거 알지, 하고 속삭였다. 회사라는 시스템은 왠지 모르지만 겉보기에는 민주적인 방식을 좋아해서 거래처 변경에 일반 연구원들의 의견까지 참조하겠다는 거였다. 시간낭비라고 생각하지만, 웨딩 드레스 카탈로그를 보는 것보다는 덜 지루하겠지.

자리에 앉자 남자가 명함을 건넸다. 영업자라는 입장에 걸맞게 사근사근한 웃음을 짓는 남자였다. 그리고 어디서 많이 본 듯한 인상이었다.

명함을 보는 순간 절로 어어 소리가 나왔다. 남자는 박 연구원과 먼저 인사를 나눈 후 나를 쳐다보았다.

"AC 케미컬의 윤태식입니다."

고개를 숙이다 말고 그도 뒤늦게 깨달은 듯 나를 보고 주춤했다. 박 연구원은 우리 둘을 보고 의아한 표정을 지었다.

"두 사람 아는 사이예요?"

태식은 뭐라고 해야 하는지 고민하는 얼굴로 나를 쳐다보았다. 나는 박 연구원을 보고 고개를 끄덕였다.

"대학 때 친구예요."

그렇구나, 반갑겠네요, 그 정도 말로 마무리하고 세 명 모두 자리에 앉아 새로 들일까 생각 중인 기계에 대해 이야기를 나누었다. 카탈로그를 보며 설명을 듣고, 타사에 대비한 가격적 장점을 듣는 내내 머릿속 한 구석에서는 스물다섯 살 시절의 태식이 웃고 있었다.

일.상 혹은. 환.상

태식과 만난 것은 대학교 3학년 때 했던 소개팅이었다. 친구의 친구를 통해서 들어온 소개팅이라 어떤 사람인지 아무것도 모르고 나갔고, 굉장히 어색했던 것만 기억에 남아 있다. 그래도 처음부터 꽤 마음에 들었던 것 같다. 그러니 두 번 세 번 계속 만났으리라. 지방대생이었던 그는 방학이라 서울에 있는 집에 와 있는 중이었다.

방학이 끝난 후부터 본격적인 장거리 연애가 시작되었다. 친구들은 장거리 연애는 오래 가지 않는 법이라며 모두 말렸지만, 나는 잘될 거라는 확신을 갖고 있었던 것 같다. 어디서 그런 확신이 나왔는지 모르겠다. 어쨌든 1년 정도 줄기차게 주말이면 그가 있는 대전과 서울을 오갔다. 그 후에는 그가 병역특례로 서울에 있는 회사에서 근무하게 되어 만나기가 더 쉬워졌지만, 만나기가 쉬워진 것에 반비례해서 감정은 식어갔던 것 같다. 그렇게 그가 병특이 끝나고 다시 대전으로 돌아가고, 나는 대학원 석사를 마치고 취직을 했다. 그리고 헤어졌다.

그 이래로 딱히 길게 남자를 사귄 적이 없으니 그가 나의 마지막 남자친구였던 셈이다. 하지만 지금은 왜 그를 좋아했었는지 기억조차 나지 않는다. 왜 감정이 식었는지도.

한 귀로 흘려버린 기계 설명이 끝나고, 두 남자가 일어나는 바람에 나도 따라 일어났다. 태식과 박 연구원이 악수를 나누었고, 나도 간단히 악수를 나누었다. 회의실을 나오는데 태식이 나를 툭툭 쳤다.

"시간 있으면 커피 한잔할래? 아니면 언제 한 번 만나든지."

박 연구원이 쳐다보는 눈길이 그리 좋지 않아서 나는 다음에
만나자고 말하고 연락처를 알려주었다. 태식은 빙그레 웃었다.

"오랜만에 만나니까 진짜 반갑다. 나중에 전화할게."

반가운가? 그런 것 같기도 했다. 어쨌든 20대 중반을 함께 보
낸 사람이니까. 다시 실험 기계 앞으로 돌아가는데 박 연구원
이 내 어깨를 툭 쳤다.

"아는 사람이라고 해도 업체 선정에 관한 이야기는 하면 안
돼요. 알지?"

세 살 먹은 어린애도 아닌데 설마요, 하고 대답하고 싶었지만
회사에서는 농담이나 빈정거리는 말이 통하지 않는다는 걸 알
기에 네 하고 얌전하게 대답했다. 어차피 그가 연락할 거라고는
생각하지 않았다. 3, 4년 전에 헤어진 남녀가 다시 만나서 무슨
할 이야기가 있다고.

생각보다 많았다.

"다시 만나면 되게 어색할 줄 알았는데."

고기와 맥주를 사이에 두고 나는 근 몇 달 동안 웃은 걸 다
합친 것보다 많이 웃었다. 정수 씨와 있을 때보다 훨씬 많이 웃

었고 마음도 편했다. 어쩌면 그때 그 시절, 알 만큼 알았던 사이이기 때문인지도 모른다. 나는 어느새 스물다섯 살로 돌아가 있었고, 태식도 그랬다.

"사실 나도 그랬어. 너 표정 보니까 함부로 말도 못 붙이겠더라. 전화 거는데 어찌나 떨리던지. 아, 내가 처음 영업 나간 날 얘기해줬나? 장난 아니었어. 말하는데 목소리가 와들와들 떨리더라."

태식은 낄낄거리며 실수담을 실감나게 이야기해주었고 나는 다시 배를 쥐고 웃었다. 술이 몇 잔 들어간 탓인지 별거 아닌 이야기조차 웃음이 나왔다.

"그나저나 너 별로 안 변했다. 아니 거의 그대로인 거 같아."

그는 마치 그 시절이 그리운 것 같은 어조였다. 나도 왠지 그런 기분이 들었다. 그때로 돌아가면 헤어지지 않을지도 모른다. 대체 왜 헤어졌지? 지금은 기억도 나지 않았다. 그의 빈 잔에 맥주를 따르며 생각나는 대로 물었다. 태식은 눈을 굴렸다.

"야, 네가 먼저 헤어지자고 했잖아."

"내가?"

내 기억 속에서는 분명히 그가 먼저 헤어지자고 했는데. 하지만 태식은 고개를 흔들며 허공에 손가락을 흔들었다. 그의 혀도 어느새 반쯤 풀려 있었다.

"너였어. 내가 솔직히 그 쥐구멍만 한 자취방에서 얼마나 슬폈는지 아냐? 바로 서울로 올라가려고 그랬는데, 밤이라서 올라갈 길이 없는 거야. 버스 타러 가려니까 그것도 좀 그렇고, 그래서 내일 가야지 하고 잤는데 아침 되어 정신 차리니까 헤어지자는 여자한테 찾아가서 무슨 소릴 하나 싶고. 그래도 어쨌든 나 진짜 한참 괴로워했다. 내가 뭐 크게 잘못했던 것도 아니잖아?"

그러게. 크게 뭔가 잘못했던 게 아닌 것 같은데 왜 헤어지자고 했지? 그리고 왜 내 기억 속에는 그가 먼저 헤어지자고 했던 걸로 남아 있을까?

"왜 헤어지자 그러냐고, 내가 뭐 잘못했냐고 그랬더니만, 나 네가 한 말 아직도 기억해. 이건 아닌 거 같다고, 이대로 살아도 되는 건지 잘 모르겠다고, 헤어져서 혼자 생각하고 싶다고 그러더라. 너 그건 좀 아니지 않았냐? 뭘 잘못했으면 잘못했다고 하든지. 이건 아니라니, 그럼 우리가 사귀던 시간은 뭐가 돼?"

술기운에 아무리 생각을 해봐도 내가 잘못하긴 잘못한 것 같다. 탁자를 향해 머리를 조아리고 말했다.

"미안, 미안."

"됐다. 지금 그런다고 뭐가 달라지냐? 그나저나 어떻게 살았냐? 내 얘기만 내내 하고. 네 얘기도 좀 해봐. 남자는 있냐?"

코웃음이 절로 나왔다. 사람을 무시해도 유분수지.

"나 결혼날짜 잡고 있는 사람이야. 왜 이래."

일.상 혹은. 환.상

"결혼하냐? 누구랑?"

누군 누구야, 남자지. 그러고 있는데 휴대전화가 울렸다. 정수 씨였다. 그의 코앞에 대고 휴대전화를 흔들었다.

"봐라, 님께서 딱 타이밍 맞춰 전화하시잖아. 조용히 하고 있어."

여보세요오, 하고 전화를 받으니 정수 씨가 언제나처럼 조용조용한 목소리로 말했다. 아직 안 들어갔어요? 회식? 친구랑 술? 데리러 갈까요? 혼자 택시 타고? 그럼 집에 들어가서 전화해요. 술 많이 마셔서 못할 것 같아도 택시 타고 갈 때라도 전화해줘요.

"되게 챙기나 보다?"

전화를 끊자 태식이 이기죽거렸다.

"당연하지. 대딩이랑 같아? 대기업 다녀. 차도 제네시스 몰아."

태식은 물끄러미 나를 쳐다보다가 다시 불판으로 시선을 내렸다. 그 묘한 표정에 왠지 뒷덜미가 움찔하는 느낌이었다.

"왜?"

"아니. 그 남자도 네가 그렇게 말하고 다니는 거 알아? 대기업, 제네시스. 나 같으면 나랑 결혼할 여자가 어디 가서 날 그렇게 말하면 기분 되게 안 좋을 거 같은데."

"왜?"

"내가 직장이랑 차밖에 없는 인간 같잖아. 하다못해 사람 좋다든지, 잘해준다든지, 그런 말이라도 해야 되는 거 아니냐?"

"잘 챙겨준다고 내가 말하지 않았던가?"

인상을 찌푸리고 내가 한 말을 떠올려 보았지만 잘 생각이 나지 않았다. 그런 말을 했던 것 같은데.

"안 했어."

"했어."

"안 했다니까."

"마음으론 했어."

태식은 기가 막힌 눈으로 나를 쳐다보았다. 치졸한 말이라는 건 알지만, 그렇게라도 변명을 해야 했다. 안 그러면 내가 정말로 나쁜 년이 될 것 같았다.

정수 씨의 조건만 보고 결혼하기로 한 건 아니었다. 좋은 사람이니까 결혼하겠다고 결정한 거였다. 다만 그 사람에 대해서 설명을 해보라고 하면 할 말이 생각나지 않을 뿐이었다. 대기업 연구원, 제네시스를 몰고 다니는 서른여덟 살의 남자. 그 외에 더 할 말이 있을까?

정수 씨가 어디 가서 내 이야기를 화장품 회사 연구원, 서른한 살, 중키에 평범하게 생긴 여자, 이렇게 말한다고 화가 날 것 같지는 않았다. 그것도 결국 내 일부니까.

그렇게 나쁜 짓인가? 내 스스로도 이런 치졸한 변명을 해야겠다고 생각할 정도로?

"넌? 넌 여자 없어?"

"지금은 솔로다. 너처럼 조건 안 보는 좋은 여자 찾을 거다."

태식은 초등학생처럼 혀를 날름 내밀고서 술잔을 비웠다. 나
도 똑같이 혀를 날름 내민 다음 고기를 먹었다. 하고 나니 왠지
또 웃음이 나와서 킥킥 웃었다. 태식도 웃었다.

가게를 나올 무렵에는 정신이 하나도 없었다. 옛날 그때처럼
나는 그의 허리에 팔을 둘렀고 그는 내 어깨에 팔을 둘렀다. 취
해서 비틀거리는 건지 웃느라 비틀거리는 건지 알 수가 없었지
만 어쨌든 끊임없이 웃어대고 있었다. 왜 그를 좋아했었는지 말
로 표현하긴 어렵지만 알 것 같은 기분이었다. 그와 함께 있는
게 정말이지 편안했다. 세상이 온통 다른 색깔로 반짝거리는
것 같았다. 뭐든지 할 수 있고 뭐든지 다 이뤄질 것만 같았다.
왜 그와 헤어졌는지 알 수가 없었다.

"있잖아, 우리 꽤 괜찮지 않았냐?"

태식이 오늘 밤에 벌써 열 번째쯤 그 말을 했다. 나도 열 번째
쯤 똑같은 말로 대답했다.

"그러게."

"왜 헤어졌을까?"

"모르지."

"네가 모르면 누가 아냐?"

"그러게."

그리고 다시 웃음. 그 반복이었다. 어디로 가고 있는지도 몰랐다. 그저 비틀거리면서 택시를 탔고 태식이 아저씨, 상도동이요, 하고 외쳤다. 우리집 상도동 아닌데, 하고 잠깐 생각했던 것 같지만 항상 그러던 것처럼 그의 어깨에 머리를 기대고 있으니 지나치게 편해서 어느새 잠이 들어버렸다.

택시가 멈추고, 태식이 나를 흔들어 깨우는 바람에 비틀거리며 내렸던 건 기억났다. 그에게 기댄 채 간신히 골목을 지나 맨션으로 들어간 것도 기억났다.

나머지는 기억이 안 난다고 말하고 싶지만 그러면 정말로 치졸하기 짝이 없는 소리가 될 것이다.

아침에 깨어나자마자 제일 먼저 생각난 것은 숙취나 회사가 아니었다. 큰일났다. 이 한 마디였다.

찬물을 끼얹은 것처럼 정신이 번쩍 들었다. 주위를 둘러보니 옆에서는 태식이 엎드린 채 자고 있었다. 이불 위로 맨어깨가 그대로 드러나 있었고, 에어컨 바람 때문에 몸은 오싹 추웠다.

옷이 사방이 널려 있었다. 마치 누가 일부러 사방팔방에 던져 놓은 것 같은 꼴이었다. 움직일 때마다 머리가 욱신거렸지만 꾹 참고 황급히 침대에서 내려와 옷을 주워 모은 다음 욕실로 달

려갔다. 욕실이 어딘기도 몰랐으나 운 좋게 거실로 나와 처음
연 문이 욕실이었다.

거울을 보니 꼴이 가관이었다. 지금 시간에 이 꼴로 집에 들
어가는 건 자살행위였다. 차라리 여기서 씻고 출근한 다음 저
녁에 별일 없었던 것처럼 집으로 들어가는 것이 나으리라. 엄마
한테는 친구랑 술 마신다는 이야기까지 했으니 취해서 친구네
집에서 잤다고 말해야겠지. 어떤 친구냐고 물으시면 적당히 경
화나 선미를 끌어다 대야겠다.

어쩌다 이렇게 된 건지 모르겠다고 하면 그것도 역시나 거짓
말일 것이다. 오랜만에 온갖 기억이 봇물 터지듯 흘러나왔고,
그럴 기분이 되어버렸다. 그때는 참 좋았는데. 이것도 좋았고 저
것도 좋았고. 어째서 좋았던 것만 기억나는 걸까? 그렇게 좋았
는데 왜 헤어졌던 걸까? 도저히 모르겠다. 세수를 하고 간단히
샤워를 한 다음 구겨진 옷을 가능한 한 잘 펴서 도로 입었다.
나가는 길에 편의점에 들러 속옷이라도 사야겠다. 이게 도대체
무슨 꼴이람.

다행히 핸드백은 거실에 놓여 있었다. 휴대전화를 꺼내보니
부재중 전화가 일곱 통이 찍혀 있었다. 두 통은 정수 씨였고 다
섯 통은 집이었다. 급한 대로 집에 먼저 전화를 걸었더니 머리
끝까지 화가 난 엄마의 목소리가 들렸다.

— 이 계집애가 정신이 나갔나! 전화는 왜 안 받아? 어디야? 도대

체 뭐 하고 있었어?

"친구랑 술 마신다고 했었잖아요. 좀 많이 취해서 걔네 집에서 잤어요. 그냥 회사로 출근할 거예요."

— 네가 제정신이야? 결혼 날짜까지 잡아놓고 외박이 말이 되니, 지금? 사돈댁에서 알면 널 도대체 어떤 애로 보겠니? 외박을 할 거면 최소한 일찍 전화를 하든지!

"죄송해요. 좀 많이 마셔서 그랬어요. 결혼 이야기 하다가 보니까 얘기가 길어져서요."

딸이 무사한 걸 확인하니 조금 마음이 놓이시는지 엄마의 목소리도 약간 가라앉았다.

— 어쨌든 전화는 좀 제때 해! 깨끗하게 하고 회사 가고. 도대체 다 큰 애가 밖에서 외박에 술에……. 난 모르겠다. 네가 알아서 똑바로 처신하고 다녀.

술 마시고 외박했다는 것만으로도 이런 잔소리인데, 만약 '똑바로 처신'하지 않았다는 걸 아시면 엄마는 머리를 싸매고 드러누우실지도 모른다.

갑자기 태식과 왜 헤어졌었는지 이유 중 하나가 떠올랐다. 엄마 때문이었다. 지방대 다니는 남자애를 만나서 어떡하니, 집은 좀 산다니, 난 아무래도 좀 그렇다, 일찍부터 괜찮은 남자를 만나야지. 언제나 그를 만나고 들어오면 엄마는 그런 말을 주문처럼 반복했다. 마지막에는 나도 그 말에 반쯤 세뇌가 되어 있었던 것 같다.

결혼하기 전에 독립을 했어야 했다. 그러면 인생이 달라졌을지도 모른다. 하지만 독립욕구는 언제나 엄마의 말 한 마디에 수그러졌다. 나가서 살면 돈이 얼마나 많이 드는지 알아? 그 돈을 모아서 차라리 결혼자금으로 써.

틀린 말은 아니지만, 나갔어야 했는지도 모르겠다. 그랬다면 지금과는 다른 인생이 되었을지도 몰라. 이렇게 살아도 될까 고민하지 않았을지도 모르지.

조용히 나가려고 했는데 드라이어 소리 때문인지 태식이 비슬비슬 방에서 나왔다. 나를 보고 조금 놀라는 것 같았지만 어떻게 된 거냐고 묻지는 않았다. 그저 출근하냐고 물었을 뿐이었다.

"나중에 전화할게."

아니, 하지 마. 잊어줘. 전부 다 그냥 잊어버려. 그렇게 말하고 싶은데, 말이 나오지 않았다. 그래서 그냥 고개만 끄덕이고 도망치듯 그의 집에서 나와 택시를 탔다.

차마 정수 씨에게 전화를 걸 용기는 없어서 문자를 보냈다.

〈어제 너무 많이 마시는 바람에 집에 안 가고 친구네 집에서 잤어요. 지금 출근하는 길인데 숙취가 장난 아니네요. 앞으론 이렇게 마시지 말아야겠어요.〉

안 쓰던 이모티콘까지 넣으려다가 그러면 너무 오버하는 것 같아서 그만두었다. 조금 있으니 답이 날아왔다.

〈재미있었던 모양이네요. 연락 안 와서 조금 걱정했는데 연서 씨
는 똑 부러지는 사람이니까 괜찮을 거라고 생각했어요. 다음엔 나
랑 술 마셔요.^^〉

스마일 이모티콘이 끝에 달려 있었다. 어쩐 일로 이모티콘일
까, 이 사람이 무슨 생각을 하는 걸까, 혹시 기분이 나쁜 걸 꾹
참고 답을 보낸 건 아닐까, 온갖 생각이 교차했다. 택시를 타고
회사로 가는 내내 속이 답답했지만 다시 태식을 만나지 않으면
된다는 생각으로 자위했다. 아무한테도 말하지 않으면 그만이
니까.

이렇게 물 흐르듯 살아도 되는 걸까 고민하긴 했어도, 이런
평지풍파를 감당하고 싶은 생각은 추호도 없었다.

3.

정수 씨와 함께 가는 곳은 언제나 고급 레스토랑이었다. 일식이든 중식이든 양식이든 정수 씨는 유학 생활을 오래 해서 그런 건지 천성이 그런 건지 고급 가게를 골라서 갔다. 그래서 그와 함께 곱창집이나 칼국수집 같은 평범한 서민형 가게를 가는 것은 도저히 상상이 가지 않았다.

"정수 씨는 집에서 식사 어떻게 해요? 어머님이 늘 해주세요?"

조만간 결혼할 사이에 이제 와서 이런 걸 묻는 게 조금 우습게 여겨졌지만, 그가 결혼하고도 이런 식탁을 원하는 걸까 문득 걱정이 되었다. 반찬이 스무 가지씩 나오는 한정식집에 앉아 있으면 그런 생각을 할 수밖에 없다.

"아무래도 그렇죠. 그런데 밖에서 먹을 때가 더 많으니까요."

"회사에서 점심 먹을 땐 어떤 거 먹어요?"

"회사 식당에서 나오는 대로 먹죠. 유학기간 동안 직접 해먹었더니 이제는 그냥 남이 해주면 아무거나 다 좋아요."

136   137

정수 씨의 웃는 얼굴은 온화했지만 때로는 무슨 생각을 하는지 알 수가 없었다. 태식처럼 웃다가 빈정거리다가 화내다가 하는 식으로 감정 표현이 분명한 얼굴이 아니었다. 좀 더 자세히 보면 알 수 있을까 싶어서 열심히 쳐다보았으나 그는 이야기가 끝났다는 듯이 도로 밥을 먹었다.

"결혼해서도 내가 계속 직장 나가면 식사 준비 잘 못할 수도 있는데, 괜찮아요?"

"둘 다 직장 나가면 아무래도 일하는 사람을 써야겠죠. 그게 편하잖아요. 매일은 아니라도 일주일에 두세 번 정도만 오면 되니까."

가정부를 쓴다니, 상상도 해보지 않았다. 주변의 결혼한 친구들 중에서도 가정부를 쓰는 집은 아무도 없었다. 누구네 집은 쓴다더라 하는 이야기는 들었지만 대부분 친하기는커녕 이름밖에 기억 안 나는 친구들이라 정말인지는 알 수 없었다.

쓰면 물론 편하겠지. 하지만 이런 이야기가 나올 때마다 정수 씨와 내가 전혀 다른 세상에 살고 있다는 기분이 들었다.

"어머님은 손자를 빨리 보셨으면 하던데, 정수 씨는 어때요?"

"아무래도 나도 나이가 있고 연서 씨도 적지 않으니까 빨리 보는 게 좋지 않겠어요? 지금 낳아도 애가 대학 갈 무렵에 내가 퇴직할 무렵이 되는데. 부모 나이가 너무 많으면 애가 소외감을 느낀대요. 그래서 결혼한 친구들이 다들 넌 결혼도 늦으니까 애는 빨리 낳으라고 그러더라구요."

문제는 내가 준비가 되지 않았다는 것이다. 서른한 살이면 일찍 결혼한 친구들은 아이가 초등학교에 들어갈 나이이다. 하지만 그렇다고 해서 나까지 준비가 되는 것은 아니다. 아이를 낳아서 키워야 한다는 생각에 겁부터 더럭 나는데 과연 흘러가는 대로, 남들이 바라는 대로 그렇게 맞춰가며 살 수 있을까?

한참 대답을 하지 않았더니 정수 씨가 나를 쳐다보았다.

"연서 씨는 싫어요?"

"아뇨. 그냥 생각 중이었어요."

웃으며 대답했지만 정수 씨는 미진한 기색을 알아챘는지 신중하게 말했다.

"연서 씨가 내키지 않으면 같이 의논해서 결정해요. 아이를 안 낳고 싶은 건 아니죠?"

마지막 말은 굉장히 조심스러웠다. 지금까지 이런 이야기를 한 적이 없기 때문이었을 것이다. 낳고 싶지 않아요, 무서워요, 키우는 것도 겁나요, 그렇게 대답하면 이 결혼은 깨질까? 지금 와서 모든 걸 다 물리게 되는 걸까?

"결혼하면 낳아야죠. 정수 씨 말대로 나이도 있는데요."

"회사 때문이라면, 어릴 때는 우리 어머니가 키우는 걸 도와주실 거고 봐줄 사람도 쓰면 돼요. 둘 다 나가서 돈 벌면 그 정도는 할 수 있잖아요. 그러니까 너무 걱정하지 말아요."

나는 그저 웃기만 했다. 결혼하면 전부 다 달라진다던 친구들의 이야기도 생각나고, 애 엄마가 된 내 모습도 눈앞에 떠올랐다. 나 하나도 책임지지 못해 이렇게 좌충우돌하는데 다른 생명을 책임져야 한다는 게 무서웠다.

정말로 어디로든 도망치고 싶었다. 내가 아직 아이라는 걸, 결혼해서 가정을 꾸릴 만큼 철이 들지 않았다는 걸 누군가가 알아줬으면 좋겠지만 정수 씨는 전혀 알아줄 것 같지 않았다. 엄마도 알아주지 않으실 것이다. 세상 누구도 내 마음을 알아주지 못할 거라는 생각이 들었다.

회사는 지금 내 삶에서 유일하게 가장 고요하고 평화로운 곳이었다. 언제나 하던 일만 하면 되고, 하던 실험만 계속 하면 된다. 프로젝트 보고나 상부의 다그침 같은 게 있긴 하지만 그건 언제나 있는 거라서 놀랍지 않았다. 그런 다그침 열 번이 결혼 준비 한 번보다 더 나았다.

실험을 정리하고 저녁을 먹으러 가려는데 휴대전화가 울렸다. 태식의 전화번호를 보고 10초는 족히 고민했다. 받을까 말까 받을까 말까. 하지만 계속 진동하게 놔두면 주변 사람들이 이상하게 생각할 것 같아서 결국 받았다.

— 퇴근했어? 시간 있으면 잠깐 만나자. 나 너네 회사 근처야.

나가지 말아야 한다는 것, 아예 연락도 하지 말아야 한다는 건 잘 알고 있었다. 하지만 회사 근처라는데 매정하게 그냥 가라고 할 수도 없었다. 아니, 그러고 싶지 않다는 게 솔직한 마음이리라.

그는 근처에 차를 대놓고 기다리고 있었다. 영업사원의 기본이지, 라고 말하며 쓴웃음을 지었다.

"제네시스는 못 되지만."

제네시스가 대단한 차라기보다는 그저 나에겐 정수 씨라는 사람을 표현하는 표현수단 중 하나였기 때문에 태식의 말에 조금 놀랐다. 물론 소나타를 몰았다면 아마도 강조해서 말하진 않았겠지만, 그렇다고 자격지심을 느낄 만큼 대단한 걸까. 남자란 참 섬세한 생물이다.

"왜 만나자고 했어?"

회사 근처라는 데 신경 쓰고 있다는 걸 알아챈 듯 그는 10분쯤 달려 처음 나온 빵집 앞에 차를 세운 다음 재빨리 안으로 들어가서 샌드위치와 음료를 사왔다. 샌드위치를 먹는 동안 그는 다시 차를 몰았다.

"우리 그 날 그러고 헤어졌는데, 다시 만나야 한다고 생각 안 했어?"

샌드위치가 입 안에서 뻑뻑하게 느껴졌다. 할 말이 없어서 그냥 계속 먹는 척했다. 태식 역시 한참 동안 침묵을 지켰다.

"결혼할 사람이랑 사이 안 좋아?"

한참 만에 그가 조심스럽게 물었다. 입에서 계속 씹고만 있던 샌드위치를 간신히 삼켰다. 대답을 하지 않으면 정말로 못된 계집애가 될 것 같아서였다.

"괜찮아. 잘 지내."

"그럼 그냥 술김에 그런 거야?"

대답할 말이 없었다. 침묵만 지키고 있자 그가 다시 말했다.

"나 너랑 계속 만나고 싶은데."

그를 쳐다보니 눈앞의 도로만 부루퉁하니 쳐다보고 있었다. 한 손은 운전대에, 한 손은 기어 위에 얹고 있는 그의 모습은 정수 씨가 운전하는 모습과 다르게 편안해 보였다. 구태여 눈앞의 도로를 열심히 볼 필요까진 없지만, 단지 나를 보는 게 불편해서 앞을 보고 있는 것 같았다.

"왜?"

그는 잠시 고심하는 기색이었다. 그러다가 한숨을 내쉬었다.

"몰라. 그냥, 생각했던 것보다 훨씬 좋았어."

좋다고 괜찮은 걸까. 이대로 그냥 만나도 괜찮은 걸까. 결혼을 한 건 아니니까 바람을 피우는 것과는 조금 다르겠지만, 어쨌든 양다리라는 것은 분명하지 않은가.

위험을 감수하고 싶지는 않았다. 하지만 이대로 그냥 정수 씨와 결혼하는 것도 싫었다.

도대체 난 뭘 어쩌고 싶은 걸까?

"결혼 날짜는 언제야?"

"아직 안 잡았어. 10월이나 11월쯤, 예식장 자리 나는 대로."

"그럼 아직 서너 달 남은 거잖아. 그 동안이라도 만나자. 만나다가 역시 아니다 싶으면 넌 그냥 결혼하면 되고, 만약에 우리 사이가 잘 되면 다시 생각하면 되잖아. 아직 결혼한 것도 아닌데."

그가 마침내 도로에서 눈을 떼고 나를 쳐다보았다.

"우리가 옛날에 헤어진 건 장거리라서 그랬다고 생각해. 난 대전에, 넌 서울에 있었으니까 오해가 생겨도 만나서 해결할 수가 없고, 만날 시간도 별로 없고, 특히 너 취직한 다음엔 더욱 그랬잖아. 그러니까 지금은 다르지 않을까? 나이도 더 들었고, 둘 다 생활터전도 서울이야. 예전하고는 달라."

그럴까? 어쩐지 태식의 이야기를 듣고 있으면 모든 게 다 잘 될 것만 같았다.

예전에도 그랬다. 그의 이야기를 듣고 있으면 모든 게 다 장밋빛으로 보였다. 그가 눈을 빛내며 이야기하는 걸 들으면 모든 게 다 이루어질 것 같았다. 하다못해 무지개 끝에 금단지가 묻혀 있다 해도 우리가 찾아낼 수 있을 것 같았다.

그래서 그를 좋아했던 모양이다. 언제나 환하게 빛이 나는 사람이라서.

"그냥 친구처럼 만나보자. 남자친구 하나 있으면 편하잖아. 결혼할 사람이랑 뭐가 잘 안 맞는다 싶을 때 상담도 해줄 수 있어."

그가 씩 웃었다. 한다, 안 한다, 한다, 안 한다. 꽃점이라도 치고 싶을 정도였다. 하지만 그냥 만나기만 하는 거라면 안 될 것도 없지 않을까? 법을 어기는 것도 아니고, 큰 문제를 일으키는 것도 아니다. 그저 시간을 쪼개서 친구 한 명을 더 만나는 것뿐.

"사귀는 것도 아니고, 그냥 친구로 만나는 건데 이렇게 나한테 허락까지 받을 거 없잖아. 그냥 가끔 연락해."

그는 기쁜 얼굴로 웃었다. 정수 씨처럼 크게 희로애락의 표현이 없는 사람을 보다가 왁자지껄한 어린애 같은 태식을 보니 갑자기 기분이 굉장히 편안해졌다. 상대가 뭘 생각하고 있는지 고민하지 않아도 된다는 게 정말로 좋았다.

정수 씨도 바쁘다 보니 일주일에 세 번 만나면 많이 만나는 셈이었다. 전화는 그보다 자주 하지만 대체로 집에 잘 들어갔는지, 오늘 하루는 어땠는지, 그 정도의 짧은 이야기만 나누고 끊었다. 그 이상은 할 이야기가 없었다.

"나이가 몇인데. 지금 와서 스무 살 때처럼 시시콜콜하게 이런 이야기 저런 이야기 하는 것도 웃기잖아. 할 말만 딱 하고 끊는 게 맞지."

경화는 그렇게 딱 잘라 말했다. 그럴지도 모른다. 설령 친구들을 만나도 하는 이야기는 정해져 있다. 회사 험담, 다이어트 이야기, 연예인 이야기, 남자 이야기. 진지한 정치적 토론을 하는 것도 아니고, 인생의 깊은 고민이라고 해봐야 뱃살이 늘어나고 있다는 거라든지 최근에 만난 남자가 영 아닌 것 같다는 정도이다.

하지만 같은 이야기를 해도 끊임없이 떠들 수 있는 상대가 있고, 계속해서 이야기의 맥이 끊기는 상대가 있다. 정수 씨는 후자라고 생각한다. 태식은 전자였다. 그와 이야기를 하면 계속해서 뭔가 이야기가 나왔다. 이십 대 시절 몇 년을 만나며 쌓인 과거가 있기 때문일지도 모르겠다. 정수 씨와 몇 년을 살고 나면 끊이지 않고 줄줄 이야기를 나눌 수 있게 될까? 아니면 끊기는 걸 당연하게 생각하게 될까?

"어차피 너도 그렇게 말 많은 것도 아니잖아. 옆에서 계속 떠들면 피곤하지 않겠어?"

그도 그렇다. 하지만 지금으로서는 태식과의 시간이 훨씬 편안하고 좋았다.

휴대전화가 울렸다. 정수 씨의 전화번호를 보고서 가게 밖으로 나가서 전화를 받았다.

― 토요일에 어머니가 같이 식사하자고 하시는데, 시간 돼요?

"네, 괜찮아요. 몇 시쯤에요?"

― 6시쯤? 5시에 데리러 갈게요. 퇴근했어요?

"친구 경화랑 있어요. 아마 좀 있다가 들어갈 것 같아요."

조심해서 들어가라고 하고서 정수 씨는 전화를 끊었다. 무슨 이야기를 하는지, 왜 이렇게 자주 만나는지 물어봐줬으면 하는 기분이 잠시 들었지만, 의미 없는 생각이었다. 대신에 태식에게 문자를 보냈다.

〈시간 되면 좀 있다가 볼래?〉

답장은 얼마 걸리지 않았다.

〈ㅇㅋ 어디임〉

맞춤법을 정확하게 맞추고 마침표까지 찍는 정수 씨의 문자와 비교하면 태식의 문자는 이십 대에서 벗어나지 못했다는 느낌을 주곤 했다. 하지만 덕택에 나 역시 똑같은 방식으로 문자를 보낼 수 있다.

〈압구정? 근처 와서 콜하셈〉

〈ㅇㅇ〉

정수 씨에게 이런 식으로 문자를 보내면 이해할 수 있을까? 십 년을 외국에 있다 온 사람에게 이해를 바라는 건 무리겠지. 불공평한 행동이라는 걸 알면서도 계속해서 태식과 그를 비교하게 된다.

일.상 혹은. 환.상

자리로 돌아가니 경화는 다 안다는 듯한 표정으로 나를 보고 히죽히죽 웃었다.

"애인님이랑 아주 뜨거운가 보네. 통화 무지 오래 하네?"

"토요일에 어머님이랑 같이 식사하자고."

"아, 시어머니 호출이냐? 힘내. 시어머니랑 트러블이 없어야 결혼생활이 편하지."

딱히 트러블이 있는 건 아니다. 정수 씨의 어머님은 정수 씨와 비슷하게 조용하신 분이라서 무슨 생각을 하시는지 모르겠다는 것만 제외하면. 가끔은 내가 마음에 안 드는데 아들이 나이가 있으니 어쩔 수 없이 결혼을 추진하시는 게 아닐까 하는 생각도 한다.

한 번 하강 곡선을 타기 시작한 생각은 계속해서 아래로 아래로 내려간다. 점점 더 부정적인 방향으로.

"경화 넌 결혼하고 싶어?"

"당연하지! 말이라고 물어?"

"어떤 사람이랑?"

"돈 많은 사람."

경화는 망설이지 않았다. 뭔가 좀 더 설명이 나오지 않을까 해서 기다려봤지만 그 이상의 설명은 나오지 않았다.

"돈만 많으면 돼? 성격이 안 맞으면? 집안이 이상하면?"

"돈만 많으면 돼. 난 그거면 땡이야."

어디까지가 농담이고 어디서부터가 진담인지 모르겠다. 내 표정이 진지한 걸 보더니 경화는 내 등을 철썩 때렸다. 정말로 욱신욱신 아플 정도였다.

"넌 돈도 있고 사람도 괜찮고 직업도 괜찮은 남자 잡아놓고 왜 이렇게 투덜거려? 운 좋은 줄 알아. 너만큼 안 되는 사람이 한둘인 줄 알아?"

언제나 자신이 서 있는 자리에서 위를 올려다보면 별만큼 많은 사람들이 있고, 아래를 내려다보면 모래만큼 많은 사람들이 있는 법이다. 어느 방향을 보든 그건 자신의 마음이다. 위를 본다고 해서 이렇게 타박을 받아야 할 이유는 없잖아.

조금 더 나은 것, 조금 더 마음이 동하는 것을 원하는 게 그렇게 큰 죄일까?

가게 앞에서 경화와 헤어진 다음 태식에게 전화를 걸었다. 조금 기다리고 있으니 대리기사가 운전하는 차를 타고 그가 도착했다. 영업직이다 보니 종종 회식이 있어서 대리기사를 꽤 많이 부른다고 전에 말한 적이 있었다.

중간에 다른 데다 세워달라고 하기도 그래서 결국 또 태식의 집으로 가고 말았다. 대리기사에게 비용을 지불한 다음 술냄새가 풀풀 풍기는 그가 내 어깨에 팔을 얹었다.

"운전 못할 정도라 그렇지, 취한 건 아니니까 걱정 안 해도 돼."

일.상 혹은. 환.상

생각해보면 정수 씨가 취한 모습은 본 적이 없다. 함께 있을 때에도 운전을 해야 하니 와인 한두 잔이 전부였다. 그 사람도 술에 취하면 이렇게 냄새가 풀풀 날까. 이렇게 혀가 꼬이고 안 취했다고 바득바득 주장할까.

집안으로 들어가자 태식은 재킷을 아무렇게나 벗어놓고 소파에 풀썩 앉아 손을 흔들었다.

"거기 어디 에어컨 리모콘 있는데, 좀 찾아봐라."

에어컨을 튼 다음 그가 던져 놓은 재킷을 집어 식탁 의자에 걸어놓았다. 아무 생각 없이 행동을 하고 나서야 옛날에도 이랬었다는 기억이 떠올랐다. 그의 자취집 시절에. 스물넷, 스물다섯 살에.

"오늘은 어째 한가했나 보다? 그 남자랑 안 만나냐?"

"경화 만났어. 친구."

"걔가 누구지? 어, 기억이 날 것도 같은데."

태식은 한참 웅얼거리고 있다가 말끝을 흐렸다. 몇 번 만났으니 기억을 할 만도 하지만, 어쩌면 못할지도 모른다. 몇 년이나 지났고, 그는 예전에도 사소한 것에 그리 관심이 있는 편이 아니었다.

깊은 곳에 묻어놓았던 타임캡슐을 꺼내 하나하나 펼쳐보는 것처럼 그에 관한 것들이 하나씩 계속 떠오른다는 게 신기했다.

"꿀물 좀 타줄까?"

"너 진짜 천사다."

태식이 헤벌쭉 웃었다. 부엌으로 가서 꿀을 찾아봤지만 남자 혼자 사는 집이라 그런지 꿀은 보이지 않았다. 설탕물도 비슷한 효과가 있지 않을까 싶어서 물을 끓여 설탕을 한 숟가락 넣고 휘휘 저은 후 찬물을 섞어 미지근하게 만들어 가져왔다. 태식은 한 컵을 그 자리에서 비운 다음 한숨을 푹 내쉬었다.

"영업직이라는 게 힘들어. 계속 돌고 또 돌아야 되고, 솔직히 한두 푼 하는 기계도 아닌데 이런 걸 누가 팍팍 사겠어? 기업체에서 사는 것도 뭐, 고장이나 나야 한 대 팔릴까. 안 쉬워. 왜 여기로 왔나 싶다니까."

"지난번에는 영업일 좋다면서."

"말이 그렇다는 거지. 솔직히 진짜 힘들다. 넌 그래도 안에서 연구하는 거잖아. 좋겠다. 그게 나은 것 같아."

나는 아무 대답도 하지 않았다. 태식이 손을 내밀어 나를 끌어당겼다. 그의 입술에서는 쌉쌀한 술맛과 설탕 맛이 뒤섞여 났다.

어디까지를 배신이라고, 양다리라고 봐야 할까? 만나는 것? 같이 자는 것? 아니면 이쪽저쪽 모두 사귀자고 말하는 것?

일.상 혹은. 환.상

토요일에 집 앞으로 데리러 온 정수 씨는 지난번에 어머님이 사주신 옷으로 차려입은 나를 보고 놀란 표정을 지었다.

"오늘 굉장히 신경 썼네요."

"너무 지나쳐요?"

시어머니와의 식사 자리라면 당연히 신경을 써야 한다는 엄마 때문에 미장원까지 다녀 왔는데. 앞으로도 수없이 볼 사이인데 매번 어떻게 미장원을 가냐고 투덜거렸지만 엄마는 들은 척도 하지 않으셨다.

"아니 그게, 사실은 어머니가 다른 일이 생기셔서 우리 둘만 밥 먹으러 가면 될 것 같아서요."

"그럼 그렇게 진작 연락을 하죠!"

나도 모르게 타박하는 말이 튀어나왔다. 이렇게 꾸미느라 얼마나 귀찮고 짜증났는지 아는 걸까? 정수 씨는 그저 성격 좋게 웃을 뿐이었다.

"아니 그래도 예뻐 보여서 나도 좋은데요. 타요."

칭찬이라고 한 거겠지만 기분은 풀리지 않았다. 평소에는 사소한 데 신경을 쓰는 것 같은 사람이 도대체 왜 이런 중요한 일은 아무렇게나 처리하는 건지 이해할 수가 없었다.

정수 씨는 내가 계속 화가 나 있는 걸 전혀 모르는 얼굴이었다. 클래식 음악을 틀고 선율을 흥얼거리며 차를 몬다. 어디로 가는지도 말해주지 않았다. 평소 같으면 나도 어딜 가든 캐묻지 않았겠지만, 오늘은 짜증이 났다.

"어디로 가는 거예요?"

"어머니가 미리 예약해둔 가게인데 인원만 바꿨어요. 한정식 집인데, 싫어요?"

평소라면 괜찮아요, 하고 대답했을 것이다. 하지만 오늘은 그럴 기분이 아니었다.

"싫어요. 다른 거 먹어요. 나 곱창 먹고 싶어요."

정수 씨는 깜짝 놀란 얼굴로 운전을 하다 말고 나를 쳐다보았다.

"연서 씨 곱창 먹어요?"

"정수 씬 못 먹어요?"

"아니 먹긴 하는데, 지금까지 한 번도 그런 이야기를 안 해서 연서 씨는 그런 거 못 먹는 줄 알았어요. 늘 이탈리안이나 일식이었으니까."

물어보지도 않았잖아. 아니, 공평하게 말하자면 물어보긴 했다. 그저 내가 대답하지 않았을 뿐이었다. 이탈리안 괜찮아요? 네. 초밥 괜찮아요? 네. 사실은 스파게티도 초밥도 이제 지겨웠다.

"그럼 곱창 먹으러 가요. 미안한데 예약 좀 대신 취소해줄래요? 거기 대시보드 열면 명함 있을 거예요."

아까 전까지 부글부글 끓어오르던 짜증이 뭔가 다른 감정으

일.상 혹은. 환.상

로 변했다. 정수 씨가 조금 더 친근해진 것 같은 느낌. 평소처럼 무슨 생각을 하는지 알 수 없는 얼굴이 아니라 지금은 즐거워하는 기색이 뚜렷했다.

"곱창 좋아해요?"

미안한 기분에 물었더니 정수 씨는 도로를 바라보며 싱긋 웃었다.

"곱창 같은 건 미국에선 잘 못 먹잖아요. 한국에 와서도 먹을 일이 별로 없어서 되게 반가워서요. 요즘은 친구들도 콜레스테롤이 많으니 어쩌니 하면서 기름기 있는 음식 잘 안 먹으려고 하거든요. 연서 씨가 좋아하는 줄 알았으면 진작 먹으러 갔을 텐데."

"다른 건 뭐 좋아해요?"

그가 다시금 도로에서 눈을 떼고 내 쪽을 0.1초쯤 보았다가 다시 앞쪽을 보았다.

"그냥 평범한 거 좋아해요. 김치찌개, 된장찌개, 그런 거. 아, 양식도 좋아하고 일식도 좋아해요. 가리는 건 없는데, 그래도 맵고 얼큰한 음식이 좀 더 좋더라구요."

진작 물어봤어야 했다는 생각이 들었다. 마치 소개팅 첫 만남에서 물을 법한 이야기를 이제야 묻고 있다. 하지만 이전까지는 물을 생각이 들지 않았다. 어차피 그가 음식점을 고르니까 알아서 하려니 생각했고, 고르면 그냥 군말없이 먹어주는 걸로 내 의무는 다했다고 생각했다.

　굉장히 미안해졌다.

　"다음에 찜닭 먹으러 가요. 미국엔 찜닭 안 팔지 않아요?"

　"파는 데가 있긴 한데, 잘 없죠. 연서 씨도 그런 거 좋아해요?"

　"네, 좋아해요."

　그가 웃었다. 웃는 표정이 마치 처음 보는 것처럼 낯설어서 가슴이 아릿해졌다.

4

"걔넨 왜 그러냐? 대기업은 하여튼 상대할 데가 아니라니까. 살 것처럼 다 해놓고 견적까지 다 뽑았으면서 막판에 가서 배째라야. 역시 하던 데가 낫다나. 아, 진짜. 이거 하나 했으면 실적 확 올라가는 건데."

밥을 먹으며 태식은 쉴 새 없이 이야기를 늘어놓았다. 쉬어가면서 이야기를 하라고 하고 싶을 정도였지만, 영업맨 노릇을 하면서 말솜씨만 키웠는지 먹는 것과 말하는 것과 숨쉬는 것을 잘도 번갈아 했다.

"실적이 위험해?"

"아니, 그건 아닌데……. 솔직히 내가 자랑은 아니지만 우리 부서에서 톱을 다투고 있는 몸이거든."

말을 하고서 그는 씩 웃었다. 잇새에 낀 고춧가루가 함께 활짝 웃는 것 같다. 말을 해줄까 하다가 관두기로 했다.

"근데 서관우라고, 그 녀석이 일은 잘해. 그런데 솔직히 싸가지가 진짜 개싸가지야. 그 새끼 한 번 콱 눌러주지 않으면 내 속이 답답해서 안 될 것 같아. 진짜 한 대만 더 팔면 되는데. 너네 연구실은 아직 결과 안 나왔냐?"

아마도 우리 회사 역시 바꾸니 뭐니 하다가 결국에 원래 거래처로 돌아가거나 아예 기계 구입 계획이 백지화될 가능성이 높지만, 그런 이야기까지 다 해줄 순 없는 노릇이었다. 어깨만 들썩이자 태식은 더 이상 캐묻지 않고 하던 이야기를 열심히 늘어놓았다. 경력도 훨씬 낮은 새파란 신입 주제에 그 자식이 실적이 좋다고 삐대고 다니는 꼴이 보기 싫다느니, 이번에도 톱을 유지하면 더 좋은 조건으로 다른 회사에 이직할 수 있다느니.

"이직할 거야?"

"봐서. 하지만 우리 회사는 그렇게 전망이 좋은 데가 아니니까 좀 더 대기업으로 옮길까 싶어."

"대기업으로 옮겨서 뭐 하게? 계속 영업?"

"너 영업이 얼마나 중요한 건지 알아? 영업이 없으면 어떤 회사가 돌아가냐? 넌 연구실에 있으니 모르겠지만, 연구실에서 빡세게 연구해봤자 그거 영업이 못 팔아주면 말짱 도루묵이야."

그가 으쓱대며 말했다. 우리 회사 영업팀도 비슷한 말을 하고 다닌다. 다들 자기 일에 대한 자부심이 참 대단하다.

"그럼 영업팀에서 계속 올라가려고?"

일.상 혹은. 환.상

"뭐, 그렇지. 영업이 나한테 잘 맞고, 재미도 있으니까. 대기업 영업이사 같은 것까지 올라가는 게 내 최종목표지. 진짜 거기까지만 가면 소원이 없겠다."

태식은 밥그릇을 비웠다. 태식에게도 꿈이 있다는 사실이 갑자기 낯설어졌다. 나는 이렇게 되는 대로, 흘러가는 대로 살고 있는데 태식은 영업으로 성공하겠다는 꿈을 안고 회사 일을 하고 있다.

경화는 돈 많은 남자와 결혼하겠다고 외치고, 선미는 좋아하는 사람을 만나고 싶다고 말한다. 그리고 나는 여기서 두 남자 사이에서 줄타기를 하고 있다. 오늘은 정수 씨에게 회사 일이 길어진다고 말했다. 집에도 마찬가지고.

나만 왜 이러고 있는 걸까.

"넌 연구 계속 할 거야? 결혼하고도 직장 다닐 거야?"

"아마도? 정수 씨는 회사 다니는 거 상관없다고 하니까."

"하긴. 요즘 맞벌이 안 하면 어떻게 사냐. 살기 힘들지."

태식을 물끄러미 바라보다가 물었다.

"넌 결혼할 사람이 일하기 싫어해도 계속 일하라고 할 거야?"

태식은 코웃음을 쳤다.

"장난하냐? 누군 일이 죽도록 좋아서 하냐? 같이 해야 빨리 벌어 빨리 자리를 잡지. 너 일 관둘 생각이라면 그러지 마라. 남자 혼자 진짜 뼈빠진다. 그러다 남자가 실직이라도 해봐라. 그때 가서 직장 찾으려면 갈 데도 없어."

말을 해놓고서야 그는 너무 심하게 했나 하는 표정으로 내 눈치를 힐끔 보았다.

"말하자면 현실이 그렇다는 거야. 네 애인도 아마 그렇게 생각할 걸? 아니면 뭐 부자라서 그런 거 없어?"

"아니. 사실 정수 씨가 무슨 생각 하는지 잘 모르겠어."

곱창을 맛있게 먹었고, 그 다음 번에는 찜닭도 잘 먹었지만 정수 씨를 잘 모르는 건 여전했다. 조금 알게 되었나 싶으면 다시 제자리이다.

태식은 코웃음을 쳤다.

"무슨 생각 하는지도 모르는 사람이랑 어떻게 결혼해서 사냐? 말이 되냐?"

그런가? 하지만 결혼준비는 계속해서 진행되어 가고 있었다. 이번 주말에는 가구를 보러 가기로 했다. 결혼식장이 확보가 되지 않아서 엄마가 속을 끓이고 계시지만, 그 외에는 하나하나 차곡차곡 해결되어 가는 것 같았다.

그리고 흐름에 끌려가고 있다는 기분은 여전히 나를 칭칭 죄고 있다.

"너 진짜 그 결혼 할 거야?"

태식은 인상을 찌푸리고 있었다. 화가 난 것처럼 보이지만 실은 짜증을 부리고 있는 표정이다.

"글쎄."

"왜 그렇게 자기 주관이 없냐? 넌 옛날에도 그러더니 변하질 않냐. 네가 하고 싶으면 하는 거고, 싫으면 마는 거지!"

그가 다 먹은 밥그릇을 싱크대로 들고 가며 계속해서 투덜거렸다. 결혼 같은 중대사를 어떻게 되는 대로 그렇게 할 수가 있냐, 그 남자가 어떤 놈인지도 모르면서 그냥 결혼하겠다니 그건 조건 보고 하는 거잖아, 네가 그런 된장녀인 줄은 진짜 몰랐다, 사는 데 그런 조건이 정말로 행복의 조건인 줄 아냐…….

"그래서 뭐? 그럼 파혼하고 여기서 너랑 놀고 앉아 있으라고?"

내 말에 그가 휙 뒤를 돌아보았다.

"놀고 앉아 있는 게 아니라…… 잘 모르는 인간이랑 결혼하느니 나랑 하는 게 낫다는 거지!"

너랑? 결혼을? 고맙지만 사양하겠습니다. 그 말이 혀끝까지 나왔지만 간신히 삼켰다. 하지만 내가 어지간히 말도 안 된다는 표정을 짓고 있었는지 그의 얼굴이 일그러졌다.

"그럼 넌 내내 나랑 노는 기분이었냐? 결혼하기 전에 그냥 마지막으로 바람 한 번 피우는 거? 솔직히 나는, 솔직히 진짜로 너랑 잘해보고 싶었어!"

"애초에 그냥 친구로 만나보자고 했던 건 너였잖아."

"그 말을 백 퍼센트 그대로 믿었냐? 너 몇 살이야? 나이 서른이 넘어서 남자가 그런 소릴 하면 무슨 뜻인지 이해가 안 가? 아니면 아예 결혼하고도 그냥 바람피울 생각이었어? 난 그러긴 싫거든?"

그는 어느새 버럭버럭 고함을 질러대고 있었다. 더 이상 대화가 되지 않을 것 같아서 가방을 들고 일어서자 그가 내 팔을 잡았다.

"어딜 가? 얘기 아직 안 끝났잖아!"

"다음에 얘기해."

"다음에 언제? 우리가 뭐 쉽게 볼 수 있는 사이야? 네 약혼자 눈치 봐서 뒷구멍으로 만나는 사이 아냐! 아니면 혹시 그 놈은 그 놈대로 밖에서 다른 여자 만나고 있냐?"

이쯤에서 드라마 같으면 뺨을 한 대 때리는 게 정석이겠지만, 그것조차 피곤했다. 문득 태식과 왜 헤어지기로 결심했는지가 떠올랐다. 피곤했기 때문이었다. 장거리 연애, 자주 만날 수도 없는 사이, 연락이 안 되면 화를 냈고, 업무상으로라도 다른 남자를 만나면 저녁 내내 전화기를 붙잡고 화를 내다가 애원하다가 다시 화를 냈다. 그러다가 서로 무심해지기 시작했다.

"갈게."

소리지르는 그를 내버려두고 집에서 나왔다. 택시를 타고 가고 있는데 문자가 왔다.

일.상 혹은. 환.상

〈미안... 내가 정신이 좀 나갔었나 봐 잘못했어염 m(_ _)m 한 번만 용서해주셈〉

이런 와중에도 문자는 참으로 문자답게 보내는구나 하는 생각이 들었다. 버럭 화를 내고 조금 있으면 사과하는 행동이 옛날에는 귀여워 보였는데, 지금은 아니었다. 앞으로 어떻게 될지가 눈앞에 파노라마처럼 펼쳐졌기 때문이었다.

전화가 몇 번 울렸지만 받지 않았다. 그러자 문자가 다시 날아왔다.

〈야 진짜 미안하다니까 삐졌냐 전화 좀 받어〉

어쩔 수 없어서 전화를 받았다. 그는 헛기침을 몇 번 하고서 웅얼거렸다.

— 내가 갑자기 좀 성질이 뻗쳐서……. 미안해. 집에 가냐? 내일 전화할까?

"생각 좀 해볼게. 너도 생각 좀 해봐. 이러고 계속 만날 수 없는 거잖아."

그는 한참 침묵을 지켰다. 그러다가 갑자기 음산한 어조로 말했다.

— 이대로 차려고? 너만 즐길 만큼 즐기고? 너 진짜 못됐다.

한숨이 절로 나왔다. 손바닥도 맞부딪쳐야 소리가 난다고, 나 혼자만 잘못한 것도 아니잖아. 애초에 결혼할 사람이 있다고 말했는데, 친구처럼이라도 만나자고 했던 건 그였다. 그래놓고 지금 와서 나한테 책임을 전가하는 건 너무하잖아.

— 너 그러고 결혼하면 그 남자 진짜 불쌍하지 않냐? 내가 진짜 연락해서 얘기해주고 싶다. 너 어떤 년인지.

순간적으로 소름이 오싹 끼쳤다. 태식의 말투는 정말로 전화해서 말을 할 것만 같았다. 입 안이 바싹 말랐다.

이건 생각도 해보지 않았던 일이었다. 누군가에게 들키면 어쩌지, 그런 생각은 했지만 태식이 직접 나서서 정수 씨에게 전화를 한다는 건 상상조차 해보지 않았다.

"뭐?"

— 약혼한 상태로 다른 남자 만나서 자고 다니고 그러는 거 네 약혼자도 알아야지. 네가 솔직히 나 말고 어떤 놈을 또 만났는지 알게 뭐야? 안 그래?

"윤태식, 내일 정신 좀 차리면 이야기하자. 너 왜 이래?"

— 왜 이러긴. 네가 이렇게 만든 거잖아!

"나더러 어떡하라고? 계속 너 만나달라고? 만나서 어쩌게? 너랑 결혼해? 너도 지금 결혼할 상황도 아니잖아."

— 그래, 난 대기업도 안 다니고 차도 아반떼다! 조건 좋은 놈 잡아서 놓치긴 싫다 이거지? 그래, 잘 먹고 잘 살아라! 망할 년.

전화가 뚝 끊겼다. 심장이 두근거렸다. 정말로 전화해서 얘기하면 어떡하지? 물론 태식이 정수 씨의 전화번호를 아는 건 아니지만, 세상에 알아보려면 못 알아볼 연락처가 어디 있겠는

일.상 혹은. 환.상

가? 정말로 이 모든 일이 다 들통나서 일파만파 번지면…… 약혼기간 중에 바람을 피워 파혼당한 여자가 되어 모든 사람들의 눈총을 받게 될 것이다. 엄마는 아마 머리를 싸매고 누우시겠지. 회사 사람들도 전부 다 수군거릴 거고.

정수 씨는 과연 어떻게 반응할까? 내가 다른 남자를 만났다는 사실을 알면.

글쎄. 어떻게 반응할지 상상이 되질 않았다. 화낼까? 실망할까? 아니면 그래도 별 상관 없다고 생각할까?

그 사람도 정말로 다른 여자를 만나고 있는 건 아닐까?

머릿속이 지독하게 복잡해졌다. 이대로 물에 물 탄 듯, 술에 술 탄 듯 사는 게 싫어서 시작한 거였는데, 인생이 말도 못하게 복잡하게 꼬여버렸다.

모든 게 다 내 탓이었다.

털어놓을 데가 없었다. 아무에게도 말하지 않는 게 차라리 비밀을 유지하기에 더 좋을 것 같았다. 아무리 친한 친구라 해도 한번 입 밖으로 나간 이야기는 어떻게든 흘러다니게 마련이다. 인터넷 익명 게시판에조차 올릴 수가 없었다.

태식은 몇 번 문자를 보냈다.

〈미안해. 내가 그 날 한 말은 다 잊어주라. 잠깐 정신이 나갔었나

봐. 그 사람한테 알릴 생각 없으니까, 최소한 연락이라도 좀 받아줘. 응?〉

연락도 받고 싶지 않았다. 그와 함께 있던 동안의 편안한 느낌은 마치 거짓말이었던 것처럼 싹 사라졌다. 내가 무슨 생각을 하고 그를 만났던 건지조차 잘 모르겠다.

한 번 쏟아진 물은 주워담을 수 없다. 태식이 아무리 사과를 한다 해도 그가 정수 씨에게 연락하겠다고 위협했던 사실은 사라지지 않는다.

만약 태식을 백 퍼센트 믿고 있었다면 굉장한 배신감이 들었을 것 같다. 하지만 내가 느끼는 두려움은 대부분 주변에 관한 거였다. 엄마가 뭐라고 하실까, 정수 씨는 뭐라고 할까, 주변 사람들은 어떻게 반응할까. 네가 나한테 어떻게 이럴 수가 있니, 하는 생각은 들지 않았다. 즉 태식에게 진지하게 마음이 있었던 건 아니었던 것 같다.

그럼 애초에 왜 태식을 만나 이런 자기 무덤 파는 짓을 했던 걸까? 이제는 나도 내 마음을 모르겠다. 난 도대체 뭘 어떻게 하고 싶은 걸까? 결혼이 하기 싫으면 차라리 정수 씨를 붙잡고 그렇게 말을 하는 게 맞는 거잖아.

하지만 말을 했다가는 돌이킬 수 없게 될까 봐 겁이 났다. 태식이 한 번 내뱉은 말이 우리 관계를 이렇게 깨뜨린 것처럼, 정수 씨에게 결혼이 겁이 난다고 하면 그걸로 정수 씨와의 관계가 끝장날까 봐 두려웠다.

결혼하지 않으면? 평생 혼자 살고 싶은 걸까? 그것도 아니었다. 결혼을 하고는 싶었다. 언젠가는. 누군가와 믿고 의지하며 앞으로 삼, 사십 년을 살아가고 싶었다.

다만 지금은 아니었다. 뭐 하나 아무것도 확실한 게 없는 지금은.

왜 평생 스무 살일 수 없는 걸까?

태식은 결국 회사 앞까지 찾아왔다. 나올 때까지 기다린다, 그 문자에 차마 피할 수가 없어서 어쩔 수 없이 일찍 퇴근했다. 나를 보자 그는 마치 꼬리를 흔드는 강아지 같은 표정으로 손을 흔들었다.

"야, 내가 지인짜 잘못했다니까. 이제 화 풀렸냐? 미안해. 내가 좀 욱하는 성질이 있잖아. 영업하면서 그거 고친다고 고생했는데, 너랑 있으면서 긴장 풀리니까 또 나오더라."

그는 내가 반응을 하는지 안 하는지 신경도 쓰지 않고서 주절주절 말을 잇고 있었다. 처음 다시 만났던 날, 박 연구원과 나에게 기계 설명을 하며 영업을 하던 그는 지금보다 훨씬 눈치가 빠르고 세심했다. 우리가 실결정권자가 아니라는 걸 알면서도 회사의 이점을 알리기 위해서 애를 썼다.

가까운 커피점으로 향하자 그가 의아한 듯 나를 붙잡았다.

"밥 먹으러 가자. 내가 비싼 거 살게. 차 안 가지고 왔으니까 술도 마셔도 돼."

"커피 마시자. 할 이야기 있어."

"네가 할 이야기 있다고 하면 불안한데."

웃고는 있지만 눈가가 떨리는 게 그 역시 무슨 말이 나올지 직감하고 있는 모양이었다. 하긴, 지금 내가 이야기를 하자고 하면 무슨 이야기인지는 뻔하겠지.

커피를 한 잔씩 사서 구석 자리에 앉은 다음 그는 부산스럽게 빨대 껍질을 뜯고 생크림과 커피를 휘휘 저었다. 내 커피는 그냥 평범한 카페라떼였다. 자판기 커피 색깔의 음료에 얼음이 둥실둥실. 메뉴판 앞에 서면 언제나 고민하게 되고, 고르고 나면 늘 남의 것이 더 맛있어 보인다. 언제쯤 내 선택에 만족할 수 있을까?

나이가 들수록 만족의 선은 더더욱 멀어지는 것 같다. 이십 대 때는 생크림을 휘휘 젓는 태식의 모습도 귀여웠던 시절이 있었는데. 지금은 서른 넘은 남자에게는 참 안 어울린다는 생각 밖에는 안 들었다.

"나 좋아해?"

대뜸 나온 첫마디가 이런 말이니 태식도 어리둥절한 얼굴이었다. 하지만 결국 주먹을 불끈 쥐고 나를 쳐다보며 대답했다.

일.상 혹은. 환.상

"좋아해! 그러니까 너 결혼하는 거 알면서도 만나지."

"네가 좋아하는 게 나야?"

태식은 무슨 선문답이냐는 듯 인상을 찌푸렸다. 뭐라고 설명하면 좋을까 한참 머리를 굴려봤지만, 서두 한 마디도 생각나지 않았다.

"나도 너 좋아하긴 하는데, 내가 좋아하는 건 지금의 네가 아닌 것 같아."

태식은 점점 더 인상을 찌푸릴 뿐이었다.

"내가 생각하는 너는 우리가 사귈 무렵에, 그때의 너인 것 같아. 너랑 같이 있으면 그때의 나로 되돌아가는 것 같고. 넌 그런 생각 안 해봤어?"

"안 해봤어."

뚜벅 대답부터 하고는 태식이 인상을 다시 찌푸렸다. 그런가, 하고 고민하는 기색이었지만 오래 가지 않았다. 애초에 그는 이해가 가지 않는 문제를 놓고 오래도록 씨름하는 타입은 아니었다. 나는 답이 없다는 걸 알면서도 몇 날 며칠을 낑낑대는 타입이었고.

"그러니까 내가 옛날처럼 행동하면 더 좋을 것 같다는 거야?"

태식이 답답한 듯이 물었다. 나는 고개를 흔들었다. 뭐라고 설명하면 그가 이해할 수 있을까? 나도 정확하게 이해할 수가 없는데.

"우리도 몇 년 동안 변했잖아. 그러다가 오랜만에 만나니까 옛날 생각 나고, 그땐 훨씬 자유롭고 편했으니까, 그때가 그리운 거지. 하지만 이렇게 만나다 보면 결국에 그때랑 똑같이 싸우고 헤어질 거라고 생각해. 지금 우리가 좋아하는 건 우리 서로가 아니라 그냥 그 시절인 것 같아. 책임도 적고, 인생도 훨씬 가벼웠던 그 시절."

"넌 그런지 몰라도 난 아니었거든? 난 진심이거든?"

그가 답답하다는 듯 탁자를 두드렸다. 주변 사람들이 불쾌해할까 봐 나는 주변부터 둘러보았지만 그는 나만 쳐다보았다.

"난 진심이라고! 다시 만나니까 네가 좋아진 거야. 그게 그렇게 이해가 안 돼?"

"응, 잘 모르겠어."

그는 기가 막힌 듯이 의자에 기댔다. 한숨이 절로 나왔다.

"너랑 같이 있을수록 네가 잘 나가는 영업맨이 아니라 대학생처럼 느껴져. 자취방에서 게임이나 하고 놀던 그 모습으로 되돌아가는 것처럼 보인다고. 넌 그렇게 생각 안 해? 나랑 같이 있으면 눈치 빠르고 고객 기분 맞춰주는 그런 영업맨이 아니잖아."

"일 안 할 때까지 내가 영업맨 짓 해야 돼? 애인이랑 같이 있으면 당연히 긴장 풀고 편하게 있고 싶지!"

일.상 혹은. 환.상

"그럼 지난 몇 년 동안 네가 하나도 변한 게 없다는 뜻인데, 그건 너무 슬프지 않아?"

태식은 마침내 입을 다물었다. 벌건 얼굴로 한참을 식식거리는 동안 나는 얼음이 녹아서 싱거워진 카페라떼를 마셨다.

"네가 무슨 생각을 하는지 도저히 모르겠다. 옛날에도 그랬는데, 지금도 마찬가지야."

알아. 나도 내가 무슨 생각을 하는지 모르니까. 태식은 얼굴을 한 손으로 문질렀다. 둘 다 한참이나 아무 말도 하지 않았다.

"결혼은 할 거야?"

"모르겠어."

"그 남자는 네 어디가 좋대냐?"

그러게. 나도 그게 궁금해. 웃기만 했더니 태식은 자신이 모르는 뭔가가 있다고 생각했는지 욕설을 중얼거리며 가방을 집어 들고 일어섰다. 뭔가 말을 하려는 듯이 망설였지만 결국 그는 아무 말도 하지 않고 생크림이 바다 위의 기름처럼 둥둥 떠 있는 커피를 남겨두고 나가버렸다.

그의 커피를 집어 한 모금 마셔보았다. 카페라떼와 별다를 거 없는 맛이었다.

"'그' 윤태식? 철 안 든다고 네가 학을 뗀 그 윤태식?"

내가 그랬나? 내가 기억하지 못하는 걸 기억해주는 사람이 친구라고 하던가. 어쨌든 경화는 기가 막힌 표정이었고 선미는 조금 더 동정적이었다.

"그래서 어떻게 됐는데?"

"어떻게도 안 됐어. 몇 번 만났는데, 역시 아닌 것 같아서 안 보기로 했어."

두 사람 모두 만나서 어디까지 갔느냐고 묻지는 않았다. 안 물어도 뻔하기 때문인지, 아니면 궁금하지 않기 때문인지는 잘 모르겠다.

"결혼하는 거 그렇게 불안하니?"

선미는 걱정스러운 눈으로 나를 보았고 경화는 자기가 그런 결혼을 하면 좋아서 삼박사일 춤을 추겠다고 중얼거렸으나 내 쪽을 보고서 입을 다물었다.

"불안하다기보다는 누가 날 칭칭 동여매고 끌고 가고 있는 기분이랄까. 이대로 끌려가도 되는 걸까 싶기도 하고."

"결혼하기 싫어?"

경화는 어이가 없다는 표정이었다.

"확신이 안 가."

"사람이 확신 가는 일만 하고 어떻게 살아? 되는 대로 해보는 거지. 넌 길 건널 때도 차 안 온다고 백 프로 확신할 때만 건너

일.상 혹은. 환.상

냐? 대충 되는 대로 사는 거야."

경화의 말에 선미가 인상을 찡그렸다.

"그건 아니지. 사는 걸 어떻게 대충 되는 대로 사니?"

"다 그렇게 살지, 뭐 그럼 엄청나게 노력을 기울여서 살아? 그런다고 달라지는 거 없어. 고집멸도(苦集滅道) 몰라? 집착을 버려야 도가 보이는 거야."

경화가 종교단체에서 설교하듯 양팔을 벌리고 말하는 바람에 나도 모르게 웃고 말았다. 선미도 웃었다.

"우리 중에서 제일 집착하는 사람이 너야, 이경화."

"난 하나에만 집착하잖아. 돈."

"돈 때문에 정수 씨랑 결혼하기로 한 건 아니야."

둘 다 다시 나를 쳐다보았다. 경화는 그러면, 하는 듯한 얼굴로 눈썹만 치켜올렸다.

뭐라고 설명하면 좋을까? 그냥 때가 되었기 때문에, 그냥 적당한 사람을 만나고 있었기 때문에, 그냥 조건이 대충 맞았기 때문에, 그래서 결혼하기로 한 게 아닐까? 수능 성적에 맞춰서 적당히 대학과 학과를 고른 것처럼, 결혼도 대강의 조건을 맞춰보고 점수가 80점 이상 되면 하는 그런 게 아닐까.

이렇게 살아도 되는 걸까.

"있잖아, 정수 씨랑 이야기해봐."

선미가 내 손을 잡았다. 한숨이 절로 나오고 어깨가 처졌다.

경화가 등을 찰싹 때렸다.

"안 좋아해도 살 수 있어. 그냥 룸메이트랑 산다 생각하면 돼.
그거 뭐 어렵니? 그 사람 돈 좀 쓰고, 적당히 좀 돌봐주고, 꼴릴
때 할 상대도 생기고. 결혼 그거 좋은 거라니까?"

선미가 경화를 흘겨보았지만 경화는 내가 뭐, 하는 표정이었
다. 나는 아무 대답도 할 수가 없었다.

일.상 혹은. 환.상

5.

　이런 이야기는 응당 술잔을 놓고 해야 하는지도 모르겠지만, 태식과 술 마시고 사고를 친 이래 앞으로 1년 정도는 술 따위 꼴도 보기 싫었다. 그놈의 술이 온갖 악의 근원이다. 사람의 사고를 느슨하게 만들고 이성을 마비시킨다. 태식을 만나지 않았다면 고민이 이렇게까지 복잡해지진 않았을 것이다.

　그저 변명인지도 모르지만.

　어쨌든 작은 커피숍은 조용하고, 음악도 적절한 올드팝이었다. '예스터데이 원스 모어(Yesterday once more)'가 흐르는 가운데서 정수 씨는 아메리카노를 마시고 나는 카페라떼를 마셨다.

　"식장이 안 잡혀서 큰일이에요. 어머니가 굉장히 걱정하시더라구요. 조금 변두리로 가면 빈 날짜가 있을 것 같은데, 그러면 하객들 이동하기가 또 좀 그렇고. 동창회관 같은 곳도 빈 날짜가 없더라구요. 연서 씨는 평일은 어때요?"

　뭔가 적당히 운을 뗄 만한 이야기였다. 신중하게 말하려고 했지만 정작 말이 입에서 말라붙은 것처럼 잘 나오지 않았다. 부

172　173

모님 앞에서 심각한 사고를 저지른 이야기를 털어놓으려고 할 때처럼 입 안이 바싹 마르고 심장이 쿵쿵거렸다.

몇 번이나 입을 뻐끔거린 다음에야 말이 나왔다.

"정수 씨, 우리 결혼 내년 봄으로 미루면 어때요?"

정수 씨는 몇 초 동안 나를 빤히 쳐다보았다. 추가적인 설명을 기다리고 있는 얼굴이었지만, 말을 해놓고 나니 내 머릿속도 하얗게 비어서 더 이상의 말이 생각나지 않았다.

그는 차분하게 커피를 한 모금 마신 다음 컵을 내려놓았다.

"식장이 안 잡혀서요?"

"그것도 있고…… 봄에 결혼하는 게 더 좋지 않을까요? 준비할 시간도 길고, 그때쯤 해두면 식장도 원하는 곳으로 잡을 수 있을 거 같고, 신혼여행도 늦가을이나 겨울보다는 봄에 가는 게 낫지 않겠어요? 그리고……."

생각나는 걸 이것저것 다 주워섬기다가 더는 생각나지 않아서 입을 다물었다. 숨이 차는 이유가 말을 많이 해서인지 심장이 하도 빠르게 뛰어서인지 잘 모르겠다. 정수 씨는 다시 커피를 한 모금 마셨다.

침묵을 견딜 수가 없었다. 그가 나를 비난하는 것 같기도 하고, 혹은 아무 관심도 없기 때문에 할 말을 생각하고 있는 것 같기도 했다.

"나 결혼이 하기 싫은 것 같아요."

일.상 혹은. 환.상

말해버렸다. 혀가 제멋대로 말을 만들어내고 성대가 목소리를 밀어냈다. 마치 다른 사람이 한 말 같아서 한참 동안 꼼짝할 수가 없었다. 내가 무슨 소릴 한 거지? 미친 거 아니야? 신중하게 하려고 했는데. 우리 서로 너무 모르는 것 같아요, 조금 더 이야기를 하면 어떨까요, 정수 씨는 결혼에서 바라는 바가 뭔가요, 난 이러이러한 걸 생각하고 있는데 잘 안 될 것 같아서 걱정이에요……. 신중 좋아하시네.

"왜요?"

정수 씨는 놀란 표정도 짓지 않고 가만히 물었다. 학교에 가기 싫다고 징징거리는 초등학생이 된 기분에 입술을 깨물었지만, 먼저 말을 던진 건 나였다.

어차피 엎질러진 물이다.

"모르겠어요. 난 하나도 준비가 안 됐는데 주변이 날 밀어대는 기분이에요. 물에 빠져서 물 흘러가는 대로 그냥 가고 있는 것 같아요. 이렇게 살아도 되는 건지 잘 모르겠어요. 좀 더 내가 주도적으로 결혼하고 싶어하고, 준비도 열심히 하고, 그래야 할 것 같은데, 지금은 열의 없이 대충 되는 대로 하고 있는 느낌이에요. 이런 건 정수 씨한테도 예의가 아닌 거잖아요. 결혼이라는 건 서로 좋아서 평생 함께 살고 싶어서 두근거리면서 준비해야 되는 그런 거잖아요."

정수 씨는 주제를 요약하기도 어려운 나의 난잡한 이야기를 말없이 들었다. 정수 씨에 대해서 모르는 것도 너무 많은 것 같다, 정수 씨도 나에 대해 잘 모르는 것 같고, 알려고 하는 것 같지도 않고, 결혼 생활에 대해서 아무것도 모르겠고, 아이를 낳는 문제도 걱정되고, 이런 상황에서 결혼을 그냥 하는 게 너무 무책임하게 느껴진다. 기나긴 이야기를 늘어놓은 다음에야 말을 멈추고 그의 눈치를 살폈다.

그가 화를 내는 게 더 안 좋은 건지, 무심한 표정으로 앉아 있는 게 더 안 좋은 건지 모르겠다. 하지만 정수 씨는 의외의 반응을 보였다. 커피잔을 쳐다보고 있다가 갑자기 웃음을 짓는 거였다.

심장이 가슴에서, 목에서, 머리에서 쿵쿵 뛰어서 더 이상 말도 나오지 않아 가만히 있으니 그가 마침내 말문을 열었다.

"학교 다닐 때 그런 이야기를 들었어요. 학부를 졸업할 때는 자기가 모든 걸 다 안다고 생각하고, 석사를 졸업할 때는 자기가 아는 게 없다는 걸 알고, 박사를 졸업할 때는 주변 사람들도 다 모른다는 걸 알게 된다고."

정수 씨는 온화한 표정으로 나를 쳐다보았다.

"연서 씨 참 성실한 사람이라는 거 알아요?"

"제가요?"

내 귀에도 어이가 없다는 어조였다. 정수 씨가 이번에는 이를 드러내며 웃었다.

일.상 혹은. 환.상

"내가 왜 연서 씨랑 결혼하겠다고 생각했는지 알아요?"

나는 고개만 저었다. 그걸 몰라서 내내 그토록 고민하지 않았던가. 하지만 정수 씨는 물어보기만 하면 얼마든지 답해줬을 것처럼 가볍게 이야기했다.

"우리 처음 만난 날 내가 내내 재킷을 입고 있었잖아요. 사실은 그 날 호텔에 도착한 다음에 손 씻으러 갔다가 셔츠 앞에 크게 얼룩이 졌어요."

그는 배 부분에 동그라미를 그렸다.

"마를 때까지 재킷을 잠그고 있어야겠다 생각했는데, 하필이면 그 날 호텔이 난방이 너무 잘됐잖아요. 더운 거예요. 그렇다고 얼룩이 그렇게 시커멓게 남아 있는데 재킷을 벗을 수도 없고, 그 상태로 더워서 땀까지 나고. 아주 죽겠더라구요. 그렇게 난처했던 건 참 오랜만이었어요. 더더구나 연서 씨가 어떻게 생각할지도 걱정이고."

처음 듣는 이야기였다. 다시 만날 때에는 별로 개의치 않고 재킷을 벗기에 그 날은 내 첫인상이 꽤 마음에 안 들었던 모양이라고만 생각했는데.

"걱정이 돼서 난 정신이 없는데, 연서 씨가 갑자기 손수건을 주더라구요. 더우신가 봐요, 하면서. 분홍색 꽃무늬 손수건이었는데 달콤한 향기가 났어요. 정말 여성스러운 향기가. 그 순간에 연서 씨를 더 만나고 싶다고 생각했던 것 같아요."

첫째로 나는 손수건을 건넨 일이 기억도 나지 않고, 둘째로 꽃무늬 손수건이라면 엄마 것이 분명했다. 내가 나갈 때 엄마가 챙겨준 것이리라. 나는 손수건을 갖고 다닐 정도로 섬세한 사람이 못 된다. 다시 말해 그가 맡은 여성스러운 향기는 엄마 향수임이 분명했다.

그걸 지적할까 말까 하고 있는데 그가 내 표정을 읽은 것처럼 웃었다.

"이후에 계속 만나면서 연서 씨가 원래 그렇게 섬세한 사람은 아니라는 걸 알았어요. 그런데 사람이 순간적으로 마음이 확 끌리는 때라는 게 있잖아요. 나한테는 그때가 바로 그랬어요. 연서 씨가 그 이미지랑 다르다는 걸 알아가면서도, 그 갭도 좋았고요. 무엇보다도 그렇게 무심한 듯이 사람에게 신경을 써주는 부분이 참 좋았어요. 모든 걸 이렇게 할까 저렇게 할까 수없이 고민하는 성실한 모습도 좋고."

그가 다시금 말을 끊고 커피를 한 모금 마셨다. 이 이야기가 어디로 흘러가는 건지 도저히 짐작이 가지 않았다.

"연서 씨가 고민하는 건 알겠어요. 결혼을 해본 적이 있는 것도 아닌데, 모든 게 버겁겠죠. 나도 가끔은 그래요. 내가 가족을 책임질 만한 능력은 있을지, 잘할 수 있을지, 아이가 태어나면 아이를 잘 키울 수 있을지. 하지만 연습할 기회가 있는 게 아니잖아요. 어차피 주변에 결혼하고 살고 있는 사람들도 다들 그냥 뛰어든 거예요. 다 함께 모르는데, 열심히 노력하는 거죠."

"그래도 마음의 준비라는 게……."

"앞장서서 진두지휘하는 그런 준비요? 결혼은 그렇게 하기 힘들어요. 관련된 사람도 많고, 무엇보다도 어른들이 계시니까. 다른 사람들이 주변에서 감 놔라 배 놔라 하니까 점점 더 내 일이 아닌 것 같고 질질 끌려가는 느낌이죠?"

그의 말이 너무나 정확하게 정곡을 찔러서 순간 말이 나오지 않았다. 멍하니 있으니 정수 씨가 다시금 웃었다. 그가 이렇게 자주 웃는 건은 처음 보는 것 같았다.

"연서 씨가 너무 성실해서 그런 거예요. 본인이 직접 다 해야 한다고 생각해서. 그냥 흘러가는 대로 맞춰 살아도 괜찮아요. 그렇다고 해서 노력을 안 하는 건 아니잖아요. 주변과 맞춰가는 거 그거 쉬운 일 아니에요. 아무리 만반의 준비를 다 하고, 앞장서서 이것저것 다 해도, 인생은 생각지 못한 걸 던져주기 마련이에요. 주변에서 아는 척하는 친구들도 실은 다들 아무것도 모르는 상태로 시작했어요. 겪고 나니 이제 와서 우리 같은 초보자에게 아는 척하는 거지. 그저 일이 벌어졌을 때 그때 열심히 대처하면 돼요."

"일이 애당초 안 벌어지는 게 좋잖아요. 사고가 벌어진다든지……. 좀 더 고민하고 확신이 들어야 하는 게 결혼이지, 안 그랬다가 이혼이라도 하게 되면 그거야말로 안 하느니만 못한 결혼이었던 거잖아요."

왠지 나 혼자 억지를 쓰는 기분이 들었다. 정수 씨는 굉장히 어른처럼 모든 것을 바라보고 있는데 나만 어린애인 채 남겨져 있는 기분이었다.

"그런 일이 생기지 않도록 노력해야죠. 예방을 할 수는 없어요. 인생은 백 퍼센트 재난을 예방할 수 있는 예방주사가 있는 게 아니라 계속해서 상태가 호전되도록 노력해야 하는 일종의 불치병이에요. 노력하지 않으면 악화되죠. 현 상태를 유지하는 것만으로도 그 사람은 노력하고 있는 거예요. 하지만 더 노력한다고 완치되진 않아요."

그런 건가? 더 많이 노력한다고 더 나은 결과가 나오는 건 아닌 건가? 때로는 적당히만 노력하는 편이 더 나은 걸까? 어깨의 힘을 빼고.

"잘 모르겠어요."

결국에 나는 인정하고 말았다. 아무것도 모르겠다. 어떻게 해야 하는지도 모르겠다. 정수 씨가 손을 내밀어 반지를 낀 내 손을 잡았다.

"모르는 세계에 뛰어드는 건 무섭죠. 나도 처음 유학 갔을 때 굉장히 겁나고 힘들었어요. 하지만 시간이 지나니까 적응이 되더라구요. 때로는 그 자리를 지키는 것 그 자체가 노력일 때가 있어요. 어렵고 힘들지만, 도망가려고 하지는 말아줘요. 난 정말로 연서 씨가 좋으니까."

"정수 씨 의외로 꽤 잘난 척하는 경향이 있는 거 알아요? 설교조 말투. 정수 씨는 그런 거 없는 줄 알았는데."

투덜투덜 말했더니 그가 씩 웃었다.

"박사 하면서 지겹도록 연습한 게 이거라서요. 남한테 내가 잘났고 내 연구가 대단한 거라고 설득해야 하니까."

잘났어요. 그렇게 중얼거렸더니 정수 씨는 소리내서 껄껄 웃었다. 그는 웃으면 인상이 귀엽게 변했다. 갑자기 마음이 조금 편안해졌다.

"가끔은 스무 살에서 더 이상 나이를 먹지 않았으면 좋았을 거라는 생각이 들어요."

"누구나 그래요. 나도 내가 언제 이 나이 먹었는지 모르겠어요."

우리는 한참을 마주보고 있었다. 그가 이렇게까지 친근하게 느껴진 건 처음이었다. 탁자 위에서는 아직도 손을 맞잡고 있었다. 그의 손가락은 뭉툭하고 약간 통통했지만 남자다워 보였다.

힘을 빼고, 흐름에 맞추어 함께 흘러가기. 나는 언제나 바둥바둥 발버둥을 치며 물살을 헤치고 나아가는 게 맞다고 생각했다. 하지만 정수 씨는 그럴 필요가 없다고 한다. 그저 흘러가는 대로 함께 흘러가는 것도 괜찮다고.

내가 해야 했던 일은 혼자서 고민하는 게 아니라 정수 씨를 돌아보는 거였는지도 모르겠다.

"정수 씨는 나랑 잘 살 수 있을 것 같아요?"

"연서 씨가 기회만 준다면요. 연서 씨는 어때요?"

나는 고민했다. 고민하고 또 고민했다. 하지만 결론은 하나뿐이었다.

"잘 모르겠어요."

"그럼 좀 더 생각해봐요. 좀 더 솔직하게. 지금까지 연서 씨가 정말로 나한테 솔직했던 건 어머니랑 식사 취소돼서 화냈던 날뿐이잖아요. 뭐가 하고 싶은지, 뭘 원하는지 말해줘요. 그리고 나에 대해서도 조금 더 관심을 가져주면 좋겠고."

가슴이 쿵쿵 뛰고 얼굴이 달아올랐다. 그는 알고 있었다. 내내 알고 있었으면서 가만히 있었던 것이다. 하지만 정수 씨의 표정은 화가 났다기보다는 온화했다. 뭐든 들어줄 것 같은 인상이었다.

"정수 씨 정말로 내가 마음에 좋아요?"

"안 그랬으면 연서 씨가 그렇게 무반응인데 결혼까지 하려고 하진 않았을 거예요."

"좀 더 알게 되니까 정수 씨가 생각하던 여자가 아니라서 결혼하기 싫어지면요?"

"난 연서 씨를 꽤 잘 안다고 생각하는데. 성실하고, 고민 많고, 메뉴판을 놓고 하나를 고르는 걸 굉장히 어려워하고. 싸우거나 고집 부리는 게 싫어서 누가 먼저 식당 같은 거 정하면 싫어도 바꾸자고 하지 않는 성격이고. 친한 친구들하고 있을 때에는 말이 많지만 잘 모르는 사람에게는 마음을 잘 안 드러내고. 나 연서 씨 꽤 열심히 봤어요."

정말로 그런 것 같았다. 똑같은 반응을 해주지 못해서 미안한 마음이 들었지만 그는 그것도 예상한 것처럼 손을 내저었다.

"연서 씨가 그런 사람이라는 것도 이미 아니까. 서운하지 않은 건 아니지만, 잘못은 고칠 줄도 아는 사람이잖아요. 지금부터라도 나에 대해서 알아가면 되죠. 이제부터 진짜로 연애하듯이. 결혼은 그 다음에 해도 돼요. 정말로 식장이 안 잡힐 가능성도 있으니까."

그냥 미루고 시작하면 안 될까요, 라는 말에 정수 씨는 단호하게 고개를 저었다. 어떻게 결정이 되든 운명이라고 생각해요. 게다가 프로젝트 마감날짜가 있으면 더 열심히 일하는 사람이라는 거 알고 있으니까.

정수 씨가 은근한 고집쟁이라는 것도 처음 알았다. 이런 고집스럽고 잘난 척하는 면이 꽤 새롭게 다가왔다. 기분이 그리 나쁘지 않았고, 다시 시작할 수 있다는 생각이 들었다. 안 지 한 달 만에 결혼하는 사람들도 있다던데, 아직 결혼날짜도 잡히지 않았고 잡힌다 해도 두세 달은 남았다. 그 정도면 충분할지도 모른다.

지금껏 답답하던 기분이 봄바람 앞의 눈처럼 시나브로 녹았다. 고개를 숙이고 웅크리고 있다 고개를 드니 어느새 주변이 파랗고 따스하게 변한 것처럼, 어깨를 무겁게 짓누르던 감정이 미래에 대한 희망으로 바뀌었다. 어차피 과거로 돌아갈 수는 없는 거니까. 그렇다면 과거를 붙들고 늘어질 게 아니라 앞을 향해 걸어갈 수밖에 없는 것이다.

"나 정수 씨 아메리카노 한 입만 마셔도 돼요?"

그는 웃으면 눈이 초승달처럼 가늘어졌다. 그가 밀어준 컵을 들고서 까만 액체를 한 모금 마셨다. 아메리카노는 향긋하고 씁쓸하고 부드럽게 목으로 넘어갔다. 인생 그 자체처럼.

두 잔의 커피와 맞잡은 손 너머로 그를 바라보고 나도 미소를 지었다. 아주 조금, 인생의 승리자가 될 수 있을 것 같다는 생각이 들었다.

fin.

일.상 혹은. 환.상

그녀는 꿈일까? 현존하는 실체일까?

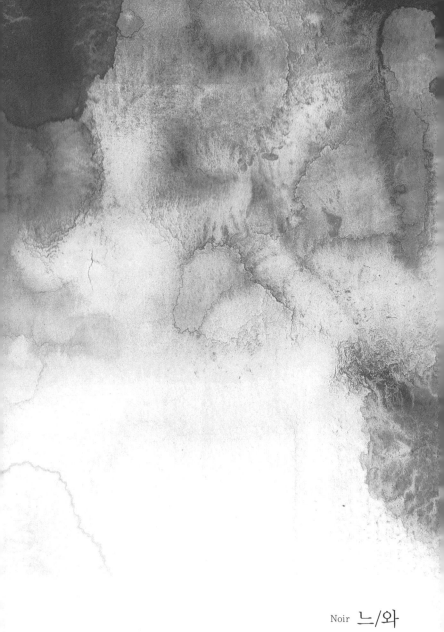

Noir 느/와

이지환

이지환

읽고 쓰기의 즐거움에 미친 사람.
1등이 되고 싶은 2등의 마음.
재능의 부족은 노력으로 채울 수 있다
는 신념으로 쓰기 작업의 2막을 시작.

「화홍」, 「폭염」, 「내일은 꽃다발」, 「국혼」,
「아니 땐 굴뚝?」(공저) 등을 출간하였다.

1.

여름 소나기가 늘 그러듯이 그날의 비도 갑작스럽게 시작되었다.

우두커니 서서 푸름이 겹겹으로 칠해진 강물을 망연히 바라보다 돌아서던 길. 한 방울 두 방울 똑똑 떨어지던 꽃비가 금세 턱턱 숨까지 막히게 하는 거센 폭우로 변했다.

궁여지책으로 우민은 두 손으로 머리를 가린 채 몇십 미터 앞에 있는 카페 안으로 무작정 뛰어 들어갔다. '우연(雨煙)'이라는 간판을 달고 있는 하얀 카페. 엎어지면 코 닿을 듯이 가까운 곳이었지만 들어와 보기는 처음이었다.

사고가 일어난 지도 벌써 4년이나 지났지만, 그 날 이후 우민은 살아 숨을 쉬는 것조차 괴로운 사람이었다.

남한강을 바라보는 양지바른 언덕에는 우민의 집까지 해서 단 세 채의 건물이 서 있었다. 전망이 좋은 강가에 위치한 집들이어서 그런지 사람들은 종종 우민의 아틀리에도 카페라고 착각을 하는 듯했다. 기어코 차를 언덕배기까지 몰고 올라온 사람들은 늘 굳게 닫힌 대문 앞에서 실망한 얼굴로 돌아서곤 했다.

4년 내내 찾아온 사람들을 몰아내듯이 닫힌 철문.

단단히 닫힌 철문 안에 웅크리고 앉아 한 발짝도 세상 안으로 들어가지 않았다. 맘대로 움직이지 않는 팔을 물어뜯으며, 무서운 절망과 씨름했다. 혼자 짐승처럼 바닥에 뒹굴면서 처절하게 고뇌하고 앓고 있었을 뿐이었다. 이전부터 깊어진 허무라는 병, 절망과 고독이라는 아픔을 바닥까지 들여다보고 있었다.

"비 좀 피하겠습니다."

갑작스럽게 들이닥친 불청객이니 눈살을 찌푸릴 법도 했다. 그러나 푸른 옷을 입고 카운터에 앉은 여주인은 그냥 고개를 끄덕였다.

비가 오는 평일의 오후. 카페는 손님 한 명 없이 텅 비어 있었다. 난감해하며 젖은 얼굴을 손수건으로 닦아내는 그 앞에 뜨거운 김이 오르는 홍차와 큰 수건이 내밀어졌다.

"감사합니다."

사고 이후 어느 누구의 눈도 바라본 적이 없다. 고개도 들지 않고 입 발린 치하의 말 한마디만 웅얼거렸다.

"무엇 더 필요한 것 없으세요? 가져다 드릴게요."

"그럼 큰 수건 하나만. 몸이 다 젖어서……."

일.상 혹은. 환.상

큰 수건을 새로 청하려고 고개를 든 우민의 눈이 갑자기 가라앉았다.

여자.

정확하게 말하자면 그의 남자를 본능적으로 자극하는 순수한 암컷 하나가 서 있었다. 만지면 분이 묻어날 것만 말간 피부. 혼혈일까? 옅은 보라색을 몇 겹으로 칠한 듯한 아득한 눈동자를 가진 한 여자가 서 있었다. 두터운 상처와 고독으로 썩어가던 우민의 심장. 그 불모의 대지를 건드리는 빗줄기처럼 말간 눈빛을 하고 서 있었다.

우민은 색(色)으로 사람들을 구별했다. 이 지구상에 존재하는 모든 사람은 누구나 그 사람만의 빛깔과 느낌을 가지고 있는 법이었다.

우민 자신은?

그는 태어날 때부터 보라색이었다. 빨강의 피 끓는 열정과 한없이 이성적인 파랑의 이질적인 결합체. 그래서 불안정하고 정착하지 못하고 철저하게 고독한 광기의 존재.

그런데 우민은 난생 처음 그와 같은 색의 여자를 만났다. 치명적인 허무와 절망으로 뭉개진 그의 검은 영혼을 처음으로 두드린 존재. 그림이 아닌 것에 우민이 전율하기는 처음이었다.

동류(同類).

자기도 모르게 돌아서려는 여자의 팔을 잡았다. 흠칫 놀라는 여자의 눈을 똑바로 응시하며 우민은 무례하다 느껴질 정도로 단도직입적으로 물었다.

"난 장우민. 당신 이름은?"

무엇에 집중하면 아무것도 돌아보지 않는 성격이었다. 철이 든 순간부터 백 년에 한번 태어날까 말까 세기의 천재화가라는 명성을 후광처럼 둘러쓴 그의 관심에 사람들은 늘 감격해했다. 단 한번도 그를 거부하거나 거절하는 사람을 만나본 적이 없었다.

여자가 잠시 망설이는 얼굴이 되었다.

시간의 흐름 속에서 하얀 먼지처럼 조금씩 부서져 켜켜이 쌓여가는 절대고독. 그 속에서도 꺼지지 않는 천재의 광기. 눈에 담은 대상에 대해서만큼은 절대적인 관심과 열정을 그대로 드러내는 우민의 시선이 활활 타올랐다.

대답을 강요하는 우민의 강한 눈빛에 질린 듯 그녀가 작은 목소리로 중얼거렸다.

"느와."

"느와? 특이해. 불어인가? NOIR. 검은색이라는 뜻? 아니면 암흑인가? 아니, 밤일지도 몰라. 검은 보랏빛 밤이야. 그게 맞을 것 같군."

비를 맞은 바이올렛 꽃처럼 촉촉한 물기가 머금어진 눈동자가 반짝 빛을 튕겼다. 아주 짧은 응시 후에 여자는 거부하듯이

일.상 혹은. 환.상

매몰차게 팔을 떨쳐내며 중얼거렸다.

"틀렸어요. 그건 저주란 뜻이야."

우민은 씩 웃으며 자신의 가슴을 손으로 짚었다.

"우린 같은 부류이군. 나도 너처럼 보라색이거든. 우린 잘 통할 것 같아. 그렇지 않아?"

우민은 여자의 어깨를 움켜쥐고 사정없이 자신의 가까이로 끌어당겼다.

처음 본 여자. 그것도 만난 지 채 삼 분도 되지 않는 여자에게 강제로 키스하는 일 따윈 단 한번도 해본 적 없었다. 그러나 그녀에게는 그렇게 해야만 했다.

그 역시도 이유를 알 수 없었지만, 여하튼 우민은 느와라는 그 여자에게 자신의 낙인을 찍어야만 했다.

사나운 남자의 힘에 몸부림치며 반항하는 여자를 우민은 억센 손으로 억눌렀다. 소낙비처럼 퍼부은 붉디붉은 색의 입맞춤을 퍼부었다.

그 전날 밤 그가 마신 'kiss of fire'의 맛처럼 뜨겁고 격렬하게, 우민은 지옥까지 가버린 그런 키스를 했다.

오싹, 등에서 차가운 전율이 흘렀다. 어느 순간, 요동치기를 멈추고 모든 것을 받아들이는 강물이 되어 그의 입술을 받아들이는 여자의 눈빛. 아무것도 담기지 않고 아무것도 느껴지지 않는 절대의 무(無). 색이 칠해지지 않는 미끄러운 기름종이 같은 차가운 살갗의 감촉. 여자는 우민을 말끄러미 바라보았다. 우민은 자신의 더운 입술을 차가운 인형(人形)에게서 떼어냈다.

"맛있어!"

짐짓 불량스런 치기(稚氣)를 부려보았다. 여자의 눈빛은 여전히 무색, 무취였다.

"……가도 될까요? 필요한 게 더 이상 없으시다면."

여자의 팔을 쥐고 있던 손아귀의 힘이 스르르 풀렸다. 뒤로 돌아서던 여자가 문득 다시 우민에게로 돌아왔다.

"빚은 갚아야겠죠?"

그녀가 들고 있던 쟁반으로 우민의 머리통을 있는 힘껏 후려갈겼다. 아연한 눈빛으로 그를 바라보는 카운터의 여자. 당장 그를 향해 프라이팬이라도 휘두르고 싶다는 얼굴을 한 주방의 아줌마. 우민은 히죽 웃으며 커튼을 친 건너편 문 안으로 사라지는 여자의 등을 바라보았다. 붉으면서도 서늘한 입술의 감촉이 아직도 남은 자신의 입술을 손가락으로 어루만졌다.

"젠장, 나도 임자를 만난 건가? 내 키스에 넘어가지 않는 여자라니."

우민은 혼자 투덜댔다. 다시 자리에 털썩 주저앉아 여자의 이미지를 그리는 우민을 카운터의 여주인이 아주 기묘한 얼굴로 바라보고 있었다.

여간해서 비는 그칠 기미가 보이지 않았다. 우민은 밤늦게까지 그 자리를 떠나지 않았다. 줄기차게 내리는 비는 핑계거리로 아주 좋았다.

삼십여 분 후 홀로 다시 나온 여자는 세수를 한 듯 말간 이마를 하고 있었다. 그가 앉은 자리 가까이로는 더 이상 근접조차 하지 않는 여자. 가끔씩 그의 쪽을 바라보기도 했지만 그가 그림자인 양 그냥 스쳐 지나가는 무심한 눈빛. 그저 물고기가 강을 유영하듯이 소리 나지 않는 동작으로 주문을 받고 탁자를 훔치고 컵을 부셔냈다.

여자를 바라보며 우민은 한없이 긴 시간 토막을 벌레 죽이듯이 손톱으로 꾹꾹 눌렀다. 4년 내내 응고된 채 흐르지 않던 그의 시계가 여자의 둘레에서 경쾌한 피아노 선율처럼 탕탕 튀어 오르고 있었다.

우민이 앉은 탁자 위에 쟁반이 놓여졌다. 청하지도 않았는데 간단한 저녁식사가 나온 것이다.

"먹어요."

앉아라 말한 적도 없는데 여주인은 앞자리에 털썩 앉았다. 턱을 괸 채 우민을 빤히 바라보았다.

"정말 재미있어. 처음 본 여자에게 그토록 뻔뻔한 키스를 하는 남자라니. 하긴, 우리 느와의 행동이 더 재미있었지만 말이야. 그 얌전한 아이가 당신 머리통을 후려갈기다니! 세상에…… 난 그 애가 다른 사람에 대해서 그렇게 격렬한 반응을 할 수 있다는 것이 정말 믿기지가 않아."

"시끄러워. 도대체 음식이 목에 넘어가지 않는군."

사람을 한없이 무안하게 만드는 우민의 한마디. 여주인이 생글생글 웃었다.

"여전히 괴팍하시군. 네빌 장? 21세기를 이끌어 가는 회화의 젊은 신(神)이었었지. 당신, 장우민?"

숨이 콱 막히는 기분으로 우민은 샐러드를 찍던 왼손의 포크를 접시 위에 놓았다.

"그림 그리는 사람이라면 당신을 모를 수가 없지. 수염이 길고 헤어스타일이 달라져서 처음에는 못 알아봤어. 정말 이런 곳에 잘도 숨어 있었군요. 칩거한 지 한 3년 되나?"

"4년 반입니다."

"오!"

네빌 장.

21세기의 미술계를 선도할 괴물이자 신(神).

한때 그런 이름으로 불렸다. 미술 책에 나오는 작품을 따라 서투르게 선을 그릴 나이인 열여덟 살에 이미 우민은 자기만의 색채와 표현을 가진 천재 화가로 명성을 떨치고 있었다. 오직 우민만이 나타낼 수 있는 세계. 그만이 이해하는 꿈의 잔영.

일.상 혹은. 환.상

그리고 그렸다. 짓이기고 조각하고 파헤치고 만들었다. 거친 질감의 파피루스, 황토가 묻은 캔버스, 짓이긴 풀물을 들인 종이 화판, 심지어 썩어가는 돼지의 사체, 죽어가는 군인이 입었던 피묻은 군복 위에다 세상에 존재하는 모든 질료들로써 분출하는 자신의 영혼을 드러냈다

이 세상의 그 어떤 화가도 절대로 흉내 내지 못하는 유니크한 화풍(畵風). 세계관. 그림과 조각, 설치미술을 자유분방하게 넘나들며 전시회를 열 때마다 그는 늘 태풍의 중심이었다. 항상 진화형이었고 충격적인 변이를 거듭했으며 거의 대부분 자신의 과거에서 완전히 탈피했다.

네빌은 혹시 잘못된 이름이 아닐까. 그는 혹시 데빌(악마)이 아닐까.

평론가들은 과거의 그 어떤 화풍이나 장르로도 규정할 수 없는 그를 분석하기 포기했으며, 동료 작가들은 그를 완전한 이단으로 여겨 열외로 밀쳐놓았고, 구속에서 완전히 자유로운 그가 때때로 벌이는 기상천외한 기행(奇行)들이 유명세를 더해 돈을 움켜쥔 투자가들은 열광했으며, 대부분의 관객들은 어리둥절해하거나 지독하게 토하거나 미친 듯이 숭배하거나 그 중 하나였다.

미술 영역에 있어 대부분 모든 실험이 거의 끝났다고도 말하는 이러한 21세기에 갑자기 툭 튀어나온 괴상 망칙하고 독특한

유일성의 존재. 네빌 장, 장우민.

 이토록 이질적이고도 괴상하며 고약하고 동시에 이토록 독창적이고 매혹적이며 창조적인 영혼은 달리 없으려니. 시간과 공간의 제약을 넘어서는 온라인의 발전과 인터넷의 영향으로 오직 우민 자신만 이해할 수 있을 우민 자신의 미술 세계는 순식간에 그 누구도 이해할 수 없지만 누구나 다 알아야만 하는 기묘하고도 거대한 팬덤을 형성했다.

 그렇게 우민의 모든 것은 전설이자 파괴적인 악담으로 화했고, 오죽했으면 누구도 흉내 낼 수 없는 색과 형상, 감정을 표현하기 위하여 우민이 피와 오줌, 정액조차 물감에 섞는다는 전설적인 소문까지 퍼졌을까?

 스무 살이 조금 넘었을 무렵, 이미 우민은 광기어린 천재성과 명성을 후광처럼 두른 채 미술의 젊은 신(神)으로 등극해 있었다. 오직 찬사와 영광만이 존재할 미래가 약속되어 있었다.

 타인의 이해와 공감에서 철저하게 단절된 채 살아야 하는 이질적인 존재. 일상적인 삶과는 유리된 채 죽을 때까지 손이 닿지 않는 진열대 위의 존재로서 살아가야 할 운명. 고독과 허무함은 영광이 빛날수록 깊어져갔지만, 우민은 그 길 말고는 알지 못했다. 날이면 날마다 끔찍한 자기 파괴의 욕구에 시달리면서도 행복한 척 오만한 미소를 머금고 살아가고 있었다.

 4년 전 여름, 잠시의 휴식을 위해 떠난 바캉스에서 우민은 치명적인 사고를 당했다. 사람들의 혼을 빼앗는 작품을 만들어내던 신비로운 그의 팔은 트럭 바퀴 사이에서 구둣발에 짓이겨진 케이크처럼 으스러졌다. 그에게 약속된 찬란한 미래는 그 자리에서 박살이 났고, 그 길로 우민은 한국으로 돌아왔다.

부모 이외에는 아무도 만나지 않았다. 우두커니 무한한 절망의 이름에 다름 아닌 바닥의 하얀 캔버스를 들여다보는 일, 멍하니 허공을 응시하며 독약같이 진한 커피를 마시는 일 말고는 아무것도 하지 않았다. 가장 높은 곳에서 가장 낮은 곳으로 추락하는 것은 단 한 순간이면 족했다. 생명인 그림을 더 이상 그릴 수 없게 된 우민에게 있어 남은 시간이란 더럽고 쓸모없는 쓰레기더미, 그 이상도 그 이하도 아니었다.

숨을 쉬던 그때부터 그림으로만 자신을 표현할 수 있었고, 타인과 의사소통을 할 수 있었다. 그림이 아닌 다른 방법으로 세상과 사람들을 만날 방법도 알지 못했고 준비도 되어 있지 않았다.

오직 자신이 그려댄 색과 형상만으로 사람들을 만나왔고 이해를 받았던 외로운 천재. 단지 외경당하고 우러러 볼 존재로만 여겨졌을 뿐, 저들과는 항상 다른 존재로서 이질적인 취급을 받아야만 했던 우민이었다. 그의 존재방식은 그림. 타인에게 말을 거는 방법도 그림이었다. 그런 그가 더 이상 그리지 못한다면 대체 어쩌란 말인가?

거친 해일처럼 절망과 자학의 분노가 그를 덮쳤다. 깊디깊은 바닥으로 그를 추락시키는 광폭한 세월. 움직이지 않는 손의 고통.

그러나 사람은 결국 자신의 몫인 고통과 절망에 익숙해지나 보다. 서서히 적응하게 되나 보다. 서서히 시간의 흐름을 타고 우민의 어둠은 가라앉기 시작했다.

다시 몸을 일으키게 한 것은 숨을 쉬는 것처럼 안에서 분출하는 그림에의 욕망. 움직여지지 않는 오른손 대신 궁여지책으로 그나마 자유스러운 왼손으로 선긋기를 시작했다. 하지만, 그것 역시 암담한 절망이기는 마찬가지였다. 다른 누구도 아닌 네빌이 오른손을 잃고 벌레처럼 납작 엎드려 서투르게 떨리는 왼손으로 선을 긋고 있다니!

어찌할 수 없이 지난날을 상기하게 되자 입가에는 쓰디쓴 미소가 배어 나왔다. 우민은 불쑥 호주머니에 감추었던 오른손을 여주인 눈앞에 내밀었다. 기괴하게 비틀리고 꺾여버린 손가락, 손등에도 손목에도 온통 수술자국과 흉터만이 남은 야수의 손. 한때는 신의 손이라 불렸던 손. 지금은 손가락 끝 하나 제대로 움직일 수 없이 변해버린 그의 오른손이 4년 만에 처음으로 다른 사람 눈앞에 드러났다.

"사진을 찍어 팔아요. 엄청난 돈벌이가 될 거야. 네빌 장의 오른손은 이제 더 이상 선 하나도 그을 수 없이 망가졌다고 말해

일.상 혹은. 환.상

요. 모든 사람이 궁금해하는 이슈일 테니."

자신에 대한 더 이상의 관심과 호기심이 정말 성가시다는 표정을 너무 노골적으로 드러냈던 것일까? 여주인이 찡그린 우민의 얼굴 앞에서 픽 웃었다.

"당신 사진을 찍어 신문사에 팔아먹을 만큼 돈에 환장한 여자 아냐. 안심하라고. 밥이나 먹어요. 어머, 느와가 연주를 하네? 들어 봐요! 우리 집이 자랑하는 멋진 첼로 연주시간이야."

조용히 실내를 오가며 손님 시중을 들던 느와는 여덟 시가 되자 첼로를 들고 무대 위로 나섰다. 잠시 현을 조율하다가 천천히 엘가의 '사랑의 인사'를 연주하기 시작했다. 여주인이 황홀한 얼굴로 턱을 괸 채 무대를 응시했다.

"난 지금이 정말 좋더라. 저 애의 연주를 들어봐요. 온갖 비밀들이 어울려 춤을 추지. 너무 물기가 젖어서 그렇지만."

어린애처럼 첼로를 안고 온몸을 집중해서 연주하고 있는 느와. 그녀가 울려내는 소리를 들으며 우민의 피폐한 심장이 다시 두근대고 있었다. 이미 깨어져버렸다 생각한 열정이, 삶이 두근두근 맥동치고 있었다.

깊은 비애(悲哀).

아아, 느와의 열 손가락 안에서 상상할 수 있는 온갖 색이 춤을 추고 있었다. 광기와 고귀함이, 우울과 몽상이, 슬픔과 고독이 몸을 떨면서 그녀에게서 흘러나오고 있었다.

"저 앤 항상 연주의 시작과 마지막을 엘가의 '사랑의 인사'로 마무리하지. 그게 저 애의 유일한 조건이었어."

여주인이 중얼거렸다. 우민은 고개를 끄덕였다.

"누군가에게 작별인사를 하고 있군."

"맞아. 저 앤 저 곡을 연주하기 위하여 이곳에서 일을 해."

느와는 첼로연주를 하던 내내, 비가 흐르는 모양을 흉내 낸 창 쪽으로 시선을 주고 있었다. 뿌연 물안개에 뒤덮인 밤의 강물을 향해 울음 같은 연주를 내보내면서 그녀는 대체 무엇을 보고 있었을까?

그 강에는 누가 흐르고 있는 것일까?

누가 있어 그녀는 그토록 절절하고 서럽게 '안녕, 미안해.'라고 몇 번이고 인사를 하게 해야 했던 것일까?

바로 그 순간, 우민은 신음하는 심장을 움켜쥐었다. 지독한 질투로 으르렁대는 야수의 거친 숨소리를 들었다.

그만해! 날 봐! 강 속에 묻은 사람 말고 나를, 오직 나를 봐! 나를 향해!

이건 미친 일이었다. 그들이 만난 것은 겨우 서너 시간도 채 되지 않았다. 하지만 우민은 알고 말았다.

그녀의 그리움은 오직 우민 그여야만 한다는 것을! 그녀가 바라보는 것은 그의 눈동자여야만 했다. 하얀 알몸 같이 모든 것을 드러내는 그녀의 첼로 연주를 들어주는 사람도 오직 그여

일.상 혹은. 환.상

야만 했다. 그녀가 꿈꾸는 대상 역시 장우민 자신. 그녀와 같은 색의 영혼을 입은 존재여야 했다.

태어나서 지금까지 그림과 색과 형상만을 좇던 그의 영혼이 한순간에 방향을 틀었다. 하나의 대상에 대하여 자신이 원한다면 절대적으로 소유하고야 마는 그의 광기가 느와라는 한 존재에 대하여 흐르기 시작했다.

밤 내내 한숨도 자지 못했다.

느와의 자수정 빛 눈동자, 은은한 목소리. 라벤더 향기와도 같은 그녀의 체취. 혼란한 꿈 안에서 물에 젖은 도라지 꽃잎이 마구 흩날렸다. 클림트의 그림에 나오는 꽃과 여자처럼 충만하면서도 젖어 있고, 음탕하면서도 순결한 그녀의 첼로 연주. 몽환적인 존재인 그녀.

그녀는 꿈일까? 현존하는 실체일까? 온몸이 수두에 걸린 듯 마구 근질거렸다. 그리고 싶다. 그리고 싶어. 그 모든 것을 완전하게 잡아놓고 싶다.

마음대로 움직이지 않는 손을 저주하며, 우민은 복수하듯이 양손에 물감을 묻혀 마구 캔버스를 긁어댔다. 보라색, 그와 그녀의 보라색. 합쳐지는 붉은 피와 푸른 물의 조합.

그가 이 화폭에 그녀의 보라색을 가둔다면 그녀는 그의 것이 될 수 있을까? 하지만 그는 한갓 좌절한 화가일 뿐이었다. 오른손을 거의 움직일 수 없는 불구의 손을 가진 폐품. 우민은 바닥에 주저앉아 짐승처럼 끅끅대며 물감이 묻은 두 손으로 머리털을 움켜쥐었다.

쓸모없는 잉여(剩餘).

살아도 산 것이 아닌 모호한 생의 경계.

보라색은 결국 불완전한 색일 뿐이다. 망가진 그처럼…….

일.상 혹은. 환.상

2

철가루가 자석에 가 붙듯이 발걸음이 저절로 '우연'으로 향했다.

창가 자리에 앉아 커피를 청하는 우민 앞에 느와가 다가왔다. 물 잔을 놓아주는 그녀의 시선이 탁자 위에 올려진 그의 구겨진 손에 가서 닿았다. 카운터의 주인여자로부터 자신에 대한 이야기를 들었다는 것을 짐작했다. 그는 고개를 저었다.

"이제는 그리지 않아."

우민은 흉터로 얼룩덜룩한 누더기 같은 손등을 내보이며 어깨를 으쓱했다.

"캠핑을 갔었지. 자전거를 타다가 고통사고를 당했어. 오른팔이 완전히 으스러졌어."

어떤 사람에게도 말하지 않았던 사고 이야기. 목소리는 담담하게 흘러나왔다. 하지만 이야기를 마치고 들이킨 한 모금의 커피에서는 담배 진을 탄 듯한 역한 느낌이 났다.

"그런데 너, 혹시 나에 대하여 다른 얘기는 듣지 않았어?"

우민은 씩 웃었다. 그는 흠 하나 없이 고운 느와의 손을 잡아 슬슬 어루만졌다. 하얗고 부드러운 그녀의 손위로 검붉고 비틀려진 그의 손이 엉켰다.

"사실은 내가 미친놈이라는 이야기 말이야."

우민은 느와의 눈을 올려다보며 속삭였다.

"비엔날레를 준비할 때였지. 아무리 해도 내가 원하는 색이 나오지 않는 거야. 그래서 내 머리털을 홀라당 잘라 분쇄기로 갈았지. 믹서기에다 머리카락과 유화물감을 섞어 신나게 돌려줬어. 근사하던데? 거기다가 같이 잤던 계집애가 흘린 오줌 몇 방울도 섞어줬지. 그걸로 난 상을 탔어."

느와는 대리석으로 만든 조각상처럼 미동도 없이 서 있기만 했다. 자신의 손을 움켜쥔 우민의 비참한 손을 내려다보기만 했다. 우민은 주문한 스파게티의 붉은 소스를 손가락에 듬뿍 찍어 완벽한 모양과 기능을 갖춘 여자의 손에다 듬뿍 발랐다. 그리고 그것을 혀로 달콤하게 빨아먹었다.

"밀레니엄 축제에서는 이렇게 여자들을 캔버스에 박아놓고 마요네즈와 스파게티 소스로 칠해줬지. 정말 끝내줬어. 파리 떼가 날아들어서 더 극적인 효과가 났거든. 음, 넌 단맛이 나는 군. 딸기 잼을 바르면 더 맛있을 것 같아. 아침식사로 널 먹으면 정말 좋겠어. 네 젖가슴에서 흘러나오는 젖은 무슨 맛이 날까?"

일.상 혹은. 환.상

느와가 손을 살며시 빼냈다. 조용한 동작으로 물 컵을 들더니 얼굴 하나 변하지 않고 아주 자연스럽게 우민의 얼굴에다 홱 쏟아 부었다.

"찬물 먹고 정신 좀 차려요."

우민은 주방으로 걸어가는 느와를 바라보며 바보처럼 혀를 내밀고 웃었다. 갑자기 식욕이 돋기 시작했다. 달걀 반숙. 소금 간을 하지 않는 두 개의 태양과 흐르는 정액. 흐르는 황금빛 액체를 떠먹고 소금 대신 짠 맛 나는 네 손을 핥겠어. 너에게는 내 흰자를 먹여 주지. 흘러내리는 부도덕한 액체를 마시는 네 입술의 맛은 또 얼마나 근사한 느낌일까?

커피 잔을 들고 여주인이 다가왔다. 그녀는 끌끌끌, 혀를 차고 있었다.

"굳이 저 순진한 애 앞에서 미친놈 흉내를 내는 이유가 뭔가요, 장우민 씨? 우리 느와에게 흥미 있어요?"

"아마도. 아니 굉장히 많이. 그리고 말이죠, 난 미친 사람 맞아요."

"자기 입으로 미쳤다고 말하는 놈치고 정말 미친놈은 아직 못 봤어. 유치하게 굴지 말라고, 이 총각아. 그래보았자 당신, 이제 겨우 스물아홉 살밖에 안 먹은 애송이잖아."

"내 나인 오백 하고도 사십일곱 살인데?"

우민은 여주인이 한 모금 마시고는 탁자에 내려놓는 커피 잔을 빼앗아 태연히 자기 잔으로 옮겨 부으며 대꾸했다.

"쳇! 잘난 척하기는!"

"내 한 달은 인간들의 십 년과도 같지. 죽지 못해 사는 인간의 시간은 일 분이 하루 같고 한 시간이 일 년인 법이니까."

우민은 여주인을 바라보며 음산하게 웃었다.

"충고할게. 느와는 당신을 두려워해. 그리고 평화로운 이곳에서 당신은 불화와 불안의 존재야. 어지간히 하고 그만둬요. 저 앤 조만간 이곳에서 떠날 사람이야."

"당신이 썩어가는 평화와 거죽뿐인 휴식을 원한다면 난 다시는 이곳에 오지 않아. 하지만 느와의 문제는 달라. 저 녀석은 내 것이야. 내 몫이라고. 내가 저 여자에게로 가는 것을 방해할 생각 같은 건 절대로 하지 말아요, 아줌마. 저 여자의 숨결 하나도 다 내 것이어야 하니까. 만약 당신이 내 일을 방해한다면……"

우민은 들고 있던 커피 잔을 있는 힘을 다해 유리창을 향해 내던졌다. 사람의 신경을 끔찍하게 자극하고 긁어대는 유리의 파열음. 산산조각이 나서 사방에 흩어진 유리창과 도기의 파편. 허리를 굽혀 불길하게 번쩍이는 날카로운 조각 하나를 천천히 주워들고 일어선 우민은 검은 웃음을 입 꼬리에 매달았다. 그는 자신의 목을 스윽 긋는 시늉을 했다.

"당신, 당신과 이 가게. 이런 식으로 전부 다 부숴버릴 거야!"

　밤 열 시.

　느와가 퇴근하는 시간.

　문이 열리고 바깥으로 내비치는 불빛 사이로 검은색 하늘거리는 원피스의 실루엣이 드러났다. 그림자는 제 키만 한 첼로 케이스를 어깨에 메고 있었다. 타박타박, 그녀가 어둠 속으로 몇 발자국 걸어 나왔다. 우민은 재빠른 걸음으로 그녀에게 다가갔다. 흠칫, 발걸음을 멈추는 느와의 손을 움켜쥐고 무작정 걸어가기 시작했다.

　"데려다 줄게. 버스 정류장까지. 밤길은 위험해."

　그녀를 해치려는 것이 아니라 보호하려 한다는 말이 의외였을까?

　"난 당신이 더 무서워."

　어둠 속에 드러난 우민의 얼굴을 건너다보던 느와가 한풀 꺾인 목소리로 대꾸했다. 속내의 두려움을 억지로 감추려는 듯 새침한 목소리였다.

　"정말 무서운 것을 모르는군. 내가 무섭다면 넌 너 자신을 더 무서워해야 할 거야."

　우민은 싱긋 웃으며 느와의 볼을 손가락으로 살짝 건드렸다.

밤공기에 젖은 그녀의 볼은 서늘했다. 밤벌레가 모여드는 가로 등 아래 동그란 빛무리. 세상은 딱 그만큼만 호젓했고 딱 그만큼만 적당하게 밝았다.

"이 세상의 어떤 짐승도 제가 사랑하는 암컷을 해치지는 않거든. 솔직하게 인정하지 그래? 너도 알잖아? 우린 지독하게 닮은꼴이라는 것을. 정직한 네 본능에서 도망치지 말고 날 받아들여. 우리가 만난 건 운명이야. 우린 서로에게 공명해. 넌 나를, 나는 너를 만나야 울리는 악기와도 같지. 그러니 너를 전부 나에게 줘. 모든 것을 다!"

제멋대로인데다가 거칠고 오만하기조차 한 우민 앞에서 느와는 한동안 아무 말도 없이 바닥을 내려다보고 있었다. 우민은 느와의 얼굴을 들어 자신에게로 못을 박았다.

"난 널 기다리고 있었던 거야. 그런 생각이 들어. 널 놓치면 난 평생 울면서 살 것 같아. 그래서 그래. 널 가져야만 되겠어. 온전히는 아니겠지만, 영원일 수는 없겠지만. 그러나 지금은 네가 내 운명이야. 나를 줄게. 너도 나에게 주면 안 되겠어?"

느와가 고개를 들었다. 우민의 눈동자와 그녀의 눈빛이 마주 얽혔다. 세상의 모든 부서지고 상처받은 것들이 가진 눈동자, 언제나 삶의 주변을 맴도는 주변인들이 마침내 만났다.

"……우리 친구 할래요?"

스스로에게 다짐하듯이 속삭이는 그녀의 목소리는 물빛이었다. 그녀가 연주하는 낮은 첼로 음처럼, 처마 끝으로 뚝뚝 떨어지는 낙수 물처럼 쓸쓸한 것이었다.

그녀도 우민만큼 외로웠을까?

누군가 뻗쳐온 마음의 여린 촉수에 자신의 허약한 영혼을 기대어야 할 만큼 그녀 역시 죽도록 고독했을까?

그녀와 같은 아프고 외로운 영혼의 색을 가진 우민에게 그래서 저항할 수 없이 함몰된 것일까?

"왜 우리가 친구가 되어야 하지?"

우민은 느와의 두 손을 활짝 펼쳐 자신의 두 손을 갖다 붙였다. 포개진 두 손 사이로 두 사람의 온기가, 설명하지 못할 공감이 전이되고 있었다. 우민은 그녀의 손을 잡고 떨리는 입술에 부드럽게 입 맞추었다. 낙인처럼 그녀의 손등에도 자주 빛 흔적을 남겼다.

고개를 든 그는 검은 환영 같은 느와의 얼굴을 바라보며 도도하게 선언했다.

"난 절대로 너와 친구가 될 수는 없어. 친구 사이는 이런 키스를 하지 않으니까."

우민은 한 손을 들어 느와의 이마를 가린 머리카락을 쓸어올렸다. 그녀의 마음 언저리에 촉수를 내렸다.

"우린 반드시 연인이 되어야만 해. 넌 내 영혼이 될 거야. 내 생명이 될 거야. ALL or NOTHING! 우린 연인 아니면 아무것도 될 수 없어. 네 대답은?"

그러나 이미 우민은 느와의 대답을 알고 있었다. 하루 만에 그들은 그렇게 연인이 되었다.

아침마다 연인을 기다리기 시작했다.

그녀가 우민의 앞에 나타난 이후 더 이상 시간은 그저 참아 내고 견뎌내야 할 고문의 사슬이 아니었다. 하루는 다시 뛰기 시작한 맥박처럼 움직이기 시작했다. 싱싱하게 일어서는 아랫도리처럼 불끈 힘이 돋았다.

'우연'에 출근하기 전에 느와는 언제나 그의 화실에 먼저 들르곤 했다. 우민은 연인을 위하여 아침마다 갓 뽑은 커피 한 잔을 준비했다. 서늘하게 미소 짓는 그녀의 얼굴이 맑은 이슬비 아래 몸을 푸는 장미꽃잎 같았다. 그럴 때마다 가만히 '나의 느와.' 하고 불러보았다.

보라색 작은 나비 같은 제비꽃을 입 안에 넣고 씹어본 적이 있었다. 그때처럼 우민의 입술 안에서 느와라는 이름이 진한 향기의 즙액을 흘리며 부서졌다.

친구가 되자는 대담한 제안을 했던 첫날과는 달리 느와는 말이 거의 없었다. 아주 가까이에서 바라보게 된 느와는 병적일 정도로 낯을 가리고 낯선 사람에 대하여 몸을 움츠리는 성격이었다.

어떤 것에도 집착하지 않고 무엇에도 마음을 주지 않았다. 세상의 그 어떤 것도 느와에게로 오면 물처럼 그냥 아무것도 아닌 것으로 흘러나가 버리곤 했다.

우민 자신은 느와를 만난 이후 새롭게 삶의 감정과 생활을 시작하려는 열망을 품게 되었다. 하지만 느와는 우민의 치열한 욕망만큼 모든 것에서 떠나려는 신호를 보이고 있었다. 어떤 것에도 집착하지 않고 그나마 자신이 가진 것까지 버리려는 그런 몸짓을 하고 있었다. 공기 위를 걷는 듯한 가벼운 걸음. 눈이 시리게 하얀 이마. 갈수록 그늘이 깊어지는 보라색 눈동자.

그의 느와.

그러나 그녀는 정말 존재하는 것일까? 곁에 있으면 안타깝고 곁에 없으면 더없이 무서웠다. 손을 들어 그녀를 만질 수 있다. 머리 결에서 나는 상큼한 샴푸 향기를 맡을 수도 있다. 이름을 부르면 돌아보며 빙긋 미소 짓는 그녀의 얼굴을 바라볼 수도 있다.

그런데 왜 그것으로만은 성에 차지 않을까?

왜 날이면 날마다 우민은 더욱더 깊어지는 갈증 속에서 그녀를 욕망하고 집착하게만 되는 것일까?

자신에 대하여서는 한 마디도 말하지 않는 그녀 느와.

분명 그를 바라보고 있는데 어째서 항상 우민은 그녀가 그의 어깨너머를 보고 있는 듯한 느낌이 들까? 분명히 존재하지만 가까이 다가가면 사라지는 신기루. 몽롱한 형체만 보이는 밤안개 같은 그녀.

이유 모를 열정은 때때로 지독한 집착이 되기도 한다. 제어할 수 없는 소유욕으로 변해 썩어가기도 한다. 야수처럼 그들의 관계를 물어뜯어 상처 입히기도 한다.

최초로 갈망하고 사랑하고 소유하기를 원하는 단 한 사람, 느와. 그럼에도 그에게 전혀 열리지 않는 그녀.

며칠이 채 지나지 않았는데도 우민은 느와의 모든 것을 소유하고 알고 싶어 서서히 미쳐가는 자신을 발견했다. 그녀의 모든 것이 그의 것이어야만 했다. 지난날 이 세상의 모든 색과 형상과 느낌이 전부 그의 것이었듯이. 예전에 그는 그것들을 전혀 어려움 없이 캔버스 안에 가둘 수 있었다.

하지만 느와는?

그가 표현할 수 있는 그림이 아닌 인간. 피가 흐르고 스스로의 감정과 의지. 자유로운 영혼을 가진 존재는 어떻게 속박하고 어떻게 온전히 소유할 수 있는 것일까?

느와에 대하여 집착하고 사랑하면 할수록 우민은 숨 막히는 자아의 분열로 신음해야만 했다. 느와의 존재에 마지막 희망을 걸었다. 그녀에 대한 자신의 지독한 욕망과 사랑이 삶에 매달리게 해줄 거라는 믿음을 가졌다. 하지만 이율배반적으로 지독한 두려움이기도 했다.

만약 그녀가 그에게서 떠나버리면?

그녀가 그를 버린다면?

그만 홀로 남아 다시 하얀 고독만이 존재하는 빈방에 갇히
게 된다면?

아니, 아니 느와에게 대해서만 집착하는 자신의 지독한 갈증
과 욕망이 어느 날 갑자기 그의 오른팔처럼 으스러져버리고 흔
적조차 없이 사라진다면? ……그는 살아남을 수 있을까?

"넌 왜 여기서 첼로를 연주하게 되었지? 누구에게 작별인사
를 하고 있는 거야? 네가 입었다는 상처는 무엇인지 알고 싶다.
여기까지는 어떻게 오는 거야? 어디에 살아? 가족은? 무엇을
원해? 무엇을 꿈꾸는 거야? 다 알고 싶어! 너에 대하여 다 알고
싶어! 하나도 빠짐없이 모든 것을 다!"

느와는 아련하게 강물이 내려다보이고 푸른 나무그늘이 아
른거리는 창가에 서 있었다. 마치 그녀를 집어삼킬 듯 탐욕스러
운 우민의 물음에 그녀는 고개를 살래살래 저었다. 그녀가 몇
발자국 걸어와 우민의 얼굴 앞에 바짝 다가섰다.

한없이 안타까운 눈빛을 하고 느와는 손을 들어 단단한 우민
의 얼굴을, 이제 막 수염이 돋기 시작해 까칠한 턱을 어루만졌
다. 그것이 느와의 변함없는 대답이었다. 지금 여기에. 바로 당
신 앞에 내가 있다고, 그러니 이것으로 만족하라는 무언의 애

원.

그녀의 눈빛이 말했다.

자신에 대해서 묻지 말라고 했다.

바람 같은 그녀를 가두려 하지 말라고 애원했다.

그럴수록 우민은 그녀에 대하여 아무것도 알지 못한다는 것이 미치도록 화가 났다. 그녀를 영원히 사랑할 수도 소유할 수 없다는 것에 좌절하고 분노했다, 그래서 우민은 느와가 없는 빈 공간에 주저앉아 밤마다 그녀를 그에게 영원히 속박하기 위하여 그림을 그렸다. 오른손으로는 찍어 바르고 왼손으로는 그것을 다시 뭉개면서. 그것으로도 안 되면 발로 물감을 짓밟고 통째로 물감을 쏟아 부으면서 그녀의 기억을 박제했다. 그녀와의 순간을 주워 모았다.

어쩌면 우민은 처음부터 알고 있었는지도 모른다.

조만간 그녀가 사라질 것이라는 것을…….

날이면 날마다 느와가 첼로로 위로하는 그 사람. 남한강에 하늬바람으로 누운 누군가에게 그녀가 인사를 끝내면. 우민 그에게는 야박하게 인사 한마디도 없이 투명한 공기방울처럼 사라질 것임을…….

그해 장마는 지겹게도 길었다.

월요일 아침. 아무리 기다려도 느와는 오지 않았다.

기다림에 가슴이 바작바작 타서는 기어코 꺼멓게 숯이 되어버렸다. 날카롭게 곤두선 신경이 가닥가닥 찢겨져서 우민을 거의 패닉 상태로 몰아넣었다.

느와.

그의 마약. 떨칠 수 없는 중독의 존재. 선혈과도 같은 극채색의 지독한 그리움. 결국 기다림의 긴장을 견디지 못한 우민은 미친 듯이 문을 박차고는 '우연'으로 달려 내려갔다.

텅 빈 카페에 여주인 규영만이 홀로 앉아있었다. 밤의 빗소리 같은 목소리. 데미스 루소스가 부른 'rain and tears'를 듣고 있던 그녀는 문을 들어서는 우민에게 어깨를 으쓱했다.

"비가 많이 오네! 느와가 비 맞고 오는 것 같아 마음이 쓰여 죽겠어."

들으라는 듯한 한마디. 그것으로 우민은 느와가 카페에도 아직 나타나지 않았다는 것을 알았다. 아무런 말없이 돌아섰다. 검은 우산을 받쳐 들고 직접 그녀를 마중 나갔다. 언덕을 기어 올라오는 길의 중간쯤에서 느와를 만났다. 검정색과 보라색 자잘한 체크무늬가 어울린 원피스를 입은 그녀는 세찬 비를 온몸으로 쫄딱 맞으면서 걸어오고 있었다. 오직 하나 지켜야 할 것은 첼로인 양 그것만을 꼭 부둥켜안고서.

파랗게 식은 그녀의 입술. 서늘한 눈빛. 검은 우산 안으로, 자신의 품안으로 난폭하게 느와를 끌어당겼다. 가눌 길 없이 그녀를 사랑하고 있다는 사실을 분명하게 확인했다. 지독한 슬픔처럼 감미롭고 환몽처럼 비현실적인 감정. 그러나 분명히 존재하는 이상한 운명에 그가 남김없이 매몰했음을, 그 무서운 것이 그의 육신과 영혼을 완전하게 지배하기 시작했음을 이해했다.

느와가 축축하게 젖은 몸을 그에게 기댔다. 말간 이마를 한 그녀가 우민을 바라보며 처음으로 미소 짓고 있었다. 그를 올려다보는 느와의 눈동자. 기쁨이라 불리는 하얀 불꽃이 일렁이고 있었다. 우민은 느와가 자신의 마중에 행복해하고 있음을 알았다.

사방이 하얗게 비안개로 뒤덮여 있었다. 세찬 비가 대지를 두드리는 날.

종아리까지 튀어 오르는 빗방울. 몸을 흔드는 노란 달맞이꽃이 핀 언덕 위. 우산 하나만큼의 지붕 아래서 그들은 키스했다. 두 사람의 얼굴을 가려주는 딱 그만큼의 공간 속에서 미친 듯이 서로의 입술을 욕망했다.

"오늘 밤, 너랑 자겠어!"

우민은 신음하듯이 소리쳤다. 젖은 원피스 사이로 봉긋 솟은 느와의 젖가슴을 아프게 움켜쥐며 우민은 열광적으로 소리쳤다.

"발가벗은 널 그릴 거야. 너의 몸에 날 그리고 싶어. 너에게 나의 붉은 피를 칠해주겠어. 우린 같이 잘 거야. 넌 나를 가질 거고 난 널 가질 거야. 반드시!"

일.상 혹은. 환.상

자신의 욕망과 감정에 너무나 충실한 우민의 광기. 지독한 소유욕과 적나라한 정욕만이 번들거리고 있는 남자의 눈동자 속에 느와가 침몰하고 있었다. 세찬 비가 대지를 두드리듯이 우민은 느와를 다그쳤다.

"예스라고 대답해! 느와. 예스, 예스, 예스!"

너무 강렬해주변의 모든 것을 잠식하고 삼켜버리는 소나기. 어찌할 수 없이 팔을 벌리고 광포한 비를 받아들이는 대지. 느와가 아주 잠시 빗방울이 떨어지는 땅바닥을 내려다보았다. 다시 고개를 든 그녀의 눈동자. 항상 물 속에 가라앉은 듯 침착하고 서늘하던 처연한 눈망울이 짙은 자수정 빛으로 익어 흐릿하게 반짝이고 있었다.

그녀가 고개를 끄덕였다.

모든 것을 다 주고받자는 우민의 말에 동의를 한 자신의 순간적인 광기가 두려웠던 것일까? 갑작스레 느와는 우민의 목에 팔을 감았다. 그녀가 우민에게 보여준 처음의 감정, 그것은 두려움이었다. 느와가 아주 작은 목소리로 속삭였다.

"나를 다 줄게요. 하지만 제발 집착하지 말아요. 당신은 불행해질 거야."

"불행? 그건 이미 내 것이야. 내겐 오히려 행운이나 행복이 두려운 일이지. 내가 너와 함께 산다면 우리 불행은 굉장한 행복일 거야."

우민은 이미 지겹게도 불행을 두르고 사는 사람이었다. 그것은 그의 운명이었다. 더 이상 잃을 게 없는 사람이기에 대담하고 강해질 수 있었다. 그만큼 필사적이고 절박할 수밖에 없었다. 지금 그가 이 세상에 발을 딛고 숨을 쉬며 살아갈 수 있는 유일한 끈이 느와였다. 우민은 그녀와 함께함으로써 불행해지는 쪽을 택할 것이다. 우민은 느와의 하얀 턱을 들어 자신에게 고정시켰다. 음산하게 속삭였다. 그는 진심이었다.

"네가 날 버리면 죽여버릴 거야! 갈기갈기 찢어서 내 캔버스에 붙여놓겠어. 밤마다 네 손가락 하나마다 발가락 하나마다 키스하면서 허공을 움켜쥔 네 손가락 옆에 내 손가락 하나씩을 잘라 얽어놓겠어. 내장이 드러난 네 예쁜 몸뚱아리 위에다 내 해골을 걸어놓을 거야. 잊지 마, 느와. 네가 지옥에 간다면 나 역시 지옥까지 가서 목을 비틀어버릴 거야."

섬뜩하기까지 한 미소를 엷게 깔며 우민은 선언했다.

비범하나 정상적이지 못하고 한쪽으로 뒤틀린 우민의 영혼. 그것이 걷잡을 수 없이 느와를 향해 흘러갔다. 그가 만든 그물에서 영원히 도망갈 수 없다. 느와가 사라지면 우민은 죽은 꿈에서라도 좇아 소유하고야 말 테니까.

흐느끼듯이 흘러나오는 느와의 첼로. 우민은 느와의 연주를 들으며 술을 마셨다. 천천히 가라앉는 취기. 그리고 깨어나는 무서운 욕망. 그리고 싶었다. 미친 듯이 그리고 싶었다. 사랑스러운 여자를, 사람의 감정을 밑바닥까지 젖게 만드는 선율을, 잡힐 듯 잡히지 않는 여자의 영혼과 욕망과 진실한 감정을 그가 소유하고 싶었다. 자신의 몸처럼 떼놓지 않는 스케치북을 펼쳤다. 여전히 제대로 움직이지 않는 오른손. 우민은 쌍욕을 씹으며 연필을 왼손으로 옮겨 쥐었다.

"당신 정말 천재군."

다가온 여주인 규영이 한숨을 쉬며 속삭였다. 거침없이 왼손으로 그려대는 선은 그 어떤 대가(大家)의 선보다 능숙했고 자신감에 넘쳐 있었다. 느와의 흔들림에 따라 같이 움직이는 손을 멈추지 않으며 건성으로 대꾸했다.

"사 년 동안 왼손으로 그렸어요. 하지만 아직은 멀었어."

"그렇다면 당신, 아직은 그림을 포기하지 않은 거군?"

"포기하지 않은 것이 아냐. 이것이 날 잡고 놓아주지 않았어."

그림이란 괴물은 우민의 비틀린 자아와 불안한 영혼을 포식하며 살이 쪄가는 무서운 악마였다. 아무리 채워주어도 결코 배부르다 하지 않는 식귀(食鬼). 장우민이라는 남자의 모든 것을 삼키고 빨아먹어도 아직도 모자라다 말하는 탐욕스러운 착취자이자 약탈자. 그것의 검은 손아귀에 사로잡힌 우민은 절대로 저항할 수 없다. 숙명처럼 그 업을 받아들여 다만 악귀의 굶주린 배를 채워주기 위하여 자신의 허약한 육신과 아슬아슬한 영혼의 정수(精髓)를 쥐어짤 수밖에 없었다.

아직은 서투르다 싶었다. 그러나 하얀 스케치북 안에서 불안하게 흔들리는 몇 개의 원과 선이 지나가면 금세 음악이 되고 비가 되고 어둠이 되고 여자가 되었다. 그녀의 고독이 되었고 그녀를 쫓는 남자의 집착이 되었다.

한 시간여 동안 땀을 뻘뻘 흘리며 우민이 그려낸 스케치들. 하얀 눈처럼 바닥에 흩어진 종이조각들. 허탈함과 좌절을 느끼며 바닥에 던져버리는 마지막 스케치를 느와가 집어 들었다.

그를 건너다보는 느와의 아득한 눈빛.

우민은 탈진한 몸을 탁자에 떨어뜨렸다. 서늘한 나무 탁자에 이마를 대고 그는 침묵으로 소리쳤다. 애원했다.

'제발 날 구해줘. 이 깊은 우물 바닥 같은 절망과 어둠 속에서 나를 꺼내줘, 느와.'

'내가 다시 그림을 그릴 수 있게, 그려야만 한다는 소명을 느끼게 해줘.'

소리 내지 않고 느와가 다가와 그의 옆자리에 앉았다. 그녀는 두 팔을 뻗어 그의 지친 어깨를 가만히 감싸 안았다. 다가오는 온기. 말하지 않아도 전이되는 공감.

우민은 울음처럼 속삭였다.

"우리 같이 죽어버릴까?"

느와는 우민의 얼굴을 감싸 안아 자신의 가슴 사이로 안아주었다.

일.상 혹은. 환.상

허락?

아니면 거절일까?

우민은 그 대답을 알 수 없었다.

흐려지는 밤하늘. 푸른 달이 검은 구름 사이로 언뜻언뜻 나타났다 사라지는 창가에서 우민은 커피를 마시며 그녀를 기다렸다.

그날 밤 우민은 무슨 일이 있어도 느와와 밤을 같이 할 작정이었다. 그녀의 하얀 몸에 그의 붉은 피를 칠해주리라. 발가벗은 느와를 캔버스에 묶어놓고 그의 온몸으로 그림을 그리고 싶었다. 느와의 서늘한 보라색 눈동자가 그를 응시할 때 그는 연약한 봉인을 깨트리고 순수한 정액을 가득 채울 것이다. 느와의 하얀 허벅지 사이에 흐르는 붉은 피를 핥을 것이다. 비목처럼 연리지처럼 엉킨 그들의 알몸을 하얀 천으로 꽁꽁 싸매고 바닥을 어린아이처럼 웃으며 뒹굴 것이다.

그녀를 바라보며 우민이 무엇을 상상하고 있는지 느와는 알고 있는 눈빛이었다. 그가 그녀를 향하여 어떤 상상의 촉수를 뻗어가고 있는지 읽은 눈빛이었다.

숨이 가빴다. 미칠 것 같았다.

지금 당장! 지금 당장 그녀는 그에게로 와야 했다. 그는 그녀를 가지고 그녀를 그려야만 했다.

순간도 참아내지 못하는 우민의 성마른 재촉에 첼로를 챙기는 느와의 하얀 손가락이 가늘게 떨렸다. 그녀가 드러난 목에 얇은 여름 스카프를 두르는 짧은 시간도 참지 못해 우민은 느와의 머리카락 한줌을 잡아 입술을 비볐다. 긴 머리카락이 벌거벗은 그의 가슴을 간질면 그 기분은 어떨까?

"느와 언니. 어떤 손님이 잠시 뵙자는데요?"

핸드백을 챙겨들던 우민과 느와가 동시에 고개를 돌렸다.

"날 보자는 손님이라고?"

"우린 시간이 없어. 미안해. 적당하게 둘러대 주라고."

느와 대신 우민이 먼저 말을 가로챘다. 어깨에 늘어져 하늘거리는 스카프를 목에 매주고 하얀 목덜미에 가볍게 입맞춤을 했다. 그러나 심부름을 하는 소녀가 난처한 얼굴을 했다.

"저어, 꼭 뵈어야 한다고 하시는데요. 안국동에서 오신 분이라고 하는데요."

"안국동?"

느와의 분홍빛 입술이 순식간에 색 바랜 하얀 꽃잎처럼 얼어붙었다. 단단하게 당겨진 입술의 주름살. 그러나 금세 경직된 얼굴을 아무렇지도 않게 풀며 느와가 우민을 바라보았다.

"먼저 화실로 가요. 곧 따라갈게요."

"같이. 누굴 만나도 같이, 어딜 가도 우린 같이야."

단호하게 자르는 우민의 말에 느와가 고개를 살래살래 저었다.

일.상 혹은. 환.상

"먼저 가요. 제발. 소중한 당신을 사람들에게 보이고 싶지 않아. 추하고 더러운 인간들의 눈 안에서 나와 당신을 방치하고 싶지 않아. 먼저 가요. 따라갈게. 우민 씨, 제발……."

흐릿한 실내조명. 그나마 빛이라 불리는 것이 가장 미약하게 비치는 구석빼기 그늘진 자리. 느와는 우민에게 등을 보이며 그곳을 향해 천천히 걸어갔다. 우민은 눈을 부릅떴다.

어떤 자이든 그에게서 느와를 빼앗아 가는 자는 죽게 될 것이다. 밤안개 같은 실내의 어둠 안에서 정체를 잘 알아볼 수 없는 한 형체가 느와를 향해 일어섰다. 실루엣의 선으로 미루어 보건대 그자는 양복을 입은 사내였다.

"느와!"

문득 엄습하는 냉기. 다시는 그녀를 보지 못할 것 같은 두려움이 그를 떨게 만들었다. 자신도 모르게 우민은 어린아이가 손을 놓아버린 어미를 찾듯이 애타게 연인을 확인했다. 몇 발자국 건너에서 느와가 문 앞에 선 우민을 돌아보았다.

"기다릴게."

느와가 고개를 끄덕였다. 우민은 등을 돌려 카페의 문을 열고 나섰다.

느와는 반드시 내게로 올 거야. 한 마디 한 마디씩 소리 내어 중얼거려 보았다.

"반드시 와야만 해. 반드시! 약속했어, 나에게 온다고. 내가 기다려. 그러니 느와는 와야만 해."

우민은 넓으나 황량한 화실을 이리저리 서성이면서 쉴 새 없이 중얼거렸다. 그렇지 않고서는 한없이 지루하고 앞이 보이지 않는 기다림의 압력을 견뎌낼 수 없을 것 같았다. 그녀에게서 쫓겨난 그의 불안한 심장은 쿵쿵 뛰고 있었다. 앉을 수도 설 수도 없었다. 그렇다고 누울 수도 없었고 커피를 마시거나 음악을 들을 수도 없었다.

화실 안의 투명한 공기가 삽시간에 수천 톤의 콘크리트 마냥 응고되고 있었다. 그의 목을 조금씩 옥죄어가기 시작했다. 우민은 마라톤 선수 마냥 헉헉거리며 거친 숨을 토해내는 심장을 두 손으로 쥐어뜯었다.

얕은 믿음의 심장 속에 숨은 심흑색 목소리가 음산하게 속삭였다.

그녀는 오지 않아.

"아냐!"

일체가 되지 못한 불완전한 연인들의 마녀가 예언했다.

그녀는 널 버릴 거야.

"아냐!"

곁에 있어도 두렵고 멀리 떨어져 있어도 두려운 사랑의 이율

배반이 비웃었다.

넌 그녀에게서 잊혀질 거야.

"아냐!"

절망과 분노로 아우성치는 영혼이 거칠고도 황막하게 외마디 비명을 지르고 있었다.

절대로 그녀를 다시 만나지 못할 거야.

"아냐, 아냐!"

보이지 않으나 분명히 들리는 그 소리. 잔인한 운명의 시계바늘이 돌아가는 소리. 오지 않을 것을 분명히 알면서도 그러나 헛된 기대를 접지 못해 하염없이 그 사람을 기다리는 잔인한 체벌을 억지로 견뎌내며 우민은 고통스럽게 두 손으로 귀를 막았다. 금세 그를 따라오겠노라고, 먼저 가 있으면 자신이 찾아오겠노라고 아름다운 연인은 말했다.

그러나 오지 않았다. 그에게 한 약속을 물처럼 흘려버리고, 느와는 그가 잡은 손을 잔인하게 잘라버렸다.

4년 내내 우민이 몸을 담근 깊은 절망과 질퍽한 분노의 늪이 다시 모습을 드러냈다. 느와를 만난 이후 털어버렸다 생각했던 참을성 없고 잔인한 체념이 튀어나왔다. 그가 잡았다 여긴 아주 작은 끈, 희미한 희망이 적나라한 바닥을 드러냈다.

어서 오란 말이야, 느와.

내가 기다리고 있어.

약속했잖아. 제발 나에게로 와.

네가 오지 않으면, 널 죽. 여. 버. 리. 겠. 어.

너의 해골을 목에 걸고 나에게 오지 않은 너를 찾아 언제까지나 세상을 방황하겠어.

내가 날 죽이지 않도록 나에게로 와, 느와.

우민은 검은 구름 사이로 자취를 감추는 천공의 푸른 달을 바라보다 고개를 떨어뜨렸다. 우두커니 적막한 화실 바닥을 내려다보았다. 아무것도 그려지지 않은 하얗고 거대한 캔버스가 바닥에 누워 있었다.

갑자기 그는 발작하듯이 캔버스를 흙발로 짓밟기 시작했다. 그가 준비한 설레고 수줍은 초야의 느낌을 더럽히듯이. 더러워진 캔버스를 발로 짓밟은 채 우민은 주먹을 움켜쥐고 끝까지 악착스레 그녀를 기다렸다.

푸른 새벽의 빛이 어둠의 화실을 찾아온 때까지 우민은 내내 느와를 기다렸다. 순백의 물감처럼 말간 의식을 하고 온몸의 감각을 귀에다 모은 채 그녀의 발자국소리를 들으려 했다. 그녀가 그에게로 오는 것을, 그의 기다림이 완성되는 순간을 갈구했다.

3.

언제였던가?

늦가을과 초겨울 그 사이쯤, 어린 우민은 서리가 내린 들판을 즐겨 그린 적이 있었다. 서늘하게 응결된 서리는 황갈색 마른 풀잎 위에 눈 시리게 반짝이고 있었다. 하얀 아름다움에 취해 곱은 손을 후후 불며 미친 듯이 붓을 놀렸지. 이윽고 해가 떴을 때, 온 대지를 하얀 충만함으로 뒤덮었던 존재는 불현듯 사라지고 없었다.

분명 그가 눈으로 보고 느끼며 그렸던 것인데, 아주 잠시 다른 일을 하다가 고개를 돌렸을 때 서리는 이미 사라지고 없었다. 그러니까 그는 결국 허무한 찰나의 존재를 그렸던 것이다. 그렇게 해가 뜨자마자 사라지는 서리처럼 그 밤 이후 느와는 종적을 감추었다. 흔적 하나 남기지 않고 우민을 잔인하게 버렸다.

느와가 사라진 이후 일주일이 넘게 우민은 처절한 공황 상태였다. 잠도 잘 수 없고 먹을 수도 없었고 생각은 더더욱 할 수도 없었다. 화실 구석에 등을 기대고 앉아 뚫어져라 허공만 바라보며 시간을 죽였을 뿐이었다. 쿵쿵 울려대는 심장의 거친 소리를 들으면서 그 언저리에서부터 흘러나오는 지독한 배신감과 극도의 공포, 분노로 단발마의 비명만 질러댔다. 갈수록 커져만 가는 시린 슬픔과 허망함으로 탈진한 채 스스로의 목을 매달고 싶은 충동을 억누르느라 혼신의 힘을 쏟아 부어야만 했다.

하염없이 그녀의 이름을 부르고 또 불렀다. 어이없을 정도로 간단하게 그를 버린 여자. 그의 간절한 기다림을 배신한 연인을 이로 질겅질겅 씹어 뱉었다. 어둡고 냄새나는 두려움과 절망의 이름으로 저주했다. 물 한 모금 입에 대지 않고 며칠을 그런 식으로 버텼다. 극도의 허기, 탈수와 육체적, 정신적인 긴장을 이기지 못한 우민은 마침내 흐려지는 의식을 부여잡지 못하고 그대로 쓰러지고 말았다. 느와, 돌아와. 제발…….

우민은 벌건 해가 걸린 늦은 오후의 시간을 병원 침대에서 맞이했다. 그의 어머니가 쓰러진 그를 발견하지 못했다면 대체 무슨 일이 벌어졌을까? 깊은 절망과 검은 분노가 번쩍이는 눈빛을 하고 우민은 팔목에 꽂힌 주사 바늘을 빼냈다.

찾아야만 했다.

느와를 만나야 했다.

반드시 다시 만나 그녀의 어깨라도 잡고 흔들며 물어야만 했다. 우민의 잘못이라고는 바람 같은 그녀를 믿은 죄. 그녀의 손을 놓고 문을 먼저 나선 것뿐이었다. 그림자의 사내에게서 그녀를 떼어내 자신의 방으로 데리고 오지 않은 일이었다. 그 벌이 그렇게도 커야만 하는 것일까? 그것이 그녀에게 버림받을 만큼 무서운 일이었을까?

"연락처는 없어. 그녀를 아는 사람도 없어. 이름. 그것이 전부야."

헤어진 그날의 그 자리. 우민은 며칠을 붙박이 가구처럼 앉아 있었다. 스케치북의 여백을 굵고 검은 연필 선으로 학대하는 우민을 바라보며 규영이 피곤한 듯 내뱉었다. 미친 사람처럼 달려 내려와 무작정 느와를 찾아내라 박박 우겨대고 요구하는 우민 앞에서 그녀도 답답하다 가슴이라도 치고 싶은 얼굴을 하고 있었다.

"느와가 어떤 사람을 만났는지, 무슨 이야기를 했는지 전부 말해줘요."

"검은 양복을 입은 젊은 남자였어. 이야기는 너무 목소리가 낮아서 듣지 못했어. 느와는 그 남자와 함께 승용차를 타고 떠났어. 그게 전부야."

우민은 이를 갈았다.

그것이 전부라니!

느와라는 이름. 첼로를 연주하고 희귀한 보라색 눈동자를 가

진 여자. 양복을 입은 한 남자를 만난 후 종적을 감춘 여자. 그
가 아는 한, 느와의 정체를 밝힐 수 있는 흔적은 그것이 전부였
다.

그는 다가오는 점퍼 차림의 사내에게 명령했다.

"찾아. 온 힘을 다해서! 시간이 얼마든지, 돈이 얼마가 되든지
찾아내. 찾아서 끌고 와. 쇠줄에 목을 매달아 내 방에 걸어놓을
테니!"

사내는 느와라는 특이한 이름과 첼로를 전공한다는 것만으
로도 어쩌면 쉽게 찾을 수 있을지도 모른다고 장담했다. 느와
를 찾는다면, 그녀를 다시 손에 넣는다면 우민은 그녀를 죽여버
릴 참이었다.

그녀의 예쁜 몸이 하나도 망가지지 않게 곱게 박제를 하리라.
그녀의 신비로운 보라색 눈동자가 오직 그만을 바라보게 그의
화실 높은 벽에다 앉혀놓을 것이다. 밤마다 느와의 메마른 분
홍빛 입술에 키스하리라. 앙증맞은 그녀의 손가락, 발가락을 날
마다 빨아주고 서로 다른 스무 개의 색으로 작은 조개껍질 같
은 손톱 발톱을 색칠해줄 것이다.

조그만 온기도 느껴지지 않는 건조한 그녀의 몸을 안고 밤마
다 사랑한다 속삭이며 그 몸 안에 사정하리라. 물론 그녀를 그
릴 것이다. 그녀가 보지 못하는 그림, 오직 그녀만 보아야만 하
는 그림. 뚜벅뚜벅 그녀에게로 죽음에게로 다가가는 발자국 소

리를 그리리라.

가을이 끝날 무렵까지도 사내는 느와를 찾아내지 못했다. 제대로 움직이지 않는 손으로 우민이 그녀에 관한 기억의 파편을 그러모아 몇 개의 그림을 완성할 때까지도 그녀는 나타나지 않았다.

계절이 우민의 창문 앞을 스쳐 지나가고 있었다. 늘 같은 모습으로 흐르는 강물 위로 서늘한 살얼음이 더께로 앉기 시작했다. 새벽마다 윙하고 돌아가는 보일러 소리가 유난히도 크게 느껴지던 11월의 일요일.

찢고 또 찢어도 길이 보이지 않는 빈 캔버스 앞을 지켰다. 아무리 바라보아도 차마 그릴 수 없는 화면, 기억의 파편들을 응시하다 밤을 꼴딱 넘겼다.

새벽에 잠시 잠이 들었나 보다.

화실 맨바닥에서 몸을 일으킨 우민은 시궁창 냄새가 나는 입 안을 검은 커피 한 잔으로 씻어냈다. 소낙비인 양 떨어지는 미지근한 물로 샤워를 하는 동안 환하게 깨어가는 하늘처럼 맑아져오는 의식 가장자리. 낙인이 찍힌 듯이 새겨진 단어들. 지워지지 않는 슬픔이 햇살처럼 떠오르고 있다.

느. 와. 그. 리. 움. 증. 오. 중. 독. 슬. 픔. 보. 고. 싶. 다. 사. 랑. 해. 사. 랑. 해. 내. 게. 로. 돌. 아. 와. 느. 와. 널. 용. 서. 하. 겠. 어. 제. 발. 날. 버. 리. 지. 마.

고개를 흔들어 조각조각 갈라진 생각의 부스러기를 털어 냈다. 아침부터 이런 형편이면 애당초 작업이란 글렀다. 화실 문을 잠그고 돌아선 우민은 버릇처럼 바지 호주머니에 손을 푹 찌르고서 어슬렁어슬렁 '우연'으로 내려가 보았다.

　덧없는 기대였다. 슬픈 미련이었다.

　갑자기 거짓말처럼 그녀가 눈앞에 나타날 것 같아서. 아무렇지도 않은 얼굴을 하고 느와가 첼로를 안고 언덕길을 타박타박 걸어 올라올 것만 같아서. 물기 젖은 보라색 눈동자에 미안함과 웃음을 가득 담고 그를 바라보며 우뚝 설 것만 같아서. 우민은 '우연'의 근처를 자주 맴돈다. 습관처럼 그 집의 문 앞에 서고 만다. 문 닫을 때까지 창가에 앉아 강물을 바라본다.

　규영은 우민더러 아직도 그녀를 찾고 있느냐고 물었다. 여전히 그녀를 기다리고 있느냐고 했었다. 우민은 그저 침묵했었고. 정말 사무치는 마음은 말로 차마 할 수 없다는 것을 우민은 그때 알아버렸다.

　빈속에 검은 향기의 커피를 두 잔 더 마셨다. 아마도 이 근래 그의 위(胃)는 커피처럼 짙은 근심과 슬픔과 고통으로 숭숭 구멍이 뚫려 있을 것이다. 누가 그랬던가?

　'천천히 취해가는 술을 마시다 천천히 깨어가는 커피를 마시면 세상은 죽음보다 깊어 보인다'고?

　우민은 늘 느와가 걸어오던 언덕길을 바라보며 홀로 웃었다.

일.상 혹은. 환.상

그의 눈길은 이 자리에 서면 항상 그쪽으로 돌아간다. 자기도 모르게 본능처럼, 향일성 식물이 빛을 향하듯이 그의 모든 의식은 그녀에게로 집중되는 것이었다.

내게 와.

돌아와.

널 죽여버리겠어, 느와.

휘적휘적 우연을 나와 아틀리에로 올라갔다. 문을 열고 다시 문을 닫고.

그 시간이 과연 몇 분쯤 걸렸을까?

1분? 2분?

시퍼런 강물이 내려다보이는 창가로 가 섰을 때 문 앞에 검은 코트 차림의 느와가 서 있었다.

허탈한 웃음이 흘러나왔다. 아니, 끅끅거리는 오열 같은 신음이 먼저였을지도 모르겠다. 아니, 아니! 신음보다 웃음보다 더 먼저 그의 고함소리가 달려가고 있었다. 그는 문을 활짝 열어젖혔다. 번쩍이는 눈빛을 한 우민은 손가락 하나로 느와의 몸을 그녀가 서 있는 그 자리 그곳에 고정시켰다.

"거기서 움직이지 마! 단 한 발자국도! 숨도 쉬지 마. 거기 그냥 그대로 있는 거야. 거기 있어, 내가 갈 테니 꼼짝 말고 거기서 있어. 알았어?"

느와가 고개를 끄덕였다.

4개월 전, 그녀는 그에게로 온다 하고는 오지 않았다. 우민은 이제 그에게로 온다 말하는 그녀를 절대로 믿지 않는다. 이제는 그가 찾아갈 것이다. 그가 그녀에게로 향일하는 것이다. 그가 그녀를 사랑하고 소유하며 약탈할 것이다.

우민은 심호흡을 하듯이 천천히 아주 천천히 한 발자국 한 발자국씩 느와에게로 다가갔다. 느와의 물기 젖은 보라색 눈동자가 그를 응시하고 있었다. 맹수처럼 살기에 차서, 아니 본향을 그리는 철새처럼 그리움에 젖어 그녀에게로 다가오는 우민을 조용히 바라보고 있었다. 그녀의 얼굴이 일그러졌다. 아니, 젖어가고 있었다. 아니, 흔들리고 있었다. 그녀의 작은 얼굴도 우민만큼이나 지독하게 아파 보였다. 딱 두 발자국을 남기고 우민은 팔을 벌렸다.

"이젠 네가 와."

느와가 한 발자국, 그를 향해 발을 옮겼다. 지금껏 한 번도 떨어진 적 없는 두 사람의 시선이 다시 풀 수 없을 지경으로 단단히 얽혀가고 있었다. 다시 한 발자국. 서로의 숨결까지도 느낄 수 있을 정도로 가까이 다가온 그녀.

우민은 두 팔로 바람에 흔들리는 어린 나무같이 여리게 떨리는 연인의 몸을 드디어 가슴에 품었다. 아아, 이제 그도 다시 사람의 숨을 쉴 수 있으리라. 느와가 우민의 품에 젖은 얼굴을 묻었다.

일.상 혹은. 환.상

"내가 너무 늦게 왔죠?"

가늘게 떨리는 목소리. 초가을 도라지꽃 같은 눈동자에 비가 내리고 있었다.

창밖에는 짙푸른 진눈깨비가 뚝뚝 떨어지고 있었다. 타인의 세상과 그들의 세상을 구분하는 문을 닫았다. 적막한 공간에는 오직 우민과 느와 두 사람뿐, 우민은 무작정 느와를 거실의 맨 바닥에 쓰러뜨리고 두 사람의 몸을 가린 옷을 찢어발기기 시작했다. 그동안 쟁여두었던 모진 그리움, 애달픈 기다림. 버림받은 분노와 증오를 전부 쏟아 붓듯이 우민은 그녀를 타고 올랐다.

"널 가질 거야."

그녀의 눈동자를 들여다보며 오만하게 선언했다. 그녀의 분홍빛 달콤한 입술에 거친 키스를 던졌다. 헤어져 있던 지난 시간 동안 언제나 꿈속에서 넘치게 마시던 샘물을 갈구하듯 그녀의 젖무덤을 빨았다.

아직도 덜 여문 듯 앙증맞은 꽃잎을 세차게 삼키는 남자의 온기를 더 깊이 느끼려는 것일까? 느와가 두 팔로 우민의 머리를 안아 자신의 품안에 한층 더 가까이 가두었다. 흐느낌처럼 그녀가 귓전에서 속삭였다. 변명이었다. 너무 늦게 나타난 그날의 어찌할 수 없는 이유를 설명하려 했다.

"내가 왜…… 그날…… 오지 못했는지 듣고 싶지 않아요?"

"관심 없어!"

단숨에 잘라버렸다. 때늦은 변명 같은 건 이제 그에게 필요가 없었으므로.

그녀가 그에게로 다시 왔다. 그가 다시 숨을 쉬게 되었다. 잃어버렸던 느와가 이렇게 그의 품안에 있다. 그것 말고 대체 무엇이 더 중요하단 말인가? 우민은 고개를 들고 느와의 눈동자를 타는 눈으로 응시했다.

"돌아올 거지? 어디로 가든 누구를 만나든 언제나 마지막에는 나에게로 올 거지?"

느와가 가녀린 꽃대궁처럼 고개를 끄덕였다. 그녀가 우민의 얼굴을 감쌌다.

"하지만, 어쩔 수 없어. 난 떠나야 해요. 오래 걸릴 거야. 나를, 그래도 기다려줄래요?"

"몇 달?"

"……몇백 년."

"기다릴게."

그러나 우민은 격렬하게 고개를 흔들었다.

"아니, 아니! 기다리지 않아. 널 찾아가겠어. 너를 향해 내가 가겠어. 기다리는 것은 다시는 안 해. 널 죽여버릴 거야. 박제를 해서 내 옆에 두겠어. 다시는 기다리는 짓 같은 건 안 해!"

널 떠나보내느니 차라리 죽여버리겠다는 우민의 격렬한 선언에 느와는 비로소 안심한 얼굴이었다. 느와가 우민의 볼에 자신의 볼을 가져다댔다. 서늘한 살갗의 감촉. 그러나 한없이 따뜻했다. 밥알 하나하나를 꼭꼭 씹어 삼키듯이 그녀는 우민의 심장에 대고 속삭였다.

"그래요. 내가 돌아오지 않으면 당신이 날 꼭 찾으러 와요. 살고 싶어. 그림자로 말고 사람으로 당신과 살고 싶어."

그녀가 우민의 삶인 것처럼 느와도 그를 자신의 생(生)이라 한다. 하얀 긴장과 붉은 흥분으로 일렁이는 두 사람의 시선이 얽혔다. 가까이 있어 서로 엉킨 나무 가지처럼 그들의 두 팔도 굳게 연결되었다. 우민은 느와의 예쁜 손금에 키스하고는 그녀의 하얀 손가락을 살짝 깨물었다.

"이제부터 이만큼 내가 널 아프게 할 거야."

낮게 가라앉은 우민의 말에 느와는 살짝 고개를 끄덕였다. 고개를 흔들며 우민은 조금 더 세게 그녀의 두 번째 손가락을 깨물었다.

"아니, 사실은 이 정도일지도 몰라. 난 여자가 아니니까. 네가 얼마나 아플지 사실은 잘 몰라. 하지만, 딱 이만큼만 아프게 할게. 딱 이만큼만. 지난 4개월 동안 내가 널 그리워하면서 아팠던 그만큼만 아프게 할 거야. 괜찮지?"

"……내가 아프면 우민 씨도 아파요?"

"아마도 아닐걸."

목젖을 굴리며 우민은 낮게 웃었다.

"아픈 대신에 죽도록 좋아서 기절할 거야."

두 손으로 느와의 동그란 젖가슴을 움켜쥐었다. 그의 손에 가득 찬 만월, 그 정점에 산호 빛 꽃봉오리가 맺혀 있었다. 손가락으로 그것을 살짝 잡아 비틀어보았다. 흐릿한 안개처럼 작은 신음이 느와의 입에서 새어나왔다. 남자의 손길을 받아들이는 암컷이 내지르는 쾌락과 육욕의 희미한 신호. 익어가는 복숭아 향기를 내뿜으며 느와가 이번에는 우민의 손을 잡아 엄지손가락을 살짝 깨물었다. 그녀는 보라색 꽃비 같은 웃음을 짓고 있었다.

"우민 씨가 날 아프게 하는 만큼 나도 이렇게 우민 씨 손가락을 깨물 거야."

그가 주는 고통만큼 깨물었다. 아니 그가 주는 기쁨만큼 그녀는 그를 아프게 물어뜯었다. 우민의 서툴고 거친 몸짓이 그녀의 보드랍고 여린 몸을 헤치고 들어가 유영하고 있을 때 그렇게 우민의 손가락도 느와의 입 안에서 거칠게 씹히고 있었다.

가장 난폭한 몸짓으로 처절하게, 그녀의 속살에 화인(火印)을 찍었다. 그녀를 소유하고 그 자신을 그녀에게 남김없이 주었다. 땀투성이가 되어 헐떡이며 우민은 느와의 몸 위에서 굴러 떨어졌다. 아주 긴 시간이 지난 것 같았는데 벽시계는 겨우 삼십 분이 지났을 뿐이었다.

일.상 혹은. 환.상

갑자기 우민은 느와의 몸 위에서 자신을 일으켰다. 그의 온몸이 부들부들 떨리고 있었다. 그의 영혼 전부가 4년 만에 처음으로 시퍼렇게 점화되는 순간이었다. 그림을 그리고 싶었다. 아니, 지금이라면 그릴 수 있을 것 같았다. 그려야 했다. 다시없을 이 순간을, 이 감각을. 이 존재를 그의 캔버스 위에 영원히 붙들어 매야만 했다.

"우리를 그리겠어."

우민은 벌떡 몸을 일으켜 느와의 두 팔을 잡아끌었다.

"이리 와, 우리를 그리자!"

이 세상 어느 누구에게도 공개하지 않았던 비밀의 방. 우민은 화실의 육중한 문을 활짝 열어젖혔다. 세상과 운명에 버림받은 그의 공간. 좌절한 이후 노상 삶과 죽음의 러시안 룰렛을 하며 자신을 죽여가던 그곳으로 우민은 느와를 안내했다. 자신의 삶 안으로 그녀의 존재를 초대했다.

마치 거대한 전시장처럼 높고 넓은 화실 중심부에는 어지간한 작은 방만 한 거대한 캔버스가 누워 있었다. 아무것도 그려지지 않은 순백의 화폭. 우민이 그리지 못한 아픔과 그리움과 슬픔이 숨을 쉬는 그곳.

이리 와.

우민이 손을 내밀었다.

한 발자국.

두 발자국.

느와가 우민에게로 캔버스의 중심부로 스며들어왔다.

"널 그리겠어. 널 연주하고 널 각인하겠어. 움직이지 마! 내게서 달아나지 마! 여기 이 자리야. 네가 있을 곳은 여기 바로 이 자리라는 것을 반드시 기억해!"

광기에 젖어 포효하고 스스로를 물어뜯는 미친 짐승처럼 고함을 지르며 우민은 그의 이브를 캔버스에 눕히고 그리기 시작했다. 붓으로도 아닌 두 손으로 그녀의 몸에 극채색의 선연한 물감을 덕지덕지 바르고 문질렀다. 사나운 애무처럼, 잔인한 매질처럼 그녀의 온몸 위에다 자신의 표현을 흔적으로 새기기 시작했다. 그것으로도 모자라 빗자루처럼 거대한 붓을 물감 통에 푹 담갔다가 그녀 몸 위에다 소낙비처럼 흩뿌렸다.

우민은 느와의 하얀 몸에 진한 비의 색인 푸른 물감을 색칠했다. 아무런 수치도 느끼지 않고 자신의 하얀 몸이 마치 붓인 양 뒹굴며 느와는 깔깔대고 웃었다. 그녀의 몸 아래로 푸른빛의 여운처럼 그녀가 뒹굴던 흔적이 묻었다. 우민의 것이다.

이번에는 느와가 우민의 몸에 짙은 햇살 같은 빨강색의 물감을 손으로 문질렀다. 우민 역시 그녀의 흔적을 따라 그녀의 그림자가 되어 아기처럼 기어갔다. 파란색과 빨강색이 엉켜 보라색이 되었다. 우민과 느와의 몸이 다시 엉켰다. 우민은 그녀의 파랑을 느와는 그의 빨강을 갈구한다. 헐떡이며 신음하며 비명

일.상 혹은. 환.상

지르며 그들은 서로를 욕망하고 갈구한다.

음란한 캔버스 위에서, 교미하는 두 마리의 뱀이 되어 꿈틀거린다. 서로의 몸 안에서 밀려왔다 밀려가며, 완전하게 서로에게 함몰한 채 황홀한 넋과 몸을 주고받았다. 고통과 쾌락. 열락과 두려움. 욕정과 사랑이 섞여들었다. 밤과 낮이, 남자와 여자가, 삶과 죽음이, 그리움과 갈망이 흘러내렸다. 궤적과 울림이 다른 두 동체가 하나로 엮여 수없이 죽고 살고 다시 깨어나는 무아(無我)의 세상.

우민은 느와를, 느와는 우민을 마침내 소유했다. 아무 것에도 뿌리를 닿지 않던 무한한 그들의 방황과 갈증을 완성했다. 포기하고 놓쳐버렸던 삶의 심지를 다시 피워 올렸다. 허무한 죽음은 마침내 극복되었다. 썩은 고름처럼 그들을 부패시키던 절망을 풀어 던져버렸다. 죽음과도 같은 캄캄함, 쾌락과 자아가 파괴되는 끔찍한 환희 속에서 서로를 남김없이 소유하고 마시고 베어 먹었다.

하느님.

우린 죽은 것일까요?

아니면 산 것일까요?

시간이 저물고 비가 그칠 즈음, 거친 붓질처럼 자유분방하게 약동하며 풀 수 없을 만큼 함께 헝클어졌던 두 몸이 비로소 분열되었다. 수없이 많은 색이 한곳에서 엉키면 결국은 검은색이 되듯이 그 밤 내내 그들이 가진 서로 다른 색의 합체와 분열은 결국 밤의 암흑 속에서 지친 잠으로 찾아왔다.

새벽이 올 무렵, 물감투성이가 된 우민은 마찬가지로 물감이 묻어 해초처럼 미끈거리는 느와를 안고 늪 같은 잠에 풍덩 빠져버렸다. 담요 한 장 아래의 세상, 연인의 온기는 한없이 아늑하고 따뜻했다.

이제는 다시 그림을 그릴 수 있으리라.

눈을 떴을 때 우민은 홀로였다. 신새벽의 햇살을 타고 느와는 조용히 사라졌다. 그의 몸에 짓이겨진 물감과 같은 색으로 얼룩진 캔버스만 남기고. 형체도 색깔도 알아볼 수 없을 정도로 혼탁하고 혼란한 흔적. 음란하고 순수하며 방탕하고 고귀하던 그들의 첫 밤이 남긴 흔적이었다.

우민은 벌떡 일어나 욕실로 갔다. 그곳에는 아직 물기가 남아 있었다. 아마도 그가 잠든 사이 화실을 빠져나가기 전 느와가 몸에 묻은 물감을 씻어 내린 흔적이리라. 욕조 속에 고인 엷은 물감의 느낌.

그것은 검은 빛.

어둠의 그늘 같은 흐린 색.

지난밤의 추억. 다시는 돌아오지 않을 순간의 몰입. 서글픈

일.상 혹은. 환.상

환몽(幻夢).

우민은 물기 젖은 욕조 안에 들어가 아기처럼 웅크리고 앉았다. 연인의 희미한 그림자를 음미하듯이 눈을 감았다. 느와가 귓전에서 속삭이고 있었다. 바람 같은 그녀가 여리게 흔들리고 있었다.

"나를 기다려줄래요?"

"내가 돌아오지 않으면 당신이 꼭 찾으러 와요. 이젠 살고 싶어. 그림자로 말고 사람으로 당신과 살고 싶어."

우민은 눈을 떴다.

"나도 살고 싶어, 너와 살고 싶어. 느와!"

그는 일어나 선반에 놓인 새 면도날을 집어 들었다. 흐린 보라색의 얼룩이 진 팔목에 그가 힘을 주자 파란 정맥이 불끈 뚜렷하게 드러났다. 우민은 히죽 미소 지으며 망설임 없이 면도날을 혈관으로 가져갔다.

이런 날은 느와가 연주하는 엘가의 '사랑의 인사'를 듣고 싶다.

4.

검은 옷을 입은 여자는 비 오는 파리의 거리를 홀로 걷고 있었다. 딱히 무엇을 하자는 것도 아니었다. 누구를 만날 일도 없었다. 다만 가슴에 붙어버린 시퍼런 불이 식지 않아, 찾아갈 수 없는 그리움을 찾아 미로 같은 파리의 골목길을 헤매고 있을 뿐이었다.

우민.

신음처럼 새어나오는 흐릿한 이름 하나. 여자는 흠칫하며 손으로 입을 막는다.

금단의 이름.

다시는 찾아갈 수 없는 그곳, 그 사람.

그러나 평생 그녀가 그리워하고 찾아 돌아가야 할 유일한 그 사람. 회색 비처럼 검보라색 눈동자에 물기가 돋았다. 여자는 하늘을 바라본다. 그 사람을 생각하면 왜 항상 눈물이 날까? 이름만 떠올려도 눈물이 나고 목이 아파온다. 그 사람은 지금 무엇을 하고 있을까?

그녀가 버린 그 사람.

그도 지금 숨을 쉬고 있을까?

프랑스 대사로 부임한 한 남자. 아내와 아들 둘을 가진 자상한 가장이자 모범적인 외교관이었던 그가 우연히 만난 보라색 눈동자의 파리지앵 첼리스트와 역병(疫病)같은 사랑에 빠졌다.

유난한 순혈주의, 혈통에 대한 지독한 배타성을 가진 한국 사람들. 하물며 누대(累代)로부터 이어져온 만석꾼 집안, 한국 최고 명가의 후손이라는 자부심으로 살아가던 남자의 부모는 죽어도 보라색 눈동자를 가진 외국 여자를 인정하지 않았다. 그의 도도한 아내는 스스로 목을 매다는 시늉을 하면서까지 남편을 놓지 않았다. 사랑보다도 다른 여자에게 밀려 이혼당하는 수모를 참을 수 없다는 이유에서였다.

전쟁같이 사랑하고 태풍처럼 증오한 불행한 연인들은 결국 헤어질 수밖에 없었다. 남자가 떠난 지 5주 후에 여자는 남자의 검은 머리카락과 자신의 보라색 눈동자를 가진 딸을 낳았다. 병원에 나타난 남자의 아내는 딸을 데려 가겠다고 제안했다. 남자는 사랑했던 여자의 눈을 닮은 어린 딸에게 느와라는 이름을 붙여주었다.

그림자였다. 존재하지 않음이었다. 어린 그 아이가 살아낸 지난 23년은. 다른 사람과 태생이 다르다는 이유로, 눈동자가 다르다는 이유로, 아들이 아니라 딸이라는 이유로 그녀는 배척받는 혹이었다. 어디서나 외면당하고 잊혀지는 존재였다. 궁궐처럼 넓은 안국동 본가의 구석빼기에 있는 작은 초당. 그곳이 어린 소녀의 유일한 세계였다.

외롭고 피폐한 소녀를 그나마 지탱하게 한 것은 첼로였다. 일곱 살 때 처음으로 만나게 된 첼로소리. 담 하나를 사이에 둔 채 이복 오빠의 공부방에서 흘러나오던 소리. 음악을 전공하던 둘째 오빠가 가정교사와 함께 연주하던 첼로의 속삭이는 음색에 순식간에 반해버렸다.

생모의 피가 끌린 탓이었을까?

그때까지 아무것도 원하지 않고 요구하지 않던 아이가 바란 최초이자 최후의 소망. 끌끌 혀를 차고는 매몰차게 잘라내던 어머니. 그러나 어른들 몰래 그녀에게 작은 첼로를 가져다주고 가정교사를 붙여준 사람은 열 살이 더 많은 큰오빠였다. 그녀는 그를 사랑했을까? 사랑했을지도 모른다. 아니, 사랑했다.

그녀의 이름을 불러준 유일한 사람이었다. 아주 가끔씩이나마 고사리 손을 잡고 나가 바깥세상을 보여주었고 무엇보다 그녀에게 첼로를 준 사람이었으므로. 모든 사람이 밀쳐내고 미워하던 그녀에게 웃음을 보여주고 번쩍 안아 빙빙빙 하늘을 향해 작은 몸을 돌려준 사람이었다. 까르르 웃는 그녀더러 경망

스럽다 하지 않았고, 계집아이가 어디서 웃음소리를 내느냐며
호통을 치지 않는 단 한 사람이었으므로. 그녀는 그를 진정으
로 사랑했다. 그런 오빠가 그녀더러 사랑한다 말했다.

사랑하고 사랑해서 미칠 지경이라고 했다. 스물여덟의 사내
는 그리고 열여덟의 어린 이복 누이더러 같이 도망가자 말했다.
도망가서 같이 숨어살자고, 그녀를 닮은 보라색 눈동자를 가진
아기를 낳아 같이 키우자고 말했다. 그녀만 따라온다면 자신의
모든 것을 버리겠다고 말했다.

무서웠다. 두렵고 숨이 가빴다. 그녀만을 쫓아오는 그의 눈동
자가, 세상과 그녀를 다시 격리시키는 그의 비정상적인 애정을
견딜 수가 없었다. 밤이면 혹시 그가 그녀의 방문을 열고 들어
올까 봐, 잠을 잘 수가 없었다. 혼자 견뎌내야 하는 불면의 밤은
길고 두려웠으며 불안했다.

그에게서 도망가고 싶었다. 떨치고 달아나고 싶었다. 그러나
그녀에게는 방법이 없었다. 소녀의 얼굴에 드리워진 두려움과
공포가 그대로 읽혀졌나 보다. 온몸으로 거부하는 대답을 읽어
냈나 보다. 그녀에 대한 정직한 감정의 문을 닫듯이 그는 집안
에서 정해준 여자와 약혼을 했고 그 여자와 함께 유학을 가버
렸다.

그것으로 그녀는 안전하고 자유스러워지게 되었다 생각했다.
이듬해. 대학에 입학했다. 평생 그림자로 살던 딸아이에게 보상

이라도 하듯이 아비는 학교 근처의 집을 마련해주었고 그녀는 나비처럼 답답한 감옥을 훨훨 벗어날 수 있었다. 난생 처음 그녀는 자기 마음대로 숨 쉴 수 있는 자유를 얻었다. 찢어진 청바지를 입어도 되고 밤늦게 영화를 볼 수도 있었다.

그런 날 한 남자를 만났다. 가진 것은 아무것도 없었지만 한없이 맑은 남자였다. 2년만 기다려달라고 말했다. 자신이 준비하는 시험에만 합격하면 한 다발의 장미꽃을 사겠다고, 당당하게 청혼을 하겠노라고 약속했다.

그를 만나고 기다리고, 헤어지면 그 사이를 참지 못해 버스 안에서 전화번호를 눌러대던 그 시간은 행복했다. 어두운 영화관. 무릎에 얹힌 그녀의 손을 향하여 떨며 다가오던 그 남자의 차가운 손. 그 손을 먼저 잡아주면서도 괜히 민망해서는 모르는 척 영화 화면만 뚫어져라 바라보던 그때는 행복했다.

절실히 사랑한 것은 아니었다. 하지만 그녀를 맑은 눈으로 사랑해준 최초의 사람이었기에 그를 고맙게 받아들였다. 그림자 같은 그녀를 붉은 피 흐르는 사람으로 바라보는 유일한 사람이었기에 그를 욕심냈다. 다행히 아비도 그 남자를 좋아했다. 가진 것 없어도 착하고 든든하다 믿음직스러워했다. 그는 자신의 약속대로 2년이 채 되기 전에 사법고시에 합격했다. 그녀는 당연한 듯 청혼을 받아들였다.

그런데 그들의 조촐한 약혼식 날, 예고도 없이 큰오빠가 돌아

일.상 혹은. 환.상

왔다.

"사랑해. 네가 우리 집에 오던 날부터 그랬어. 누군가 속삭였어. 내 것이라고, 내가 사랑할 유일한 존재가 내게 왔다고. 그랬어. 그때부터 널 사랑했어. 너무 사랑해서 숨이 막힐 것 같이 그렇게 널 사랑하게 되었어. 나더러 쉽다고 말하진 말아. 이런 감정, 난들 힘들지 않을 것 같아? 도망치려고, 단념하려고 죽도록 노력했어. 하지만 안 되는데 어떡하지? 널 내가 사랑하면 안 돼? 그러면 안 되는 거야? 나도 어쩌지 못한 내 마음을 정직하게 밝히면 안 되는 거야? 사랑하는 건 죄가 아니라며?"

서른두 살의 장성한 남자가 어린애처럼 떼쓰며 흐느꼈다. 적나라하게 터져버린 그의 격렬한 감정이 너무 무섭고 안타까웠다. 그러나 그를 위해 아무것도 해줄 수 없어 이복 누이는 벽에 등을 대고 달달 떨고만 있었을 뿐이었다. 아무도 듣지 않을 것이라 생각하며 토해냈던 가슴 아픈 절규였다. 오빠 역시 마지막으로 단념하고자 하며 슬며시 드러낸 속내였을 것이다.

그러나 문 앞에서 만나 함께 들어오던 오빠의 어머니와 약혼자가 그 말을 들어버렸다. 모든 죄는 언제나 그녀의 몫. 한쪽의 일방적인 마음만 있을 뿐, 아무것도 오가지 않았던 사이였건만 분노한 어미의 눈에 여자는 이복 오라비를 유혹한 더러운 씨앗에 불과했을 뿐이었다. 오라비와 더러운 관계를 맺은 약혼녀의 추악한 모습에 상심하고 상처받은 남자는 등을 돌리고 뛰쳐나갔다.

그날 밤, 그는 술 취한 목소리로 전화를 했다. 흐느끼며 진실을 말해달라고, 그녀 말만 믿을 거라고 했다. 처음으로 가슴을 열어 그 사람에게 오빠의 이야기를 했다. 가슴 미어지게 아팠지만 그에게 아무것도 줄 수 없는 자신의 마음을 말했다.

오열하며 여자는 아프게 두려움에 떨며 살아온 지난 세월을 토해냈다. 그는 미안하다 했었다. 널 믿지 못해, 널 아프게 해서 미안하다 말했다.

하지만 비극은 언제나 홀로 오는 법이 아니었다. 그 밤에 그녀에게로 오던 남자의 차는 음주운전으로 인하여 중앙선을 침범해 트럭과 부딪쳤다. 즉사였다. 간절히 바랐던 그녀의 사랑과 결혼은 유리잔처럼 아주 쉽게 부서져버렸다.

그 일 이후, 어미는 그녀가 서울에 있는 것을 견뎌내지 못했다. 억지로 막고는 있으나 터지기 일보직전인 아들의 폭주를 억누를 수만 있다면 그녀는 무슨 짓이든 다 할 작정이었을 것이다. 한시라도 빨리 여자를 그들 눈에 보이지 않는 곳으로 보내라 패악을 부렸다. 그녀만 사라지면 모든 문제가 해결될 것이라 믿는 듯한 얼굴을 하면서.

누군가를 마음속에서 지워 보낼 시간이 필요했다. 몇 달만 시간을 달라고 애원했다. 그 사람의 뼈 가루를 뿌린 남한강. 푸

일.상 혹은. 환.상

른 울음을 속으로 우는 강가에 선 하얀 지붕의 카페를 발견했다. 그가 제일 좋아하던 '사랑의 인사'로 작별 인사를 하고 나면 그녀는 이곳을 영원히 떠날 수 있으리라.

그렇게 한국을 영영 떠날 준비를 하고 있던 중이었다. 비행기 표도 사두었고, 어지간한 짐도 다 생모에게로 보낸 상태였다. 과거와 작별하는 사랑의 인사를 밤마다 되풀이하는 동안 그녀는 한국에서의 23년을 하나씩 하나씩 지워가고 있었다. 모래시계의 모래가 조금씩 흘러내리듯이 차츰차츰 짧아져만 가고 있던 그녀의 시간. 점점 가벼워져 가던 그녀의 삶의 뿌리.

바로 그때, 생명 같은 오른손을 잃고 좌절한 채 칩거하고 있는 한 남자를 만나버렸다. 누군가에게 항상 밀쳐진 사람의 눈을 하고 있는 그, 우민을 만났다. 주변의 모든 것을 자신에게로만 끌어당기는 무서운 인력을 지닌 그 남자. 지독한 열정과 집중, 함몰할 수밖에 없는 악마적인 매혹을 지닌 그 남자를 단 한 순간에 속절없이 사랑하게 되고 말았다.

"네가 그 놈을 다시 만나면 그 놈을 죽여버릴 거야!"

질투와 광기에 젖은 낮은 목소리가 속삭이고 있었다.

"내가 아니면 넌 아무도 못 가져. 네가 다시 돌아오면 그 놈을 죽여버릴 거야. 반드시 죽여버릴 거야."

강제로 끌려가 출국장으로 들어서던 그녀의 귀에 대고 큰오
빠는 그렇게 중얼거렸다.

여기는 어디일까?

여자는 눈을 들었다. 어느새 그녀는 화려한 쇼윈도를 자랑하
는 명품 가게들이 어우러진 대로변으로 나와 있었다. 웃으며 즐
겁게 행복하게 지나치는 사람들. 연인끼리, 가족끼리 손에 손을
잡고 비눗방울 같은 웃음을 터뜨리며 그녀를 스쳐 지나간다.

그들처럼 그녀도 한 남자의 손을 잡고 행복하게 거리를 쏘다
니고 싶다. 이제는 그녀도 행복해지고 싶다.

맙소사.

'넌 아직도 꿈을 꾸고 있니?'

검은 옷의 그녀는 혼자 허탈하게 웃는다.

'어째서 넌 감히 그 사람을 생각하고 있는 거지? 네 곁의 남
자들은 전부 죽음이 데려가 버렸어. 넌 저주받은 인간이야. 너
를 사랑한 남자는 모두 다 망가지고 말잖아!'

그런데도 어째서 그 사람을 소유한 그날 밤을 생각하면 눈물
이 흘러내리는 것일까? 기억을 하는 것만으로도 참지 못할 정

도로 그립고 아프고 미치는 것일까?

그를 다시 만날 수 있을까? 어디에 있든 기다린다 하였다, 아니 그녀를 먼저 찾아온다 하였다.

우민 씨, 당신.

그 약속을 잊지 않고 있나요?

생생하게 살아 움직이는 사람들 틈에서 물결에 휩쓸리는 나뭇잎 같이 부유하던 그녀. 희미하게 반짝이는 눈물 어린 눈 속에 화려한 간판이 들어온 것은 그때였다.

〈느와 — 검은 밤의 추억〉

파리에서 제일 크고 명망 있는 화랑 파케티의 크리스마스 특집 신작전이었다.

"느와……"

여자는 속삭였다.

"정말 아름다운 제목이야."

우연히 그녀의 이름도 느와였다. 저주라 믿었던 그 이름을 아름다운 밤이라 말해준 남자를 기억한다. 모든 것을 다 주었고 모든 것을 다 받은 그 사람을 기억한다. 아마도 그래서 갈피없이 헤매던 그 발길을 잠시 돌리게 된 것이리라.

한 점, 두 점, 눈이 내리기 시작하는 하늘을 뒤로하고 여자는 화랑의 전시실로 발걸음을 옮겼다.

보자마자 압도당했다. 아니 그녀뿐만 아니라 그 화랑을 들어선 모든 사람들이 다 마찬가지였다.

　메인 벽에 붙은 200호의 초대형 유화 한 점.

　무엇인지 그 형체를 알아볼 수 없이 마구 엉킨 색들. 푸르고 붉은 색들. 아니 이 세상에 존재하는 모든 색들을 쏟아 부어 마구 칠한 듯한 추상화 작품 한 점이 걸려 있었다. 어둡고 혼합되고 섞이고 뭉쳐진 색들이 아우성을 치고 있었다.

　맙소사. 그건 어둠이 아니라 생명이었다.

　이 세상 사람들의 살아가는 수천, 수만 개의 사람의 모습들 감정들이 소용돌이치는 혼란, 조화와 불화, 증오와 사랑. 이별과 사랑. 그리움. 남자와 여자…….

　등 뒤에서 사람들이 속삭이고 있었다.

　"네빌은 이 그림의 색을 내기 위하여 자신의 팔목을 잘랐다고 하네요. 그러니까 자신의 피를 짜서 그린 거죠."

　"믿을 수 있나요? 세상에! 저 엄청난 것을 왼손만으로 그려내다니."

　여자는 비틀거리며 한 걸음 더 가까이 그림 앞으로 다가갔다.

　믿을 수 없었다. 그가 그녀와 같은 하늘 아래 있었다. 그녀의 기억, 그녀의 사랑을 고스란히 담아낸 거대한 그림을 통해 널 사랑한다, 날 잊지 마라 영혼으로 아우성을 치고 있었다. 수천 킬로미터를 사이에 두고 떨어져 살아도 그 사람이 잠이 깨면 그녀도 같이 눈이 떠지는 운명. 그 사람이 사는 하늘 쪽만 바라보아도 오늘 하루 더 살아내야 하겠다는 소명을 주는 그 사람의 향기가 다가와 그녀를 감싸고 있었다.

우민 씨.

당신은 약속을 지켰군요.

천년만년이 가도 잊을 수 없는 사람. 여자는 자신이 바닥에 주저앉은 것도 몰랐다. 사람들이 손가락질을 할 정도로 큰 소리 내어 흐느끼고 있는 줄도 몰랐다. 여자의 흐느낌에 그림 앞에 서 있던 남자가 천천히 몸을 돌렸다.

젖은 여자의 눈과 남자의 눈이 마주쳤다. 순간 개벽이라도 시작된 것처럼 그의 얼굴에 햇살 같은 미소가 떠올랐다.

"……. 어서 와. 느와."

fin.

저 사실 뱀파이어거든요.

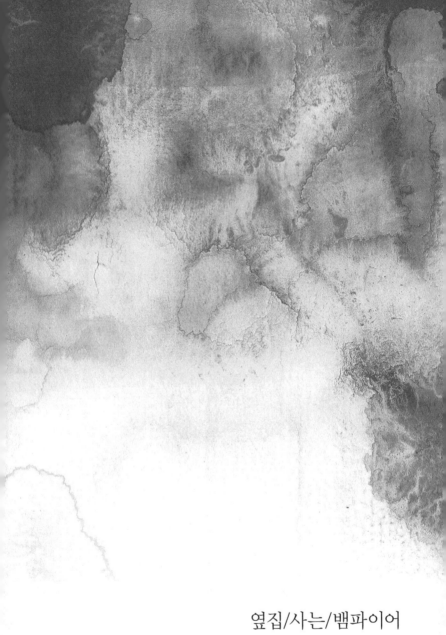

옆집/사는/뱀파이어

채현

채현

친구들이 '스타워즈'에서 루크 스카이 워커를 좋아할 때, 핸 솔로를 좋아했다. 친구들이 '캔디캔디'에서 앤소니와 테리 우스를 좋아할 때, 알버트 아저씨를 밀 었다.

취향은 언제나 일정한데, 정신 차려보 니 동갑내기 남편이랑 같이 살고 있다. 뭔가를 수집해야 하는 나쁜 버릇 덕분 에 온갖 잡동사니에 둘러싸여 사는 중.

「사랑보다 더」,「라 발스」,「러브 콘체르 토」,「푸른 수염의 성을 나오다」 등을 출 간하였다.

새벽 세 시.

벽시계를 쳐다보았을 때의 시간이었다. 나는 눈을 감은 채로 이제 몇만 마리째인지도 모를 긴 숫자의 양을 세다 지쳐 눈을 번쩍 떴다. 어둠에 익숙해진 눈에 야광 시계 바늘이 번쩍거린 다.

"아, 배고프다."

누가 듣는 것도 아닌데 나는 작게 중얼거려봤다. 어차피 혼자 사는 집에 내가 배고프다고 해서 밥 만들어 대령해주는 우렁각 시, 아니 우렁서방이 있을 리가 없었다.

이런 생각을 해본 적이 있었다. 어느 날 생명공학이 우렁각 시 또는 우렁서방 통조림을 개발하는 거다. 독신자들은 슈퍼마 켓에서 각 회사에서 내놓은 특화된 우렁각시를 살 수 있게 된 다. 우렁각시가 계속 살아 있는 것은 비효율적이고 회사도 먹고 살아야 하니 기간은 일주일 정도로 하자. 일주일 동안 집안일을 해준 우렁각시가 죽을 때가 되면 주인은 그 우렁각시를 잡아서……. 생각하다 보니 너무 고어해져서 관뒀다. 그러나 하루속히 생명공학은 우렁각시 또는 우렁서방 통조림을 개발해서 혼자 사는 전 세계 독신들의 라이프에 일대 혁명을 일으키기를 바라긴 한다.

침대 머리맡이 있는 베란다 쪽에서 뭔가 푸드덕, 날아다니는 소리가 들렸다.

"아 씨, 이놈의 닭둘기들 잠도 없나! 왜 한밤중에 왜 날고 지랄이야."

새벽마다 베란다 쪽에서 푸드덕거리는 새에 대한 불평을 한가득 늘어놓은 뒤에, 나는 멍하니 누워서 생각했다. 귀찮음을 무릅쓰고 일어날까, 아니면 귀찮으니 그냥 누워 있을까 5분 정도 고민했다. 그러나 배고픔이 귀찮음을 이겨버렸다.

터벅터벅 방을 걸어 나가 불도 켜지 않고 냉장고 문을 열었다. 야채 칸의 말라비틀어진 당근이 외롭게 있을 뿐. 이것도 꽤 오래 전 카레를 하고 남은 것이었다. 그 카레는 반도 못 먹고 화장실의 변기 속에서 일생을 마쳤다. 냉장고에는 우유조차 없었고, 식료품 창고를 털었지만 라면 하나 없는 절망적인 상황이었다.

결국 밖에 나가서 식량을 구해 와야 했다.

"나가기 싫은데 진짜."

듣는 사람도 없는데 나는 투덜거리기 시작했다. 예전부터 혼

일.상 혹은. 환.상

잣말로 구시렁거리는 게 내 오랜 버릇이었다. 그때마다 미신을 신봉하는 할머니가 혀를 끌끌 차곤 했다. 아니, 더 어릴 땐 머리를 꽉 쥐어박으시곤 잔소리를 했다.

"이년아, 복 달아나."

어쩌면 내 잠이 달아나버린 게 그 오래된 버릇 때문인지도 몰랐다.

슬리퍼를 질질 끌고 나가, 복도에서 1층에 내려가 있는 엘리베이터가 올라오길 기다렸다. 침침한 복도등이 내가 나갈 때 잠시 켜졌다가 도로 꺼져버렸다. 중간층의 허름한 유리창으로 희미한 가로등 불빛이 새어 들어오고 있을 뿐이었다. 그때 3층에서 키우는 개가 갑자기 늑대처럼 아우우우울 울부짖는 것이었다. 그 바람에 화들짝 놀라 펄쩍 뛰어버렸다.

"저놈의 개새끼가! 저 개새끼는 지가 늑대인 줄 아나. 짜증나."

순간 없던 애가 떨어질 정도로 놀란 나는 화를 버럭 내버렸다. 잠을 못 자고 눈을 뜨고 지내는 그 수많은 밤을 저 개 울음소리와 함께했던 것이다. 당연히 저 개새끼에 대해서 내가 좋은 감정을 갖고 있을 리가 없었다.

나는 입이 걸었던 할머니와 오래 같이 살아서인지 얼굴에 비해 입이 걸다는 평이 친구들 사이에서 있었다. 제발 밖에서 말할 때는 욕 좀 하지 마. 내가 다 창피해져, 라고 솔직하게 말해 준 좋은 애도 하나 있었다. 물론 버릇은 못 고쳤다.

"보름인가. 개새끼도 울게."

엘리베이터를 타고 투덜거리면서 내려왔다. 그런데 아파트 현관의 우체통을 지나 그 낡은 유리문을 빠져나와 보니, 진짜 보름이었다. 얼마나 달이 밝은지 아까 왜 부엌 불을 켜지 않아도 되었는지 이해가 갔다. 그만큼 달이 기묘하게 밝았던 것이다.

가로등 불빛에 날벌레와 나방이 파닥거리고 있었다. 낮의 그 뜨거운 열기는 이제 좀 줄어들었고 폐 속 깊숙이 청량한 새벽 공기가 들어왔다. 새벽의 적막한 아파트 단지에는 간혹 지나가는 도둑고양이들만 있을 뿐이었다.

집 근처에 사는지 가끔 마주치는 늘씬한 까만 고양이가 저쪽의 승합차 앞에 꼬리를 앞으로 예쁘게 말고 앉아 있었다.

"야, 너 요즘 살 만한가 보다. 털에 윤기가 좌르르한데?"

고양이가 피식 웃듯이 나를 바라보더니만 고개를 딴 데로 돌려버렸다. 마치 나를 외면이라도 하는 듯이.

"고양이조차 나를 무시하네, 저년이!"

그 말을 하기 무섭게 갑자기 고양이가 등을 돌리더니 꼬리를 높이 세웠다. 마치 나 보라는 듯이 아주 꼿꼿하게. 아니나 다를까 꼬리 아래에는 튼실한 명란젓 두 개가 달려 있었다. 자랑하듯 자신의 정소를 보여주며 뽐낸 고양이는 새침하게 사뿐사뿐 걸어서 어둠 속으로 사라졌다.

내 말을 알아듣기라도 한 듯한 그 행동에 살짝 등골이 오싹해졌다. 그나마 다행인 건 말을 하지 않았다는 정도. 분명 저 상황에서 '나 년 아니거든.'이라고 말이라도 했다면 뒤로 넘어갔겠지.

"이 동네 왜 이래! 터가 안 좋나, 공동묘지에 짓기라도 했나, 아니면 귀문에 있기라도 하나."

내가 동네를 원망할 만한 이유가 있긴 했다. 사실 이 동네에 이사 온 게 불과 몇 달 전이었고 그 직후에 전에는 없던 불면증이 생겼던 것이다.

처음에는 책을 읽는다거나 영화를 본다거나 음악을 듣는다거나 하는 방법으로 어떻게든 잠이 올 때까지 기다리려 했다. 그러나 대학 때 리포트 내느냐고 보았던 새뮤얼 베케트의 부조리극 '고도를 기다리며'에서 두 남자가 아무리 고도를 기다려봤자 고도가 오지 않듯이, 간절히 기다리는 잠은 오지 않았다. 심지어 그 남자들은 고도가 어떻게 생겼는지도 뭔지도 모르지만 나는 잠이 어떤 건지 안다는 점에서 좀 나으려나.

잠을 자야 한다는 강박증이 점점 더 심해져만 갔고 나중에는 점점 이것이 신경을 갉아먹기 시작했다. 아무것도 못할 정도로 머리가 아파왔고, 진통제 네 알 정도 먹어도 사라지지 않는 두통으로 괴로워하면서 어둠만 노려봤다.

물론 나도 노력을 해보았다. 현대 의학의 힘을 빌리려 하기 이전에 생활습관을 바꾸는 식으로 해결해보려 했다. 일단 아침 점심마다 마시던 커피나 차 등의 카페인 음료를 끊었다. 물론 전혀 해결하지 못했다.

숙면에 도움이 된다는 라벤더 오일을 베개에 떨어뜨려보기도 했고 라벤더 말린 걸 집 여기저기에 걸었다. 심지어 아로마 램프로 훈증을 해서 온 집 안에 라벤더 향이 밸 정도가 되었다.

커피 대신 불면증에 좋다는 국화차를 마시고, 몸에 좋다는 건강한 허브티의 세계로 눈을 돌리게 되었다.

낮에 일광욕을 하면 잠이 잘 온다기에 일부러 점심시간에 밥 대신 ─ 이미 식욕조차 잃은 지 오래였다. ─ 일광욕을 해보았다. 잠 대신 기미와 잡티만 늘었고 피부가 시커멓게 탔을 뿐이었다.

그래도 잠이 오지 않았다. 머리만 아프고 멍할 뿐.

인터넷을 찾아보니 멜라토닌이란 걸 먹으면 불면증에 좋다더라고 했다. 국내에선 구할 수 없는 멜라토닌을 구해보았다.

한 알을 먹어보았다. 멀쩡했다. 두 알을 먹어보았다. 조금 졸린 듯도 했다. 세 알을 먹어보았다.

구역질이 나서 그대로 화장실에 가서 쏟은 뒤에 잠을 자는 것도 아니고 깨어 있는 것도 아닌, 말 그대로 마치 비몽사몽의 꿈의 세계에 간 듯한 붕 뜨는 기분에 몸은 더 피곤해졌다.

일.상 혹은. 환.상

결국, 현대 의학의 힘을 빌려보기 위해 병원을 향했다. 이미 회사에서 쓸 수 있는 연차고 뭐고 다 쓴 뒤였고 상사와 안타깝지만 몸이 좋아진 뒤에 일해야지, 건강이 최고야 뭐 이런 대화를 하면서 회사를 관둔 뒤였다.

의사는 발륨을 처방해주었다. 아는 사람은 알지만 발륨 혹은 다이아제팜이라고 불리는 이 하얀 정제는 신경안정제라고 하는 것인데, 역시 나를 완전한 잠의 세계로 인도하지 못했다. 대신 엄청난 악몽을 선사했다. 더 나아가 유체이탈과 같은 기이한 현상까지 벌어졌다.

즉, 정신이 가물가물할 때, 어느 순간 깜빡 졸음이 든다 싶을 때 번쩍 눈을 뜨면 아래에 역시 눈을 뜬 채로 어둠을 바라보고 있는 자신과 마주하게 되는 것이다.

이러다 영영 저 육체로 못 돌아가게 되는 건 아닐까, 라는 공포에 질려 결국 발륨은 포기했다.

그렇게 나는 매일 밤마다 누워서 어두운 허공을 노려보게 되었고 오늘같이 새벽 세 시에 편의점에나 가는 인생이 되고 만 것이다.

"여기 설마 터가 안 좋은 곳 아냐? 아니 설마 나 전에 살던 사람이 자살한 건 아니겠지?"

뭐 이런 말도 안 되는 하지만 있을 법한 걸 마구 혼잣말을 지껄이면서 걷기 시작했다. 실제로 내가 이사 와서 집을 치우다가, 전에 살던 사람이 개라도 키웠는지 끝도 없이 누런 털이 나오는 데 좀 질려버렸던 것이다.

내 양옆으로는 똑같이 생긴 아파트들이 세로로 길게 늘어져 있었고, 그 공간에는 시간이 시간이니만큼 인적이 없었다. 달은 오늘따라 휘영청 밝아, 내 뒤로는 긴 그림자가 드리워지고 있었다.

내가 사는 아파트는 꽤 오래된 큰 주공아파트 단지였다. 80년대 지은 주공아파트들은 전국에 있는 모든 것들이 다 똑같이 생겼는데, 이것은 마치 구소련의 흐루시초프 시절에 지은 아파트들처럼 규격화되어 있었다. 흐루시초프는 주택 공급이 딸리던 소련 전역에 똑같이 생긴 아파트를 지으라고 명령했다. 그렇게 지어진 아파트들은 5층에서 9층 사이의 건물로 비슷한 외양을 하고 있었다. 그런 까닭에 후르시초프 아파트라는 뜻의 흐루숍카라는 일반 명사도 생겼다고 한다. 내가 이 쓰잘데기 없는 걸 잘 알고 있는 이유는 이런 걸로 리포트를 낸 적이 있기 때문이다. 제길.

한국의 주공아파트들도 흡사하게 전개되었다. 70년대 중반부터 짓기 시작한 아파트들은 거의 80년대에 걸쳐 비슷한 외관에 비슷한 스타일로, 아마도 서울에 있는 걸 충주에 갖다놔도 구분이 안 될 정도로 유사하게 지어졌다. 지금 내가 살고 있는 주공아파트 역시 그때 지은 것들 중 하나였다.

외관에는 허름하게 페인트가 벗겨지고 있었고, 현관마다 할머니들이 앉아서 노닥거리기 좋게 누군가 버린 나무 의자들이 놓여 있었다. 그 의자의 주인들은 시간이 시간이니만큼 자리를 비우고 있었지만 의자는 잠이라도 자듯 고요하게 자리를 지키고 있었다. 건물 앞 화단마다 누군가 키우는 상추니 배추니 하는 것들이 심어져 있기도 했다.

이사 오기 전까지만 해도 서울에 이런 곳이 있을 줄은 꿈에도 생각할 수 없었을 정도로 복고적인, 정확하게는 시대착오적인 80년대적인 풍경이 아닐 수 없었다.

긴 그림자를 드리우고 있는 아파트들을 지나 새벽 세 시의 편의점에 들어갔을 때 알바생은 졸고 있다 문에 달아놓은 벨이 땡그랑 울리자 눈을 비비며 일어났다.

무얼 사야 할까. 뭔가 요리를 하기도 싫고 간만에 시원한 새벽에 라면 같은 걸 먹고 싶지도 않았다. 결국 요리라고 할 수 없는 뭔가 속에 무겁지 않은 걸 찾아 프루트칵테일 통조림과 시리얼, 우유 1,000cc를 골랐다.

한때 우유를 먹으면 잠이 잘 온다고 해서 밤에 눕기 전에 우유를 전자레인지에 데워서 먹던 때도 있었다. 그러나 잠을 자는 걸 포기한 이상 좋아하지도 않는 우유를 굳이 먹을 필요는 없었다.

원래 사람은 우유를 소화시킬 수 있는 락타아제 효소가 만 3

세까지만 분비된다. 그런데 어릴 때부터 계속 마시는 사람은 계속 분비되어 괜찮지만 아닌 사람은 마시면 소화를 못 시키게 되어서 설사를 하게 된다고 교양 인류학 시간에 배웠다. 그러고 보니 나는 대학에서 많은 걸 배운 것 같기도 하다. 물론 리포트 쓰다 보니 배운 것도 많지만.

내가 만 세 살 이후 끊어버린 우유까지 마셔가면서 고군분투 했건만 불면증이 사라지지 않은 걸 우유를 탓할 수는 없지만, 시리얼을 먹으려면 우유가 필요했다.

봉지를 빙빙 돌리면서 걷다 하늘을 올려다보았다. 보름달이 달그림자가 질 것처럼 휘영청하게 하늘 한가운데서 빛나고 있었다. 간만에 서울 하늘이 맑은지 달 속에 사는 토끼도 제대로 보이고 있었다.

그때 다른 사람의 인기척이 느껴졌다. 갑작스레 어느 순간 나타났다. 불쑥 한기가 들어 걸음을 빨리 했다. 기다랗게 늘어져 있는 아파트 사이 그늘 속에서 무작정 슬리퍼 소리를 탁탁탁 내면서 약간 속도를 내기 시작했다. 저기 저 앞에 내가 사는 아파트가 보인다. 혼자 가로로 누워 있는 38동까지 나는 아무렇지 않은 척, 하지만 약간은 빨리 걸었다.

내 뒤를 따라오는 사람도 내 발걸음에 맞춰 자기 페이스를 조정이라도 하는 듯했다. 어쩌지? 뛰어야 하나? 심장이 두근두근 뛰기 시작했다. 차라리 딴 길로 가든가 하지. 이렇게 따라오면 무섭잖아! 왜 새벽에 배가 고파진 건지 이제 내 위를 원망하기 시작했다.

현관의 유리문을 지나 안으로 들어갔다. 유리문은 누군가 돌이라도 던졌는지 취객이 발로 차기라도 했는지 깨져 있었다. 우체통 앞 녹슬기 시작한 철제 난간에는 자전거들이 잔뜩 매달려 있어서 내 보행을 방해했다.

엘리베이터는 내려갈 때마다 가끔 흔들리기도 하고, 과연 이것이 안전검사를 제대로 받은 것인지 무섭기까지 했지만 어쨌든 움직이고 있는 것이었다. 다행히 엘리베이터는 내가 나왔던 대로 1층에 멈춰져 있었다.

안도의 한숨을 내쉬며 오래된 작은 엘리베이터를 타고 4층을 누르려고 할 때 누군가 갑자기 불쑥 들어왔다. 희미한 푸른 빛을 띤 조명 아래, 키가 머리 하나는 큰 남자가 갑자기 나타난 것이었다. 그는 마치 어둠 속에 녹아 있던 것처럼 숨어 있다 갑자기 형체를 드러낸 듯 보였다.

순간적인 공포로 숨을 흡 하고 몰아쉬었다. 일단 뭔가 검은 형체가 갑자기 나타났으니 놀라는 것은 당연했다. 게다가 지금은 새벽, 신문과 텔레비전 뉴스에서 흉흉한 얘기가 오죽 많은가. 연쇄 살인, 강도, 강간, 등등 현대 도시에는 젊은 여자가 당할 수 있는 온갖 나쁜 것들이 잔뜩 있었다.

그 남자는 버튼을 누르려다 주춤하고 나를 내려다보았다. 엘리베이터 버튼은 4층에서만 빛이 날 뿐이었다.

나는 긴장한 채 만약의 경우에 통조림이 든 비닐봉지로 얼굴을 치겠다는 듯이, 비닐봉지를 꼭 쥐고 있었다. 그리고 곁눈질로 계속 남자를 관찰했다. 남자가 왜 어둠 속에서 갑자기 나타났는지 나는 그의 차림새를 보고 이해했다.

그는 검정색 정장을 입고 있었는데, 그렇게 새카만 검정색은 처음 본 듯한 느낌이었다. 마치 한겨울밤을 잘라다 만든 듯한 깊은 어둠이었다. 그는 남자치고 하얀, 아니 창백한 듯한 얼굴에 검정색의 금속 프레임을 안경을 쓰고 있었다. 머리는 단정하게 정리되어 있었는데, 어딘가 구김 하나 없는 그 차림새 때문에 더욱 이질적이었다. 그래서 더 변태처럼 보였는지도 모른다. '아메리카 사이코'라도 된 듯.

엘리베이터에는 적막하고 무거운, 어색한 공기가 가득해서 숨이 답답할 정도였다. 왜 엘리베이터를 탔을까. 내 바보 같음을 계속 저주했다.

그를 곁눈질로 보면서 엘리베이터 올라가는 층을 확인하느라고 눈만 바삐 움직였다. 마침내 엘리베이터가 띵— 소리를 내며 4층에서 멈춰 섰고 남자는 내가 내리는 걸 기다렸다가 곧 따라 내렸다.

어두운 복도에 사람이 내리자마자 불이 켜졌다. 순간 나는 긴장해서 거의 굳어버렸다. 등에서 식은땀이 나고 있는 게 느꺼졌다. 차라리 아랫집 개새끼라도 울어주면 좀 덜 무서우련만 개새끼마저 조용해져 있었다.

개미새끼 한 마리 움직이는 기척도 없이 긴장이 흐르는 그 순간, 남자가 주머니에서 키를 꺼내더니만 403호 문을 열고 들어가 버리는 것이었다.

이제 어두운 복도에 나 혼자 남겨진 것이었다. 순간 긴장이 갑작스레 풀려 주저앉을 것 같은 다리를 휘청이며 나도 오토록을 열고 집에 들어왔다.

집에 들어오자, 엘리베이터에서 얼마나 긴장을 했던지 다리에 힘이 풀리면서 그대로 주저앉았다. 식욕이고 뭐고 달아나버린 지 오래였다. 정신을 좀 차린 뒤에 냉장고에 우유를 넣어놓자마자 나는 식탁에 턱을 괴고 앉아버렸다.

이 작은 공간에 안전하게 들어왔다는 게 너무 기뻐서, 아랫집 개새끼가 또 아우울 하고 울부짖고 있건만 이제는 익숙해진 그 소리를 BGM 삼아 어느샌가 잠이 찾아오고 있었다. 침대에 찾아가 눕기에는 몸이 너무 나른했다. 딱 1분만, 아니 3분만, 5분만…….

얼굴에 닿는 빛에 나는 무의식중에 고개를 돌리려 했다. 그러나 고개가 돌아가는 대신 나는 저릿한 팔로 목을 거머쥐었다.

"으악!"

식탁 앞에 주저앉는다는 게 그만 자버린 것이었다. 팔을 괴고 잤으니 장시간 노동을 한 팔에 저릿저릿하면서 쥐가 난 것은 당연했고 무엇보다 목이 제대로 움직여지질 않았다. 그럼에도 불구하고 머리는 맑았다. 불편한 자세이긴 하나 며칠 만에 제대로 잔 것이었다.

"으으으으!"

고개를 꺾자 그대로 우드드득 나는 소리에 기겁해버렸다. 비록 목은 좀 안 좋았지만 몸만은 진짜 괜찮아졌다.

날아갈 듯 상쾌한 기분으로 밀려 있던 빨래와 집안일을 해치우고 먹고 살기 위해 해야 하는 일도 틈틈이 해가면서 바삐 살았다. 오늘 밤 잠을 자지 못하더라도 그건 오늘 밤 걱정할 일이었다. 내일 정도까지 잠을 못 자도 괜찮고, 모레까지 잠을 못 자도 괜찮다.

그러나 그 달콤했던 하루가 지나고 막상 모레가 왔을 때 나는 다시 잠을 자지 못한다는 공포로 떨어야 했다. 잠은 오지 않고 또 멍하니 누워 있는 것이다. 눈을 감는 것만으로도 충분히 덜 피곤하다는데 실제로 그런지는 모르지만 잠을 자고 일어났을 때의 상쾌함은 없었다.

이 와중에 잠은 오지 않는데, 또 새벽 세 시에 배고픔에 몸부림을 치게 된 것이다. 인간은 망각의 동물이라더니만 나는 배운 게 없나 보다. 그 새벽에 무서워서 징징거려 놓고선 또 식량 창고를 채워놓는 걸 까먹었으니 말이다.

"잠깐만, 나 우유랑 프루트칵테일이랑 시리얼 사다놨잖아!"

갑자기 싱크대에 넣어놓고 잊고 있던 그것들이 생각나자 신이 나서 일어났다. 부엌의 불을 켜고 신이 나서 프루트칵테일 통조림을 꺼냈다. 아뿔싸! 원터치로 따지는 게 아니었다. 망했다, 제길!

사기 전에 집에 깡통따개가 있는지 생각해봤어야 하는데! 얼마 전에 이 아파트로 이사 오기 전에 하나 있었던 깡통따개를 녹이 슬어 있기에 버렸던 것이다. 버린 나 자신을 탓하면서 바보바보를 외쳤다.

나는 한참 프루트칵테일을 노려보고 있었다. 저 속에 있는 망고나 체리나 코코넛 먹고 싶은데, 왜, 왜 깡통은 열리지 않는 것일까? 이런 생각 한참 해봐도 소용없다는 거 잘 알면서도 심지어 깡통에게 말까지 해봤다.

"왜 그냥 열리면 안 되니? 너는 원래 안에 있는 프루트칵테일을 담기 위해 만들어졌으니 이제 그 목적을 달성하였으니 그냥 자동으로 열리면 안 될까?"

당연히 깡통은 말을 하지 않았고 어떤 일도 발생하지 않았다. 그냥 우유에 시리얼이나 먹을까 했지만 나는 오늘 밤 저 프루트칵테일을 먹어야 한다는 사명감마저 드는 것이었다. 오늘 저걸 먹지 않으면 죽어버릴 거야. 마치 양상추를 탐내는 라푼젤의 어머니처럼 남편에게 마녀의 정원에 가서 양상추 뜯어다 달라고 졸라대고 싶었다.

그냥 한숨을 쉬고 깡통을 들고 일어났다. 그래, 편의점에 가서 열어달라고 조르든가 해보자. 아니면 깡통따개라도 사지 뭐. 편의점에서 이 물건을 팔았으니 손님이 먹기 좋게 열어줄 수 있는 도구나, 하다못해 깡통따개가 있을 것이다!

의기양양하게 현관문을 열고 나간 것까지 좋았다. 엘리베이터 앞에 서 있는 검정색 아지랑이같이 어렴풋한 걸 보기 전까지는.

옆집 남자였다. 그도 현관문이 열리는 소리에 조금 놀랐는지 흠칫 하면서 돌아보았다. 그러다 눈이 마주치자 멋쩍은 듯이 웃는 것이었다. 최근 치과라도 다녀왔는지 정말 하얀 이를 드러내며 싱겁게 웃었다.

남자는 검정색 티셔츠에 검정색 트레이닝팬츠를 입고 맨발에 슬리퍼를 신고 서 있었다.

나갈까 말까 망설이다, 한 발 내디뎠다.

정말 멋쩍게 엘리베이터를 기다리고 어색한 공기가 아직도 가득한 엘리베이터를 타고 내려갔다. 서로 민망해하는 그런 공기가 좁은 공간 안에 무겁게 내려앉았다. 나는 절대로 사근사근한 아가씨가 못 되는지라 낯선 자에게 먼저 말을 건네지 못한다. 이 남자 역시 나 이상으로 낯을 가리는 모양이었다.

역시 내가 먼저 걸어 나와 편의점으로 터덜터덜 걸음을 옮겼다. 뒤에서 그 남자의 가벼운 발걸음 소리가 난다. 또 방향이 같나. 역시 이 남자도 내 뒤를 따라 편의점으로 가는 것 같았다. 새벽 세 시에 편의점에 가는 사람이 나 말고도 이 아파트에 또 있구나. 그러니까 그 편의점 주인이 돈 벌고 사는 거겠지.

역시 또 승합차 앞에 그 까만 고양이가 서 있었다. 나는 뒤에 있는 그를 잊고 그만 고양이에게 또 아는 척하고 말았다.

"야, 깜둥이. 밤마실 나왔냐?"

그러나 고양이는 나를 보는 대신 내 뒤의 그를 바라보더니 갑자기 하악! 하면서 꼬리를 부풀렸다. 뒤를 돌아보자 남자는 관심 없다는 표정으로 편의점 쪽으로 걸어갔다.

고양이는 어느샌가 꼬리를 말고 승합차 밑으로 숨어버렸다. 꽤 자주 보았지만 이 새침데기 고양이가 이러는 것은 처음 보는 일이었다.

편의점에 나보다 한 발 앞서서 들어간 403호 남자는 뒤적뒤적 이것저것 보는 모양이었다. 나는 바로 며칠 전의 졸고 있던 알바생에게 다가갔다.

"제가 며칠 전에요. 이 프루트칵테일 사갔는데 집에 가니까 깡통따개가 없더라고요. 혹시 갖고 계세요?"

알바생이 계산대 밑을 뒤적뒤적하다 고개를 처박고 찾기 시작했다. 잠시 뒤에 고개를 들었지만 찾지 못한 눈치였다. 그러나 나는 기대가 가득한 초롱초롱한 눈으로 여드름투성이의 알바를 바라보며 마지막 희망을 잃지 않으려 했다.

"죄송한데, 없는 거 같네요."

"네에? 없다고요?"

순간 '유리가면'의 마야처럼 얼굴에 빗금이 쳐지면서 눈이 사라진 듯한 휑한 기분이 들었다. 아니 가련하게 주저앉아 독백이라도 읊고 싶은 심정이었다.

동네 사람들 내 말 좀 들어보소, 글쎄 새벽 세 시에 이 깡통을 판 편의점에 갔는데 글쎄 깡통을 못 열어주겠다지 않소. 심지어 깡통 따는 것조차 없다 하지 않소. 아이구, 아이구.

진짜 이렇게 동네 사람들에게 외치고 싶을 정도로 분통이 터졌다.

'나는 프루트칵테일이 먹고 싶었을 뿐이라고요!'

이 열사 소리 높여 외치고 싶은 심정이었다. 어린애처럼 입을 삐쭉 내밀고 울상을 지으며, 고집스럽게 불퉁거렸다. 빨리 더 찾아보란 말이야, 이런 표정으로. 알바생은 어찌할 바를 모르는 눈치였다.

그때 뭔가 골라서 계산대 앞에 온 옆집 남자가 갑자기 말을 걸어왔다.

일.상 혹은. 환.상

"저기…… 저희 집에 깡통따개 있으니까 빌려드릴까요?"

낯선 사람이긴 해도 깡통따개를 빌려준다니 이런 고마울 데 가! 하지만 지난밤의 그 무서웠던 기억 때문인지, 또는 맛있는 거 준다고 아무나 덥석덥석 따라가지 말라고 했던 할머니의 교육 덕인지 망설여지는 건 사실이었다.

그러나 지금은 위기 상황이었다. 나는 오늘 반드시 프루트칵테일을 먹어야 했다.

급할 때는 돌아가신 지 몇 달 안 되었지만 할머니 말 좀 무시해도 되겠지. 어차피 대학 때 이미 나쁜 짓 많이 한지라 무덤 속의 할머니도 "이년이, 또!" 하면서 혀를 끌끌 차실 뿐이고 잔소리만 좀 하다 마실 거라고 나는 굳게 믿었다.

"그럼 폐 좀 끼칠게요."

라고 나는 내가 지을 수 있는 최대한의 상냥한 미소를 지으려 애썼다.

집에 같이 걸어오는데, 참 이상했다. 남자는 나에게 말 한 마디 붙이지 않고 묵묵하게 내 옆에서 걷기만 할 뿐이었다. 보통 오지랖 넓은 동네 아줌마, 아저씨, 부동산 아줌마까지 아가씨 혼자 살아? 왜 아가씨 혼자 살아? 이런 말을 하면서 물어보면서 세상에 널려 있는 독거 독신녀를 희귀한 동물이라도 본 듯 바라보기 일쑤였다. 이 남자는 말을 안 걸어서 좋기는 한데, 대신 이런 어색한 침묵, 이런 것 정말 싫다. 하지만 내가 먼저 낮

선 사람한테 말붙이는 것도 싫다. 전부 싫어, 나는 투덜이 스머
프, 에헤라디야.

나와 그는 묵묵히 다시 왔던 아파트의 숲을 지나 엘리베이터
를 탈 때까지 아무 말도 없었다.

먼저 입을 연 건 그였다. 침침한 조명 아래 남자는 이질적으
로 하얗고 창백하게 보였다. 목의 파란 정맥이 눈에 보일 정도
로 창백했다.

"제가 집에서 깡통따개 갖고 나올게요."

"네 그러세요."

띵— 하고 엘리베이터의 문이 열리고 다시 아까처럼 비상등이
반짝거리는 아파트 복도에 섰다. 그가 열쇠로 문을 열고 집으
로 들어갔고, 나는 복도에 멀뚱멀뚱 서서 그를 기다렸다. 윗집
에서 뭔가 하는지 쿵쾅거리는 소리가 들렸다. 그러고 보니 윗집
은 정말 시끄러웠다. 가끔 쫓아가야지 생각하는데 낮엔 또 조
용해져서 잊곤 하는 것이었다.

윗집은 시끄럽고 아랫집에는 개를 키우고, 지금 사는 집에선
지저분한 누런 털이 끝도 없이 나오다니, 정말 이사 잘못 온 모
양이었다. 그러나 괜찮아. 옆집 아저씨는 친절하잖아.

잠시 후에 그가 집에 가서 뭔가 들고 나왔다.

"우와, 이게 뭐예요? 이상하게 생긴 도구네."

뭔가 톱니바퀴가 달린 도구를 나는 어떻게 써야 할지 알 수

없었다. 나는 원래 주방과 친화력이 높은 사람은 아니었던 것이다. 통조림을 따는 새로운 도구가 있다는 데 대한 흥분이 갑자기 일었다.

"처음 보셨나 보네요?"

"네. 이거 어떻게 써야 돼요?

그러자 그가 아무 말 없이 깡통을 달라고 손을 내밀었다. 순간 깡통을 주다 말고 나는 또 깜짝 놀라 펄쩍 뛰고 말았다. 그때 아랫집에서 또 개가 울부짖기 시작했던 것이다.

나를 더 놀라게 한 것은 방금 순간 놀라서 손이 그의 길쭉하고 하얀 손과 살짝 부딪쳤는데 얼음물에 담그기라도 한 듯 차가웠다. 이런 게 더 민망했고 그 소리에 더욱 짜증이 나서, 나도 모르게 습관적으로 말이 튀어나와 버렸다.

"저놈의 개새끼가 약을 잘못 먹었나, 한밤중에 울부짖고 지랄이야."

그 말에 갑자기 403호 남자가 허리를 접고서 웃기 시작했다. 남자의 유쾌한 웃음소리가 갑자기 복도에 울려 퍼지기 시작하자 나는 당황했다. 좁은 복도, 새벽 시간, 이렇게 웃기 시작하자 사방으로 소리가 울리기 시작했던 것이다. 좀 소리가 커지자 남자가 웃는 걸 멈췄지만 눈가에 눈물마저 맺혀 있었다.

이렇게 복도에서 남들 자고 있는 시간에 얘기하는 게 약간 불편해졌다. 그는 그렇게 소리를 내는 거에 별로 신경 쓰는 기색이 아니었지만 소심한 나는 달랐다. 그래, 깡통따개 빌려주는 사람이 나쁜 일 할 리가 없어.

"저기, 죄송한데 안으로 들어오시겠어요? 소리가 좀 울리는 게 약간 민폐일 거 같아서요."

그 말에 그는 아무 말 없이 고개를 끄덕이더니 나를 따라 들어왔다.

새벽에, 낯선 남자를 집으로 끌어들이다니, 좀 난처한 상황이었다. 문이 달칵 하고 닫히고 오토 록 돌아가는 소리가 띠리릭 들렸다.

이렇게 밀봉된 통조림 같은 공간에 남녀가 단둘이 있게 된 것이다.

가련한 불면증 초식동물인 나는 살짝 긴장한 데 비해 그는 절대강자 육식동물의 여유란 게 있었다.

"들어오세요."

"실례하겠습니다."

라고 말하면서 슬리퍼를 벗고 들어온 그는 식탁 위에 통조림을 놓고 자리에 앉았다. 그리고 역시 하얗고 긴 손가락으로 깡통을 잡더니만 도구를 대고서 익숙하게 돌리기 시작했다.

내가 본 도구는 두 개의 톱날 비슷한 게 있고 그 두 개의 톱니가 손잡이로 돌리면 돌아가면서 깡통을 딴다. 내가 갖고 있던 기계가 신석기 시대의 돌칼이라면 이건 철기 시대의 철제 검이다. 언제나 새로운 물건에 약했던 내가 눈을 빛내며 물었다.

이사 오기 전의 집은 꽤 넓었다. 그런데 그 넓은 집을 채우고 있는 많은 것들이 그렇게 요상한 이유로 사 모은 것들이었다. 홈쇼핑에서 보이는 온갖 것들을 사 모았는데 그걸 처리하는 데 꽤 긴 시간이 걸렸다.

사실 그중에는 돌아가신 할머니가 사 모으셨던 수맥을 차단해준다고 하는 달마도나 내가 침대 대용으로 쓸 정도로 크고 장엄하고 추했던 물소 가죽 소파 같은 게 있었더랬다. 할머니의 취향은 장엄하고 추했다. 버릴 때도 당연히 힘들었다. 100리터짜리 쓰레기봉지에 온갖 것을 버리는 것까진 좋았는데 동사무소에 가서 폐기물 딱지 끊을 때 창피해서 죽을 뻔했다.

그 할머니에 그 손녀라고 나 역시 이상한 물건에 끌리는 경향이 있었다. 즉, 이상한 걸 사서 모으는 나쁜 유전자를 물려받았다는 소리였다.

"저기, 저 그거 어디서 구하셨나요?"

"가위니 칼이니 하는 것들 파는 데 가면 있어요."

남자가 무심하게 답하고 일어섰다. 자기 집으로 돌아가려는 모양이었다. 이미 긴장감 같은 게 많이 떨어진 나는 여기가 내 집이고 낯선 자가 내 공간에 침입한 상태라는 것도 잊은 상태였다.

"그렇군요."

끄덕끄덕, 머릿속에 메모를 해두었다. 내일 당장 가서 사야지.

"이왕 오신 거 드시고 가세요."

남자가 살짝 난처한 표정을 지었다. 그 역시 낯선 여자의 집에 새벽에 들어와 있는 이 상황이 불편한 모양이었다.

냉장고에서 우유와 시리얼을 꺼냈다. 그리고 찬장을 열고 유리 그릇과 스푼을 꺼내왔다. 배합을 조절하면서 먼저 깡통 속의 프루트칵테일을 덜어 그릇 두 개에 담았다. 그런 뒤에 시리얼을 약간 섞었다. 1:1의 배합을 유지하기 위해 노력했다. 그리고 우유를 부르면 프루트칵테일 시리얼이 완성!

내가 그의 앞에 유리 그릇과 스푼을 내려놓았다. 그는 미심쩍은 눈으로 그릇 안의 것을 보더니만 한 스푼 떠서 맛을 본 후 나를 보고 고개를 끄덕였다. 이것은 마치 가사 선생님 앞의 학생이 오늘 가사 실습한 것을 확인받는 것과 같았다.

남자가 관리가 잘된 이로 바삭한 시리얼을 씹는지 파삭파삭하는 소리가 들렸다.

"이 시간에 깨어 있으시다니 밤에 일하시는 분인가 보네요. 안 피곤하세요?"

그 말에 그가 입에 들은 걸 꿀꺽 삼키는지 목울대가 움직였다.

"이렇게 산 지 오래되어서 익숙해져서 괜찮아요. 그러는 404호 씨는 괜찮으십니까? 지난번에도 보니까 이 시간쯤에 움직이

시던데요."

그렇다. 나는 404호, 그는 403호에 살고 있었다.

"안 괜찮아요!"

나는 나도 모르고 스푼을 꼭 쥐고 말해버렸다.

"그럼 왜 이 시간에 깨어 계신가요?"

"잠이 안 와서요."

"안 졸리세요?"

안 졸리냐고? 그게 문제였다. 전혀 졸리지 않는 것. 나는 잠을 자고 싶은데 잠이 오지 않는다. 조금 꾸벅꾸벅 조는 게 거의 다일 뿐이었다. 어떻게 일상은 유지되지만 사람에겐 기본적인 수면욕이란 게 있지 않은가. 그 수면욕구에 날이 갈수록 몸이 애달파지고 있었다.

"네, 안 졸려요. 제가 요즘 불면증에 시달리고 있거든요. 머리가 아파도 거의 못 자요. 새벽 무렵에 잠깐 잠이 드는데, 30분 정도 자면 일어나게 돼요. 가끔 수면제를 먹어서 억지로 자보기도 하는데 그때도 자는 게 아니라 몸은 가만히 누워 있는데 내가 내 몸을 보게 되는 현상이 일어나요. 정말 불쾌해요."

내가 인상을 있는 대로 찡그리고 처음 보는 낯선 남자에게 친한 친구에게처럼 마구 불평을 늘어놓았다. 요즘엔 잠이 안 와라고 말해도 걱정해주는 사람도 없었다. 심지어 누군가는 그냥 살아, 라고까지 했다.

"그러는 403호 씨는 안 졸려요?"

나는 이 남자에 대한 호기심으로 슬쩍 물어보았다.

"저는 밤에 주로 돌아다니기도 하고 이 생활 한 지 오래되어서 익숙해져서 괜찮아요."

"무슨 일 하시는데요?"

"야간 응급실에서 일해요."

갑자기 방금 전 통조림의 머리를 가르던 저 우아한 손의 움직임이 범상치 않단 생각이 들었다. 그렇긴 개뿔, 도구가 좋은 거였지 사실. 하지만 왠지 저 남자라면 응급실에서 오토바이 폭주족이 교통사고로 오면 능숙하게 다룰 수 있을 거란 생각이 들었다.

"아파 죽겠다고요!" 버럭 소리 지르는 노란머리에게 "더 아프게 만들어줄 수 있으니까 그냥 조용히 있어." 뭐 이런 험악한 소리 아무렇지 않게 말할 수 있는 사람의 포스랄까 그런 게 있었다.

"언제부터 불면증이 시작되었나요?"

그가 직업적인 관심을 보였다.

"여기 이사오고 나서부터요."

나는 그간 있었던 일들을 그에게 마치 누가 시키지도 않았는데 의사에게 상담 받듯 털어놓기 시작했다.

"처음에는 그냥 잠이 잘 오지 않는 정도였는데 계속 점점 수면 시간이 줄더라고요. 그래도 멋모르고 그냥 막 살았는데 어느 날 보니까 내가 24시간 안 자고 계속 일어나서 움직이더라고요. 겁이 덜컥 났어요. 그 뒤 밤에는 일단 누워 있어보려고 노력하고 있어요. 병원에서 약도 처방받아 봤는데 별로 좋지가 않아서."

그는 내 말을 열심히 들어주고 있었다.

결국에는 미치도록 무서운 밤들이 계속되었다. 낮에는 머리가 깨질 것처럼 아프고, 밤에는 이대로 영영 못 잘 거라는 공포가 아파트의 빈 공간을 메운다. 이대로는 진짜 절망적이라고 생각할 정도로 잠도 오지 않았고 머리가 아팠고 몸에 힘도 없었다. 잠을 자지 못하는 만큼, 늘 피곤하고 입맛도 없었다.

잠을 자지 않게 되었을 때 무서운 것은 낮과 밤, 빛과 어둠의 경계가 무너진다는 것이다. 낮에는 깨어 있고 밤에는 잠을 잔다는 아주 일반적인 생활 사이클이 무너진 뒤에, 일상이 뒤죽박죽 아노미가 되어버렸다. 즉, 내가 제일 두려운 것은 나에게 일상이 비일상적인 것으로 변하고, 그게 계속된다는 것이었다. 나는 이제 더 이상 전처럼 평범한 여자가 될 수 없는 것 같은 공포.

점점 가늘어지고 있었다. 이대로 길게 점점 늘어나면 언젠가 눈에 보이지 않을 정도로 얇아져서 사라져버릴 것만 같은 두려움으로 떨기도 했다.

그는 내 두려움을 이해할까?

"근데 어쩌다가 밤에 일하시게 되었나요?"

나는 왜인지 이 남자의 범상치 않은 직업이 궁금했다. 정말 햇빛 한 번 쐰 적 없는 창백할 정도로 하얀 피부였기 때문이다.

"안 믿으실지 모르겠는데……."

"뭘 안 믿어요?"

내가 호기심에 차서 눈을 빛냈다. 그러자 남자가 그대로 말을 해버렸다.

"저 사실 뱀파이어거든요."

"네엣?"

나는 믿을 수가 없었다. 머릿속에서 저 말이 농담인지 진실인지 이성적으로 생각해보려 했다. 만약 저게 농담이라면 실패한 농담이었다. 너무나 진지하게 말했기 때문에. 미간을 살짝 찡그리며 진지한 눈으로 말하고 있었다.

그의 엄숙한 태도에 나는 웃기지 마, 내가 만만해 보여, 나 그렇게 어리석지 않아, 뭐 이런 말을 할 수가 없었다. 대신에 논리적으로 반박하기로 했다. 도대체 세상 천지에 어느 뱀파이어가 새벽에 프루트칵테일 먹는다고 나와 있단 말인가.

그 이상한 미국의 하이틴 로맨스 보니까 인간의 음식은 진흙 먹는 것 같다드만. 잠깐만 이 남자도 설마 영화에서처럼 가슴 팍 풀어헤치면 다이아몬드처럼 반짝거리려나.

일.상 혹은. 환.상

"호오, 그런데 왜 프루트칵테일 같은 걸 먹는 거죠?"

팔짱을 낀 나의 방어적 자세에 그가 역시 방어했다. 갑자기 야밤에 프루트칵테일 시리얼을 나눠 먹었다는 친밀감 때문에 누그러져 있었던 긴장감이 급히 살아나기 시작했다. 진짜 뱀파이어면 나 잡수쇼 하고 목을 들이댄 격이 아닌가.

"사실 뱀파이어가 과장되어 되어 알려진 게 참 많죠. 피를 먹긴 하는데, 한번에 보통 사람들이 헌혈하는 것만큼도 먹지 못해요."

"의외군요."

물론 믿지 않았다.

"그렇죠? 그러니까 우유를 500밀리리터를 한 번에 마시면 속이 괜찮은가요?"

"아뇨, 당장 화장실 가야죠."

내가 그랬다. 단백질 분해효소인 락타아제가 더 이상 분비되지 않는 내가. 여기에서 아주 조금 그럴지도 모른단 생각이 잠깐 들었다.

"우리 뱀파이어들도 마찬가지입니다. 아주 조금 먹을 뿐이죠. 그러니까 말하자면 사람의 필수영양소인 단백질, 지방, 탄수화물처럼 꼭 먹어야 하는 것이지만, 비타민의 경우처럼 소량이 필요한 거지 아주 많은 양을 먹을 필요는 없으니까요."

그는 나름 현실적인 설명을 하고 있었다. 나는 어릴 때부터 뱀파이어가 하루 필요 칼로리를 채우려면 피를 얼마나 빨아야 하는지 궁금해했다. 만약 뱀파이어가 하루 2,000kcal가 필요하다고 치면 피는 단백질이 주성분이니 피로 만들 수 있는 하루 필요 칼로리를 채우려면 꽤 많은 양의 피를 마셔야 할 것 같았다.

게다가 뱀파이어가 입으로 피를 빤다면 얼마나 먹어야 되는 걸까. 그것도 매일 먹는다면 정말 사람을 소처럼 목장에 방목을 해야 하지 않을까. 그보다는 사람 몸에 5리터 정도 있다는 피를 한 번에 다 빨아 마시는 일은 불가능해 보였다. 그리고 사람이 죽으려면 그 삼분지 일을 잃어야 하는 건데 약 1.67리터의 피를 뱀파이어가 목에 대고 빨아서 마시게 된다면 과연 얼마나 시간이 걸릴까? 일단 뱀파이어도 살아 있는 생명체라고 전제한다면, 한 번에 그 정도 양을 마시는 게 가능은 해 보이지만 매일같이 마셔야 한다는 건 불가능해 보였다.

원래 나는 이런 쓰잘데기 없는 생각을 꽤 디테일하게 하는 걸로 할머니에게 핀잔을 사곤 했다.

그런 점에서 그는 나에게 꽤 현실적인 안을 내놓고 있다는 점에서 아주 약간 나의 거짓말 탐지기가 움직였다.

"그럼 낮에 못 돌아다니세요?"

"피부가 약해서 햇빛에 나가면 화상 입어요. 정 나갈 때면 50SPF짜리 자외선 차단제를 1밀리미터 두께로 전신에 도포하고 나갑니다."

그가 햇빛 얘기만 해도 불쾌한지 인상을 썼다.

"그럼 거울은요? 비춰요, 안 비춰요?"

그가 이 무지몽매한 짐승을 보았나라는 시선으로 나를 내려다보며 답했다.

"뱀파이어도 생물이거든요? 안 보일 리가 없잖아요."

어쩐지. 사실 아까 엘리베이터에서 계속 그가 허튼 짓을 할까봐 거울로 계속 감시했던 것이다.

"그래서 밤에 돌아다니시는군요. 그럼 검은 옷은 작업복?"

"아니요. 그건 그게 아니라……."

그가 한참 뜸을 들이며 입술에 침을 축였다. 게다가 정말 수줍은지 목까지 벌겋게 되어서 답을 했다.

"사실요, 제가 센스가 없어서 옷을 잘 못 입어요. 그래서 옷살 때 무조건 검은색을 사면 색을 안 맞춰 입어도 되잖아요."

그가 수줍게 웃었다. 뱀파이어가 되어서 이렇게 얼굴 빨개져가며 수줍어하다니. 이건 성인 남자한테서도 잘 보기 어려운 것이었다. 성격 나빠 보이던 얼굴이 갑자기 조금 귀여워 보이기까지 했다.

나는 이 기회에 평소 궁금한 걸 물어보기로 했다.

"그런데, 사람을 물면 그 사람도 뱀파이어가 되지 않나요?"

"계속 빨리거나, 아니면 제가 그 사람에게 피를 주면 그렇게 될지도 모르죠. 그러나 한 번으론 그렇게 안 되어요. 그리고 우리 뱀파이어들도 유전일 확률이 높기 때문에 감염될 위험은 별로 없어요. 이것도 알고 보면 끈질기게 안 떨어지는 독감과 비슷한 거라서요."

그는 진지했고, 어느새 그의 진지함에 말려들어간 나도 진지해졌다.

"놀랍군요. 용케 안 들키셨네요?"

"그건 우리가 살에 송곳니를 박아 넣을 때 수면유도 성분이 나와서 그렇지요. 그 몽롱함에 취해서 목에서 뭘 빨리는지 마는지 확인할 겨를이 없습니다. 그리고 다 빨고 나면 침을 발라 주는데 우리 침에는 상처를 빨리 아물게 하는 성분이 있거든요. 그래서 모기 물린 것 같은 멍만 남는 거죠. 실제로 송곳니를 다 박아 넣는 것도 아니거든요."

그가 자기 송곳니를 가리키면서 보여 줬다. 의외로 그다지 뾰족하지도 않고 크지도 않은 관리가 잘된 이가 드러났다.

갑자기 '수면유도 성분'이라는 단어가 내 머릿속에 울렸다. 안 잔 지 몇 시간째더라. 50시간 정도 된 듯했다. 슬슬 머리도 아파오는 게 자고 싶다.

눈을 계속 뜨고 있으면 눈에 먼지가 쌓여, 라고 전에 누군가한테 말했는데 그 누군가는 믿어주지 않았다.

불면증 한 번 겪어보지 않은 네가 인생을 알아? 라고 소리친

일.상 혹은. 환.상

적도 있었지만, 그런 거 없어도 인생 잘 알거든이란 답변이 돌아올 뿐이었다.

저 어둠을 잊고, 저 어둠을 형성하고 있는 외로움을 잊고 자고 싶다.

"나도 물어 주시면 안 되나요?"

간절하게 그에게 호소해보았다.

"네?"

"저도 좀 물어 주세요. 잠이 자고 싶어요."

"전 이미 배 채우고 와서 별로 배 안 고픈데요."

그는 별로 내키지 않는 모양이었다. 나 그렇게 맛없게 생긴 여자인 거야?

"정말 더 이상 들어갈 데가 없다면 모를까, 아니라면 물어 주세요. 저 요즘 채식으로 바꾸어서 콜레스테롤 수치도 낮고, 몸에 안 좋다는 카페인도 일절 끊었고요. 밤마다 산책도 해서 나름 체력도 좋아요."

그렇다. 나는 잠을 자기 위해서 온갖 것을 다하고 있었던 것이다. 사실 불면증만 없었다면 스무 살이 넘은 뒤로 점점 노화가 진행되고 있는 이 육체에서 건강치만큼은 최고조였다.

그러나 그는 망설이고 있었다. 무슨 이유에서인지.

"그렇게 잠이 자고 싶으세요?"

"네 정말 자고 싶어요."

나는 잠이 정말 자고 싶었다. 왜 서양 전설에 따르면 눈에 모래를 넣어 잠이 오게 만든다고 하는 요정 샌드맨은 나만 비켜가는가. 이것은 공평치 않다고 항의해도 나에게 샌드맨이 오지 않은 지 벌써 몇 달째.

"그럼 조금만 물어 드릴게요."

그가 나의 간절한 호소, 아니 눈에는 핏발이 서고 눈 아래에는 다크서클이 목까지 주욱 늘어나 있는 게 안돼 보였는지, 처음보다는 순순히 허락해주었다.

"고마워요."

라고 나는 수줍게 말했다. 그러니까 나는 지금 처음 본 옆집 남자에게 내 목을 물어서 피를 좀 빨아달라고 부탁하는 이 구역의 미친년이 된 셈이었다. 이 사람이 진짜 뱀파이어인지, 어쩌면 강간범일지, 또 어떤 변태 성욕자인지 알 수도 없는 마당에, 물어 달라고 자진해서 불 속에 석유 끼얹고 들어가는 바보가 된 셈이었다.

그러나 이미 내 이성은 마비된 지 오래. 나에게 잠은 알파와 오메가요, 진리요 말씀이나 다름없었다.

"전통적으로 목을 주로 무나요?"

그러자 그가 살짝 인상을 썼다.

"아니, 저기. 뱀파이어도 사람인데 처음 본 사람 목부터 물 정도로 무례하진 않거든요."

일.상 혹은. 환.상

그가 살짝 기분이 상한 모양이었다.

"손 주세요. 손목에서 혈관 찾는 게 빠르니까."

나는 잽싸게 손목을 쓱 내 옷에 닦고서 내밀었다. 내 바보 같은 말에 마음이 바뀔까 두려웠던 것이다.

그의 손은 차가웠다. 아까 살짝 스쳤을 때보다 직접 닿으니 훨씬 더 차가웠다. 시체실의 냉동된 시체가 이러할까? 이런 생각을 하면서도 나는 조금도 두렵지 않았다. 아마도 불면이 내 이성을 모두 앗아간 모양이었다.

그 차가운 하얀 손이 내 손을 쥐고서 요리조리 살피더니 손목의 맥이 뛰는 곳에 얼굴을 갖다 대었다. 차가운 숨결이 내 피부에 닿자 등에 소름이 오소소 돋았다. 곧 벌에 쏘인 듯 따끔하는 통증이 살짝 오더니, 그가 입술을 내 손목에 대고 빨기 시작했다.

그동안 두 번 보았던 403호 남자가 내 손목에 매달려 있었다. 나는 반쯤 감기는 눈을 하고서 이 부조리한 현실에 대해서 아무런 의심도 하지 않았다. 그는 이미 식사를 하고 왔다고 말했다. 그런 것치고는 꽤 오래 빤다고 잠시 생각했다. 그의 목울대가 한 번 움직일 때마다, 내 몸속에 몽롱한 기운이 퍼지기 시작했다.

비실거리는 병든 닭처럼 나는 꾸벅꾸벅 졸기 시작하려 하고 있었다.

몽롱하다.

이 얼마 만에 찾아오는 몽롱함이란 말인가. 나는 가물거리는 정신 속에서 눈을 감고 생각을 했다.

그리고 거기에서 생각이 끊겼다.

정신을 차렸을 때 나는 침대 위에 가지런히 양손을 쥐고 마치 관 속의 시체처럼 누워 있었다. 뭔가 기이한 기시감에 자기 전의 기억을 더듬어보았다. 어젯밤, 아니 새벽에 무슨 일이 있던 것 같은데 내가 어떻게 잠이 들었지? 기억이 나지 않았다.

그러니까 잠이 든 경위가 기억이 나지 않았다. 무엇보다 수상한 이유는 요즘 들어 불면증에 시달리고 있었는데 이렇게 깔끔하게 기억에도 나지 않을 정도로 깊게 잠을 잔 상황이 있을 리가 없었다.

아무리 기억을 더듬어 마치 자기가 태어난 곳을 찾아가는 연어 떼처럼 위로 마구마구 올라가도 마치 머릿속에 안개라도 낀 듯이 새벽으로 더 이상 올라가지 않으려 하고 있었다. 그러니까 단기기억이 장기기억으로 저장되는 그 과정에서 뭔가 잘리기라도 한 듯이 말이다.

이럴 때는 며칠 전 기억부터 거슬러 올라가는 것이 좋았다. 사흘 전 새벽으로 돌아가 보았다. 새벽 세 시에 일어나서 편의점에 가서 프루트칵테일 한 캔, 시리얼 한 봉지, 우유를 하나 샀다.

돌아오다 어둠 속에 녹아 있다 갑자기 나타난 듯한 옆집 남자랑 엘리베이터에 같이 탔다. 그리고 어제 새벽 세 시에 다시 배가 고파서 뒤척거렸던 것까지만 기억이 나고 그 뒤로는 오리무중이었다.

내가 SF 영화를 너무 많이 봤는지 나는 여기서 결론을 내렸다.

첫째, 내가 어제 모종의 경로로 보아선 안 되는 걸 목격을 했고 Man in Black이 출동해서 내 기억을 소거했다.

둘째, 그렇다면 내 기억의 제거를 담당하는 데 한몫한 것은 옆집 남자일 게 분명했다. 검정색 양복을 입고 밤에 움직이는 햇빛 한 번 안 본 듯한……

잠깐 햇빛이라고 뭔가 생각날 듯도 한데. 왠지 뭔가가 머릿속을 스쳐 지나갔는데 나는 그걸 단어로 콕 집어서 말할 수가 없었다.

무엇보다 새벽에 일어난 일을 반드시 찾아야 하는 데는 이유가 있었다. 내가 제대로 숙면을 취했던 것이다. 동네 사람들, 제가 잠을 잤어요! 아주 푹 잤어요! 온몸이 새로 태어난 것처럼 가뿐해요!

그렇다. 나는 이제 새벽에 어떤 일이 발생해서 내가 잠이 들었는지 무조건 밝혀내야 하는 임무가 생긴 것이었다. 지루해 미칠 것만 같았던 일상의 새로운 활력소였다. 내가 사회에 적응하기 위해서는 나의 이 길고 긴 불면증을 고쳐야만 했다.

"그래, 일단 샤워하고 생각해보자. 사람이 일단 씻고 맛있는 거 먹으면 힘이 나잖아!"

주먹을 불끈 쥐고 나는 샤워하러 욕실에 들어갔다.

역시 제대로 잠을 자서인지 요 몇 달 동안 없던 욕구가 생기려 하고 있었다. 간만에 밖에 나가서 장도 좀 보고, 우아하게 브런치라도 먹어볼까. 간만에 늘 입고 다니던 추리닝 대신에 여름에 자주 입던 셔츠 원피스를 꺼내보았다. 입어 보니 요 몇 달 잠을 제대로 못 자 그런지 살이 엄청나게 빠져 있었다. 앙상하게 뼈만 남은 몸에 살이 얇게 발라져 있는 듯한 게, 비루먹은 개꼴이었다.

나오자마자 작렬하는 듯이 내리쬐는 이글거리는 태양에 나도 모르게 눈을 찌푸렸다. 가방에서 선글라스를 찾아쓰는 찰나, 갑자기 지나가는 개가 나를 보고 으르렁거리는 것이었다. 순간 아랫집 개새끼가 생각이 나서 나도 인상을 확 써버렸다.

"뭘 봐?"

나는 주인이 뒤에 오나 돌아보고 있는 작은 요키에게 으르렁

거렸다, 그러자 내 종아리에나 올 법한 개가 나를 보며 앙알앙
알거리는 것이었다. 주인이 잽싸게 달려와 개를 안았다.

"아가씨, 우리 미미에게 무슨 짓 했어요?"

"저 아무 짓도 안 했는데요. 그 우리 미미가 저한테 와서 갑자
기 으르렁거리더라고요."

"어머, 얘가 이럴 애가 아닌데."

아니긴 뭐가 아니야. 순간 짜증이 났지만 아줌마 말발이 나
보다 셀 거 같아서 나는 슬며시 피했다. 갑자기 급 기분이 나빠
진 나는 나가서 간단하게 밥을 먹고 돌아오는 길에 근처 골목
시장에 들러 장을 보았다.

감자, 양파, 양상추, 쌈야채, 두부 등을 사다 보니 어느새 양
손에 비닐봉지를 주렁주렁 매단 꼴이 되어버렸다. 햇빛은 쨍쨍,
모래알은 반짝 할 정도로 제일 더운 오후 세 시, 내가 도대체
무슨 영화를 보자고 땀을 뻘뻘 흘리면서 이 무거운 걸 들고 집
에 걸어오는지. 그 십 분도 안 되는 시간에 나는 또 온갖 불평
을 혼자 늘어놓고 있었다.

그나마 좀 시원한 아파트 앞 복도로 들어서는 순간,

"아, 이제 좀 살 거 같네."

그러면서 10층에 올라가 있는 엘리베이터가 내려오게 버튼
을 눌렀다. 그때 뭔가 아래에 기척이 느껴졌다. 내려다보니 며칠
전에 보았던 까만 고양이였다.

고양이는 사람이 무섭지도 않은지 엘리베이터가 내려오길 기다리기라도 하는지 내 옆에 꼿꼿하게 앉아 있었다. 누군가 돌봐주는 사람이 있는지 털이 뭉치지도 않았고 얼굴이 붓지도 않았다. 날렵하게 윤기가 좌르르 흐르는 검은색 모피를 자랑이라도 하듯, 그 잠시의 시간에 그루밍을 하는 고양이를 보면서 히죽 웃었다.

"똥꼬도 해야지. 야, 네 똥꼬 무지 더럽거든."

꼬리를 들어 올린 순간 난 그 지저분한 걸 봐버렸던 것이다. 그러자 녀석이 나한테 하악질을 한 번 하는 걸로 대응했다.

"짜식, 예민하기는."

그러나 고양이는 또 모른 척 고개를 돌려버렸다. 곧 엘리베이터가 내려왔고 문이 열리자 내가 올라탔다. 그 녀석도 아크로바틱한 자세로 그루밍을 하다 말고 역시 올라탔다.

내가 4층을 누르자, 나를 빤히 올려다보았다.

"왜? 버튼 눌러줘? 몇 층?"

"냐옹."

고양이가 '응'이라고 말이라도 하듯 짧게 울었다.

"이 층?"

고양이는 울지 않았다.

"삼 층?"

역시 울지 않았다. 이 건물은 10층까지 있었다. 이놈의 똥고

일.상 혹은. 환.상

양이가 사람이 엘리베이터걸인 줄 아나.

"오 층?"

그러자 기다렸다는 듯이 긴 목소리로 답했다.

"냐아아오옹."

"이노무 고양이가 빠져서리. 야, 그냥 네 발로 걸어 다녀. 사람
은 발 두 개지만 너넨 네 개잖아."

고양이가 순간 짜증이 난다는 듯이 고개를 휙 돌리는 것이었
다. 내가 4층에 내린 뒤에 곧 5층에서 엘리베이터가 멈추는 소
리가 났다. 저 싸가지 없는 고양이 키우는 주인 얼굴이나 보자
는 심정에서 짐을 내려놓고 계단을 올라갔다. 고양이는 504호
의 문을 앞발로 벅벅 긁고 있었다.

잠시 후 문이 확 열리더니 신경질적인 표정의 여자가 나타났
다.

"똥 잘 싸고 왔냐?"

고양이는 그 말이 듣기 싫었는지 인상을 확 쓰면서 짧게 냐
옹 울었다. 그때 여자와 내가 눈이 마주쳤다. 이 한여름에 소매
까지 내려오는 긴 검정색의 원피스를 입고 있는 여자는 외모
역시 범상치 않았다.

가장 먼저 눈에 띈 것은 길다라는 말로 표현할 수 없는 긴 머
리카락이었다. 마치 또 다른 생물인 양 마구 휘날리는 머리카
락은 어찌나 긴지 엉덩이선 아래로 내려올 것 같았다. 이미 그

박력 있는 외모에서 주춤거리며 한 발짝 물러났다.

"당신 누구야?"

눈이 마주치고 쇳소리가 나는 히스테리컬한 반응이 나오자 나는 다시 한 계단 더 내려갔다.

"아, 안녕하세요. 저 아랫집 사는 사람인데요. 고양이가 엘리베이터 타고 올라가기에 그냥 신기해서 따라와 봤어요."

뭔가 변명이라도 하듯 나는 한 계단 또 내려갔다. 갑자기 여자가 손톱을 후 불다 말고 인상을 확 썼다.

"아, 짜증나. 이 망할 캣새끼야, 네놈 문 열어 주다 매니큐어 바른 거 망쳤잖아!"

여자의 손질이 잘된 긴 손톱에는 피같이 진한 붉은색, 아니 피같이…… 뭔가 또 연상이 되는데 머릿속에서 스쳐 지나가버렸다. 이것은 지난밤의 기억과 관련 있는 게 분명했다.

갑자기 여자가 나를 흘긋 보았다.

"당신, 매니큐어 잘 발라?"

이미 4층과 5층 사이의 가운데 계단까지 주춤 내려온 나는 멀뚱거리며 답했다.

"그, 글쎄요. 발라본 적이 없어서……."

"그래? 그럼 한 번 해봐."

그러더니 오라고 손짓을 하는 거였다. 여자 옆의 검은 고양이가 도도하게 앉아서 새침하게 나를 보다가 고개를 휙 돌려버리

일.상 혹은. 환.상

는 것이었다. 고양이를 보고 오기가 생겨버린 나는 404호 앞에
쇼핑한 짐을 그대로 내팽개쳐둔 채 윗집 여자의 집으로 들어가
버렸다.

　호기 있게 들어간 것까지만 좋았다. 신을 벗으려고 하는 순
간, 나는 그만 입을 쩍 하고 벌려버렸다. 살면서 우리 할머니보
다 더 취향 나쁜 사람이 있을 수 있다는 게 놀라울 따름이었
다. 할머니가 얼마나 흉한 취향이었냐면 전에 앤티크 숍 구경을
가셨다가 로코코인지 바로크 시대 물건의 카피인, 케루빔이라
고 하는 벌거벗은 진짜 흉한 아기천사 얼굴로만 둘러싸인 거울
을 사 오신 적이 있었다. 천사 얼굴 거울과 달마도 항아리는 아
주 훌륭한 대구를 이루고, 우리 집에서 종교적 화합을 이뤄내
었다. 장엄하고 추한.

　"우와!"

　일단 이 아파트는 15평 정도 되는데 방 하나와 거실 겸 부엌
으로 이루어져 있었고, 베란다가 방 쪽으로 길게 나 있었다. 일
단 베란다 문을 열어놔서 보이는데 베란다에는 꽤 오래된 듯한
빗자루가 한 자루 세워져 있었고, 커다란 새장 안에 시커먼 새
한 마리가 앉아 나를 노려보고 있었다. 문득 새벽에 종종 들리
던 뭔가 날아다니던 소리가 저 새일 것 같단 생각이 들어 나도
같이 노려봐주었다. 네놈이었냐, 나의 단잠을 방해하던 악의 무
리가?

무엇보다 가장 놀라운 것은 부엌의 가스레인지 위에 놓여 있는, 어떻게 갖고 들어왔는지 모를 거대한 가마솥이었다. 대여섯 살 된 어린애를 빠뜨리고 삶을 수 있을 정도로 정말 거대했다. 가마솥 위로는 뭔가 젓는 도구인 듯한 것이 삐죽 나와 있기까지 했다.

　그리고 난장판이 된 거실 벽을 차지하고 있는 책장에는 온갖 책과 이상한 유리병들이 가득했던 것이다. 유리병 속에서 움직이는 눈알들, 저게 제발 가짜라고 말해주세요. 저것은 뱀껍질인가. 살아 있는 두꺼비가 들어 있는 커다란 유리병까지, 정말 온갖 것들이 다 늘어져 있었다. 게다가 인테리어 소품인지 제법 커다란 수정구조차 있었다.

　눈가에 시꺼먼 화장까지 한 여자가 나를 보면서 붉게 칠한 입술을 열어 한마디 던졌다.

　"마녀 첨 봐? 왜 그래 생짜처럼."

　마, 마녀라고! 할머니, 나 마녀 봤어. 제길. 내가 이 미친년 소굴에 왜 들어온 거지. 저 망할 캣새끼 같으니라고. 나도 여자처럼 고양이를 캣새끼라고 부르고 있었다.

　"네, 첨 보는데요."

　그러자 놀란 듯이 쳐다보았다.

　"진짜?"

　"네."

일.상 혹은. 환.상

"어머, 별일이네. 일반인들은 잘 안 받아주는데."

종알거리던 여자가 전기 주전자에 물을 받아서 버튼을 눌렀다. 사실 저 커다란 가마솥에서 뭔가 나오길 기대했던지라 약간 실망했다.

"저 가마솥은 안 쓰세요?"

그러자 여자가 미쳤냐는 듯이 나를 바라봤다.

"저거 인테리어 소품이거든. 그리고 한 번 쓰려면 얼마나 귀찮은 줄 알아. 네가 쓰고서 닦아주기라도 할 거야?"

"아, 아뇨."

나는 그대로 쭈그러들었다. 무쇠로 된 듯한 가마솥은 크기도 크거니와 그 무게도 장난 아닐 거 같았다. 불면증도 서러운데 손목 관절에 무리라도 와서 아프면 어쩌라고.

여자는 아무 말 없이 그래도 손님이라고 챙기는지 머그에 뭔가 차를 넣어서 갖다 주었다.

"저 잠 안 와서 홍차 같은 거 못 마셔요."

"괜찮아. 이건 잠 잘 올 거야."

그러면서 끓인 물을 컵에 따랐다. 뜨거운 수증기를 타고 달콤하면서도 쌉싸래한 라벤더 향이나 로즈메리 향, 감귤 향 같은 게 그득 퍼져나갔다.

나는 행복하다는 듯이 눈을 감고 숨을 크게 들이마셨다. 달콤한 향에는 마치 옛날의 좋은 기억을 떠올리게 만드는 듯한 아련한 뭔가가 있었다. 그런 나를 보고 여자가 한소리 했다.

"매니큐어 안 발라?"

그 사이에 여자가 매니큐어와, 아세톤, 화장솜 등을 들고 와 식탁에 앉았다. 나는 뜨거운 차를 한 모금 마시고 아세톤을 적신 화장솜으로 여자의 길고 가느다란 손을 잡고 뭉개진 매니큐어를 지워주었다. 다행히 다른 손은 말짱했다.

이 여자도 햇빛 한번 보지 못한…… 뭔가 또 머릿속을 지나 사라졌다.

아무튼 피부가 새하얗고 손가락이 길어서 긴 손톱과 잘 어울렸다. 손톱은 붙인 줄 알았는데 의외로 진짜 자기 손톱이었다. 위험할 때 호신용으로 사용할 수 있을 법하게 꽤 단단했다.

"저 고양이 이름이 뭐예요?"

"아즈라엘. 저 캣새끼, 매일 사고나 치고 진짜 확 갖다버릴 수도 없고."

그러자 고양이가 캬오오오 하면서 화를 냈다. 내가 히죽거리며 웃자 고양이가 또 생깐다는 듯이 고개를 돌려버렸다.

아즈라엘은 유대 또는 이슬람 전승에서 죽음의 천사라는 뜻이라는데 사람이 죽을 때 몸에서 영혼을 분리해 낸다고 들었다. 그러나 나는 어릴 때 텔레비전에서 본 '개구쟁이 스머프'에서 마법사 가가멜의 고양이를 떠올렸다. 실제로 여자는 콘돌을 타고 날아다니는 호가타와 같은 족속이었지만. 저 여자의 저 길고 살아 움직이는 해초 같은 검은 머리도 실제론 가발일까?

가까이서 본 여자는 화장이 좀 많이 요란하긴 해도 미인이었다. 살짝 위로 올라간 눈에 쌍꺼풀이 진하게 들어가 있었고 콧대가 제법 높았지만 끝이 살짝 휜 매부리코였다. 나이 들면 제법 마녀 티가 날 것 같은 인상이었다. 지금은 약간은 동그란 눈 때문에 살짝 귀여운 인상이었다.

"거기 베이스 바르고, 마르면 매니큐어 바르고 톱코트 발라주면 되거든."

아주 간단한 듯 말하지만 붓을 든 내 손은 떨려왔다. 수전증 환자처럼. 하지만 무서운 마녀 언니야가 앞에 있으니 최대한 뻘짓하지 않게 아주 침착하게 색칠을 하기 시작했다. 내가 어릴 때 그림은 못 그려도 색칠공부는 제법 했던 여자가 아닌가.

소위 말하는 마귀할멈 같은 손톱에 베이스를 조심스레 발랐다. 여자는 심심한지 계속 수다를 떨었다.

"여기 이사 온 지 얼마나 되었어?"

"세 달 좀 넘었어요. 아 저 궁금한 거 있는데요. 저 전에 사시던 분은 왜 이사 가셨는지 아세요?"

"아, 걔? 걔 바람나서 아마 결혼한다고 나갔을걸? 들었던 거 같은데 안 친하게 지내서 잘 기억은 안 나네."

"여자분이셨어요?"

"어. 얼굴 좀 하얗고 머리 길고 눈 좀 올라가서……"

전체적인 이미지가 이 마녀와 유사할 것 같았다. 동종업계 종사자셨나.

"혹시 그분 개 키우셨어요? 집 정리할 때 보니까 웬 노란 개털이 그리도 많이 나오던지."

그 말에 여자가 키득키득 웃었다. 아마 무슨 웃기는 게 있는 모양인데 말은 해주지 않았다.

베이스가 좀 마르자, 여자가 손을 내밀었다.

"이제 매니큐어 발라."

"네, 마님."

나는 피같이 붉은 블러디 레드인지 하는 매니큐어를 열고 붓을 꺼내 침착하게 바르기 시작했다. 엄지손톱을 바른 뒤 검지를 바르기 전에 문득 생각이 나서 물었다.

"근데 여기서도 3층 개 짖는 소리 들려요?"

"무슨 개? 누가 개 키워?"

여자가 고개를 갸웃했다.

"3층 개새끼가 밤마다 어찌나 짖는지, 돌아버릴 거 같아요. 며칠 전에는 새벽 세 시에 보름인지 울부짖기까지 하더라고요. 지가 늑대인 줄 아나. 잠 좀 잘 거 같으면 그 소리에 깨고……."

갑자기 여자가 손을 빼는 바람에 매니큐어 붓이 삑사리가 날 뻔했다. 그러나 여자는 아랑곳하지 않고 미친 듯이 웃기 시작했다. 정말 웃긴지 한 손으로 배를 잡기까지 했다. 그래 여기서 나는 또 기시감을 느꼈다. 어디선가 많이 보았던 장면인데 언제 보았더라. 꿈에서였나.

한참 동안 웃고 난 여자가 눈가의 눈물을 닦아내고 물었다.

"3층에 누가 사는지 안 궁금해?"

"아뇨. 안 궁금하거든요."

나는 왜 이 여자가 웃는지 그게 슬슬 짜증이 날 뿐이었다.

"말해봐, 좀 조용히 하라고. 내가 소개해줄게."

"안 소개해줘도 되거든요."

"3층에 사는 개 궁금하지 않아?"

"그건 좀 궁금해요. 소리가 좀 많이 크더라고요. 무지 큰 개인가 봐요."

나는 독일산 셰퍼드라던가, 시베리안 허스키라던가 그런 걸 생각하고 있었다.

"그렇지, 크긴 진짜 크지."

여자는 킬킬거리며 계속 웃었고 나는 그 여자 손을 휙 잡아채어 색칠 공부를 계속했다.

매니큐어를 다 바른 뒤에 마르길 기다리면서 차를 한 모금 마셨다. 혀끝에 닿는 그 상쾌함이 몸속 깊은 곳까지 닿아 찌들어 있던 세포 하나하나를 깨우는 듯한 느낌이었다. 도대체 이 차는 뭐로 만든 걸까? 어떻게 좀 얻어갈 수는 없는 걸까?

"차 맛있네요."

"당연히 맛있어야지. 누가 만든 건데."

여자의 의기양양한 자세를 보니 고양이나 주인이나 거기서 거기구먼 싶었다.

"아즈라엘은 몇 살이에요?"

"아즈라엘, 너 몇 살이니?"

책장 높은 곳에 있는 방석에서 누워 있던 고양이가 자기 이름이 나오자 귀를 쫑긋하더니만 무시하듯이 다시 턱을 괴었다.

"쟤 나이 많아. 속지 마."

"근데 저 쟤 여자애인 줄 알았어요. 밤에 마주쳤는데 제가 '이 년아' 하니까 갑자기 휙 돌아서더니만 꼬리를 확 쳐드는 거예요. 그래서 알았죠. 남자애인 줄."

그러자 여자가 다시 배를 잡고 웃고 있었다. 나는 이제 뭐가 웃긴 건지 슬슬 궁금하기까지 했다.

내가 차를 다 마시고 톱코트까지 다 바르고 났을 때 비로소 아래층에 그대로 방치되어 있을 내 짐꾸러미들이 생각났다.

"아이구야!"

"왜?"

"저 장 본 거 문 앞에 그냥 두고 왔어요. 저 그만 가 볼게요. 차 잘 마셨어요."

허둥지둥 일어나자, 여자도 따라서 일어났다.

"어. 가끔 놀러와."

일.상 혹은. 환.상

"네."

그렇게 내려와 집에 왔는데 내 짐들은 곱게 내가 팽개쳐둔 대로 그대로 있었다. 나는 403호의 문을 슬며시 노려보다 집으로 들어갔다.

밖에 쓰레기를 버리러 내려가려는데 옆집에서 남자가 나왔다. 해가 막 지기 시작한 이 황혼이 마법의 시간대라고 하던가. 검정색 양복을 입은 남자를 바라보며 다정하게 웃었다. 마치 아는 사람인 듯이.

"안녕하세요, 쓰레기 버리러 가나 봐요."

나는 웬일인지 친절한 이 남자에게 대충 인사했다.

"출근하시나 보네요."

어인 일인지 나는 이 남자가 출근하는 중이라는 걸 알고 있었다. 왜 알고 있었는지 모르지만 남자는 이 시간에 출근해서 새벽 세 시쯤 돌아온다. 남자는 엘리베이터에서 나오자마자 주머니에서 선글라스를 꺼내 꼈다.

이미 해 거의 다 졌구만, 웬 선글라스인지. 그런데 그래서 더 나의 맨 인 블랙 설에 더 신빙성을 더하는 느낌마저 들었다. 나는 멀어져 가는 남자의 넓은 등짝을 바라보며 쓰레기봉지를 든 채로 중얼거렸다.

"수상해. 보면 볼수록 수상하단 말이야."

쓰레기를 버리고 온 뒤에는 하릴 없이 노닥거리면서 텔레비전으로 드라마를 보았다. 어차피 시간은 미친 듯이 안 가고, 낮에는 생계로 하는 일을 하나 끝낸 뒤라서 오늘 밤에 일할 필요는 없었다.

요정의 피를 이어받았다는 여주인공은 어쩐 일인지 뱀파이어에 늑대인간까지 계속 이상한 남자들이 꼬이고 있었다. 그중 내가 제일 미는 건 금발의 그 동네 보안관 뱀파이어라는 바 주인이었다.

"일단 잘생겼잖아."

듣는 사람도 없는데 나는 혼자 떠들고 있었다. 그때 누군가 벨을 눌렀다.

"누구세요?"

"나."

위층 마녀였다. 문을 열자 검은 옷으로 먼지를 쓸며 여자가 집에 들어왔다. 나는 살짝 인상을 썼지만 언니가 무서워서 찍소리도 못했다. 아즈라엘도 옆에 따라오고 있었다.

"흐음, 집 깨끗하네."

쓰윽 둘러보고는 여자가 말했다.

"뭐야? 텔레비전 보고 있었어? 넌 젊은 애가 왜 그러니? 밖에 나가서 남자라도 만나든가, 아니면 잠이라도 자든가 해."

일.상 혹은. 환.상

나는 그녀를 무시해버렸다.

"잠은 안 오고, 남자가 세상에 여자 없어요, 나 같은 걸 만나게."

그 말에 504호 언니가 혀를 끌끌 찼다.

"너 마지막으로 미용실 간 게 언제니?"

남이사 홍. 그러다 갑자기 504호가 텔레비전으로 시선을 돌렸다. 마침 내가 좋아하는 보안관 뱀파이어의 베드신이 나오고 있는 중이었다. 언니가 텔레비전에 거의 코가 닿을 듯 얼굴을 들이대었다.

"어머, 저거 뭐니? 저 남자 진짜 잘생겼네."

내가 그 말에 잽싸게 동조자를 만났으니 수다를 떨었다.

"그쵸. 저거 진짜 재밌어요. 저 3시즌까지 다 다운받아놨는데 언니도 드릴까요?"

"어, 그래줄래? 저 남자 배우 진짜 잘생겼다."

나는 마녀를 붙잡고 저 드라마를 한참 설명해주었다. 극중 마녀 설정이 조금 마음에 안 드는 눈치긴 했지만 504호 언니는 꽤 흥미가 가는 모양이었다.

"그나저나 차 한 잔 드려요?"

할머니가 손님 대접이 좋아야 복이 오는 거라고 누차 말하지 않았던가. 현관이 깨끗해야 풍수에 좋다는 둥부터 시작해서 잘 때는 북쪽에 머리 대고 자면 안 된다는 것까지 하나하나가

다 할머니 미신에 의해 결정되곤 했다.

"아니. 같이 놀러 나가자."

"어디로요?"

이 한밤중에 어딜 간단 말인가? 홍대 앞에? 오늘은 금요일도 아니어서 클럽에 사람도 없을 터였다.

"304호에. 그 개새끼 보러 가야지."

여자는 또 개새끼라고 하면서 낄낄거리고 있었다.

"꼭 이 시간에 가야 돼요?"

"어."

그러면서 마구잡이로 내 손을 잡아끌었다. 졸지에 집에서 입던 옷만 입고 그대로 끌려 내려왔다.

여자가 304호의 벨을 누르자 낮고 걸걸한 뭔가 쇳소리 같이 긁는 듯한 목소리가 들렸다.

"누구세요?"

"나, 504호."

그러자 남자가 투덜거리면서 문을 열었다.

"이 한밤중에 무슨 볼 일인데?"

나온 남자는 키가 190센티미터는 넘어 보일 법한 장신에, 상체의 근육이 레슬러처럼 울퉁불퉁했다. 그 근육의 튀어나온 핏줄까지 눈에 보일 정도였는데, 내가 그렇게 자세히 관찰할 수 있었던 것은 이 남자가 위에 아무것도 안 입고 있었기 때문이다. 게다가 어찌나 털이 많은지 정말 어린이 잡지의 '세상에 이런 일이!'에 살아 있는 예티나 츄바카로 소개될 법했다.

"누구야, 옆에는?"

"404호. 이사 왔대."

그러자 남자가 골똘히 생각하는 표정이었다.

"그러고 보니 요즘 여우 냄새가 안 나더라니. 낯선 냄새도 나고 말이야."

"인사해. 이게 당신이 말하던 개새끼야."

갑자기 여자가 나에게 그 남자를 가리키며 말했다.

"네?"

순식간에 놀라서 현관에서 엉거주춤 하는 나를 보며 마녀가 하얀 이를 드러내며 웃었다. 하얀 이…… 순간 머릿속을 스치고 지나가는 무엇이 있었다. 그러나 나는 역시 또 기억해내지 못했다.

"개새끼라니?"

순간 남자가 불끈 해서 주먹에 힘을 주자 이두박근에 힘이 팍 들어가는 게 보였다. 그대로 도망가버리고 싶었다. 아니 저 마녀 언니의 소맷자락을 붙들고 늘어지거나. 언니, 전 그냥 한 마리 가련한 현생인류인 호모 사피엔스 사피엔스예요.

"얼마 전 보름에 좀 울지 않았어? 404호가 304호 개 울부짖는 소리 같고 투덜거리더라고. 이참에 얘기 좀 잘해두라고 데리고 왔지."

그 말에 남자가 갑자기 태도를 누그러뜨리며 겸연쩍어했다.

"어, 그런 거야? 이런 좀 미안하네. 자다 깨기라도 한 거 아니지?"

사실 잠이 올똥말똥 하다 그 소리에 잠이 확 달아나버린 적은 몇 번 있었다. 그러나 나는 반쯤 벗은 키가 나보다 30센티미터 이상 큰 근육남에게 사실대로 말할 정도로 배짱이 크지는 못했다.

갑자기 그 큰 손을 내밀었다. 이게 손이라면 말이지. 손바닥까지 털이 난 걸 보고 나는 진짜 기함하는 듯했다. 어릴 때 어른에게 인사할 기회가 생기면 나는 늘 할머니 뒤에 숨는 수줍음 많은 어린애였다. 그때마다 등짝을 맞곤 했다.

"빨랑 인사 안 하고 뭐 혀!"

그 덕에 나는 인사성 바른 어른으로 자라날 수 있었다.

"아, 안녕하세요. 404호에 이사 왔습니다."

이러면서 늑대인간의 손을 잡았다. 그가 가볍게 쥐고 흔들었지만 나는 마구 출렁거렸다. 그래 덩치는 커도 좋은 사람일 거야.

이 남자의 집도 비범했는데 늑대소굴이란 말이 이런 거구나

일.상 혹은. 환.상

라는 관용어구의 충실한 재해석이었다. 일단 집에 거의 가구랄
게 없었고 대신 푹신한 융단이 거실에 꽤 넓게 깔려 있었다. 그
리고 벽걸이 텔레비전이 다였다. 의자고 뭐고 아무것도 없었다.

아즈라엘은 어느샌가 남자의 푹신한 융단 한 귀퉁이를 차지
하고 늘어져 있었다. 자주 놀러와서 꽤 익숙한 모양이었다.

나는 504호 언니가 앉자, 그 옆에 소심하게 쭈그려 앉았다. 늑
대 아저씨가 쟁반에 뭔가 차 같은 걸 담아서 갖다 주었다. 손
큰 늑대답게 유리 머그도 500밀리리터는 될 법해 보였다. 거기
에 가득 뜨거운 뭔가가 그득 담겨 있었다. 내가 미심쩍은 듯이
컵을 들고 킁킁 냄새를 맡자 마녀가 말해주었다.

"꿀술이야. 맛있어. 마셔 봐."

"꿀로도 술을 만들어요?"

"너 어릴 때 공부 좀 못했지? 어떻게 꿀술을 몰라? 북유럽 신
화 안 읽었니? 애가 좀 교양이 없어 뵈더라니."

그 말에 사실 좀 짜증이 났지만 언니가 무서워서 아무 말도
못했다. 남자와 언니는 유리잔을 호쾌하게 부딪치며 "발할라!"
를 외치고 있었다. 아우, 마녀랑 늑대인간이면 다냐. 호모 사피
엔스 사피엔스인 나는 그냥 쭈그려 앉아 그 둘이 노는 양을 지
켜보았다.

"지난번에 사바스는 재미 좀 있었어?"

그러자 여자가 시큰둥하게 답했다.

"아니. 점점 사람도 줄고 그냥 그래. 게다가 노친네들이 잔소리해서 당분간 안 나가고 좀 쉬게."

"벌이는 좀 나아졌어? 일하러 요즘 잘 안 가던데?"

그러자 여자가 신경질이 난다는 듯이 자기 앞에 있는 꿀술을 들어 그대로 원샷해버린 뒤에 긴 소맷자락으로 입술을 닦았다.

"요즘 벌이도 시원찮은 게, 아니 타로 본다는 것들이 왜 이렇게 늘어난 거야? 손금 보는 것들도 너무 많고. 야, 너도 점집 다니냐?"

언니가 벌이로 점을 치는 모양이었다. 하기야 요즘 같은 시대에 마녀가 할 수 있는 일은 드물 법했다. 과거라면 약이라도 파는데 요즘엔 다이어트 약 이외에는 만들어 팔 수 있는 것도 없을 법했다.

"아니요. 안 다니는데요."

"점 안 봐?"

놀란 듯 물었다. 하기야 그 수많은 점집 간판을 볼 때마다 늘 생각나는 건데 왜 그렇게 사람들이 점을 치러 다니는지 궁금하긴 했다. 물론 할머니도 다니시곤 했는데 어릴 때 데리고 갔던 뼈점 치는 할매가 나더러 시집을 잘 갈 거여 걱정하지 말어, 란 말을 듣고는 싹 끊으셨던 것이다.

"네. 안 보는데요."

"뭐 궁금한 거 없어? 취업운이나 연애운이나?"

일.상 혹은. 환.상

궁금한 거라면 하나 있지. 언제 제 불면증은 낫는 건가요?

"궁금한 거 하나 있어요."

"뭔데?"

"저 불면증이 있는데 어떻게 하면 치료할 수 있을까요?"

갑자기 여자가 손을 뻗더니만 내 손을 잡고 턱하고 손바닥을 벌렸다. 하얗고 가느다란 손이 내 손바닥을 뒤집어 보더니만 혀를 끌, 찼다.

"불치병이야. 그냥 포기하고 살아."

"네? 그런 게 어딨어요?"

손금으로도 내 불면증이 나온단 말인가. 믿겨지지 않았다.

"너 내 말 못 믿냐? 나 이래 봬도 손금 성적은 무지 좋았거든. 너 척 보니까 전염성 불면증이야. 보니까 집 식구들한테 감염된 거 같은데? 원래 너네 집 사람들 잠 못 자지?"

그러고 보면 할머니도 잠을 오래 못 주무셨던 것도 같다.

"불치병이야. 그냥 살아."

"저, 근데 저 여기 이사 오기 전까진 잠 잘 잤거든요."

아마 내가 잠을 자 본 적이 없었다면 그냥 이대로 살아도 되었을지도 모른다. 그러나 나는 이미 달콤한 잠의 세계를 알아 버렸다. 그 끊으려야 끊을 수 없는 즐거움도. 잠을 잘 수가 없다니, 선생님 이게 말이나 됩니까!

"그럼 어떻게 해야 잠을 잘 수 있나요?"

"그걸 내가 어떻게 알아? 불치병이라니까. 그냥 적응해."

그러고 보니 사실 잠을 안 잔 것치고는 꽤 멀쩡했다. 다만 잠을 자고 싶다는 욕구만 있을 뿐이지. 마녀가 화를 버럭 내자, 옆에서 늑대인간이 혀를 끌끌 찼다.

"마녀시라면서요, 무슨 방법 없어요?"

"돈 내! 그럼 다음 사바스 때 언니들한테 물어볼게."

마녀는 생각보다 학번이 낮은 모양이었다.

"아 저 궁금한 거 하나 있는데요. 제가 어제 새벽부터 오늘 아침까지 기억이 없거든요."

"잠이라도 잤나 보지."

마녀가 퉁명스레 답했다.

"아니, 그렇진 않고 그냥 기억이 지우개로 지운 것처럼 사라져 버렸어요."

갑자기 늑대인간이 번뜩 하고 고개를 들었다.

"어제 새벽에 403호가 복도에서 미친놈처럼 웃어댔어."

그러자 갑자기 나는 뭔가 퍼뜩 떠올랐다. 그렇다 403호는 미친놈처럼 허리를 잡고 웃었던 것이다. 왜 웃었지? 그래! 마녀 언니가 웃었던 것처럼 아랫집 개새끼 얘기를 하자 웃었던 것이다.

나는 그 아랫집 개새끼를 바라보았다. 그러자 그가 씩 웃었다. 하얗게 드러나는 튼튼한 이는 고기를 잘 뜯을 것같이 생기긴 했군이라는 생각이 들었다. 403호 이도 저렇게 하얗고 튼튼

해 보였지.

"며칠 전 보름에 울부짖으셨죠?"

"그건 나도 어쩔 수 없어서. 그리고 이 라인 사람들 대충 다 이해해주거든."

다들 이곳에 산 지 꽤 오래되어 그런지 서로 다들 잘 아는 모양이었다.

"403호 잘 아세요?"

그러자 그 둘이 얼굴을 찌푸렸다.

거의 사라져 있다시피 했던 지난 새벽의 기억이 아주 조금씩 조금씩 다시 되돌아오고 있었다. 그러면서 그 사기꾼 뱀파이어에 대한 분노도 같이.

물론 어젯밤의 기억이 산뜻하게 돌아온 나는 이제 이 불가사의하고 부조리한 세계가 너무나 당연한 듯이 천연덕스럽게 행동하고 있었다. 그러니까 현재 내 상황을 따져보자면 옆집은 뱀파이어, 아랫집에는 늑대인간, 윗집에는 마녀가 살고 있는 꼴인 셈이었다.

"걔랑 절대 놀지 마."

"네, 왜요?"

나는 이미 그와 친하게 지낼 생각을 하고 있었다. 아아, 내 달콤한 꿈을 돌려놓아 주실 꿈의 기사님으로 마음속으로 각색까지 하고 있었다.

"걔 애가 좀 이상해."

"에이, 그런 게 어딨어요."

내가 손사래를 쳤다. 아니 그분은 나에게 달콤한 잠을 선물하신 나의 구세주인데 그분께 그런!

"내가 여기 이 건물 지을 때부터 살았는데 걔 본 적 몇 번 되지도 않아. 그 놈 얘기 듣자 하니까 이 근처 종합병원 응급실에서 일한다는데 완전 사이코래."

403호 씨는 마녀와 늑대인간에게서조차 인정받은 변태 사이코인 모양이었다. 그래도 상관없었다. 죽지만 않으면 내 피 한 모금 주고 잠을 살 수 있다. 그래 나는 매혈(賣血)을 해서 잠을 사겠어. 피를 팔러 가는 '허삼관 매혈기'의 주인공 허삼관처럼 나는 주먹을 불끈 쥐었다.

"괜찮아요. 저 잠만 잘 수 있다면 무슨 짓이든 다 하겠어요."

마녀와 늑대인간이 혀를 끌끌 찼다.

"야, 걔 변태래니까. 뱀파이어가 이런 데 와서 살고 있는 거 봐. 그게 정상인가?"

그러나 이미 내 귀에는 아무것도 들어오지 않았다.

"그럼 어디에서 살아야 정상인데요?"

소위 이 초자연체들의 정상적인 삶이 어떤 건지 알 리 없는 내가 순진하게 물었다.

"애, 넌 영화도 안 보니? 아까 보니까 뱀파이어 나오는 거 침

흘리면서 보드만."

아니, 이보세요, 504호 언니. 침은 당신이 흘렸거든요. 그러나 언니가 무서워서 나는 입만 삐죽였다.

"그럼 뱀파이어는 무지 넓은 저택에 지하실에 푹신한 관 같은 거 놓고 살면서 클럽이라도 운영해야 돼요?"

"보통은 그렇지."

라고 늑대인간이 말했다. 확실히 그는 좀 이상한 데가 있긴 했다. 뱀파이어 주제에 옷 잘 못 입는다고 말하면서 얼굴 벌게 졌던 거 보면. 그러나 그는 나의 구세주, 드림 메신저.

내 얼이 빠진 황홀해하는 표정을 보면서 늑대인간이 마녀에게 한소리 했다.

"재 냅둬. 맛이 갔어. 잠 좀 자야 될 거 같네. 쯧. 그냥 둬봐. 403호가 알아서 하겠지."

그러나 상냥한 마녀 언니는 내가 걱정이 되는지 잔소리를 퍼 부었다.

"나 시체 치우는 건 싫거든. 그러니까 403호가 좀 허튼 짓 할 거 같으면 비명이라도 잘 질러 봐. 내가 바로 달려가서 그 놈팽이 낭심을 한 대 걷어차 주든가 할게."

마녀 언니의 마지막 말에 늑대 아저씨가 슬쩍 인상을 썼다.

"어차피 많이 못 빤다고 그러던데요?"

"넌 그걸 믿니? 개 꾼이야."

언니는 이제 나를 완전히 걱정하고 있었다. 보기보다 상냥한 마녀 언니였다.

"저, 이만 가볼게요."

"너 403호 찾아가려고 하지?"

그러나 나는 웃음으로 답했다. 이제 나는 403호 씨랑 친하게 지내기만 하면 잠을 잘 수 있을 터였다.

광년이처럼 칠랄레 팔랄레 자장가를 부르며 4층으로 올라왔다. 403호 앞에 선 나는 조심스레 벨을 눌렀다. 시계를 보니 새벽 세 시 정도였다. 그가 집에 들어와 있을 시간이었다.

문은 불쑥 열렸다. 갑작스레 문이 열리자 나는 사실 좀 주춤했다. 문 뒤로 오늘도 창백하고 하얀 얼굴의 그가 어둠 속에 둥둥 뜨듯 나타났다.

"안녕하세요?"

뒤늦게 할 말이 없어진 내가 인사를 하자, 그도 따라서 인사를 했다.

"안녕하세요?"

그리고 다시 침묵이 흘렀다. 그가 문에 버티고 서서 상냥한 척 사람 좋은 웃음을 짓고 있었다.

"들어가도 돼요?"

"들어와요."

마녀나 늑대인간은 바로 반말이었는데 그는 점잖게 존대하고 있었다. 나는 슬리퍼를 벗고 들어가 엉거주춤 섰다.

"일단 앉으시죠."

그가 나에게 의자를 권했다. 이 집의 인테리어도 범상치 않았다. 일단 암막 커튼으로 베란다에서부터 부엌까지 온 집 안을 둘러놓아 어떤 빛도 들어올 수 없게 완전히 차단해놓은 상태였다.

작은 거실의 한쪽 벽은 취미로 모은 건지 온갖 크기의 두개골로 장식되어 있었다. 내가 넋을 잃은 채 그걸 보자 그가 수줍은 듯이 웃었다.

"제가 두개골을 좋아해서 수집하거든요."

이보셔요, 두개골이 그냥 좋아해서 수집할 만한 거였단 말인가. 머릿속에는 마녀 언니야의 403호 뱀파이어 변태설이 떠오르면서 잠시 경보를 울리다 사라졌다. 잠이 모든 것을 우선하고 있었다.

"잠시만요."

라고 하고 그가 부엌 쪽으로 가더니 냉장고에서 뭔가 따라서 쟁반에 받쳐왔다. 크리스털 고블렛에 담겨 있는 것은 차갑고 달콤한 복숭아 주스였다. 그리고 자기 역시 크리스털 고블렛에 붉은색의 뭔가를 채워서 갖고 왔다. 끈적끈적해 보이는 검붉은 뭔가는 피처럼 진하고 끈적거리는 듯 보였다. 진짜 피일까.

내가 그 잔을 뚫어지게 바라보는 걸 보자 그가 난감한 표정을 지으며 상냥하게 답했다.

"석류즙 드실래요?"

"아, 아뇨."

석류즙이었구나. 아니 에스트로겐이 많다는 그 석류를 이 남자는 왜 먹는대? 그것도 뱀파이어가 되어서.

아무튼 뭔가 말을 꺼내서 나를 물게 만들어야 하는데 남자는 별 관심 없다는 듯이 그저 멀뚱멀뚱 나를 바라보았다. 결국 못 참고 내가 말을 꺼내고야 말았다.

"제발, 저 좀 물어 주세요!"

그 말에 남자가 난감한 표정을 지었다.

"어떻게 기억이 난 거죠?"

"그러니까 저 윗집 언니랑 아랫집 아저씨랑 얘기하다가 생각났어요."

"그러니까 504호 점쟁이랑 304호 개새끼가 알려줬다는 거죠?"

남자는 그 깔끔한 외모로 어울리지 않게 걸걸한 욕을 해대기 시작했다.

"점쟁이면 점이나 칠 일이지 왜 남의 먹이사에 끼어들어! 아랫집 개새끼는 내가 언젠가 한번 목을 졸라주든가 해야지 이거 안 되겠네."

특히 아랫집 개새끼에 악센트가 들어간 거 보니 정말 뱀파이

일.상 혹은. 환.상

어와 늑대인간은 사이가 나쁜 모양이었다.

"알려준 건 아닌데요."

"그럼?"

"그냥 기억이 나버렸어요."

그가 혀를 끌끌 찼다.

"불면증이 있어 그런가 중간에서 호르몬이 제대로 말을 안 들었구먼."

혼잣말로 내가 궁금해하던 것까지 그가 알아서 유추해내 버렸다.

"어제 설명해줄 때는 내가 잊어버릴 거라는 말은 안 했잖아요."

"그거야 우리 종족 비밀인데 쉽게 알려줄 수 있는 건 아니지 않습니까."

그가 당연하다는 듯이 말했다. 갑자기 그의 표정이 미묘하게 바뀌었다. 수줍은 듯 상냥해 보였던 표정은 간데없고 세상 다 산 듯한 시큰둥한 표정이었다. 그는 내가 자기를 기억한 게 무척 기분이 나쁜 모양이었다. 그러나 그건 내가 상관할 바가 아니었다.

"그래도 푹 잤는데 어떻게 잤는지 기억이 안 나서 내가 외계인에게 납치라도 당했다 돌아왔는지, 맨 인 블랙이라도 왔다갔는지 고민했단 말이에요."

326   327

그러자 그가 씩, 스케일링이 아주 잘된 훌륭한 이를 드러내어 웃었다. 어쩐지 이가 새하얀 게 너무 관리가 잘되었다 했어. 왠지 치과에 가면 치약 광고 모델로 쓸 법했다.

"저 다시 물어 주실 수 없나요?"

간절하게 말을 꺼내보았다.

"저 원래 입이 짧아서 한 번 먹은 거 두 번 잘 못 먹는데."

처음 대답은 존대로 했지만 뒷말은 짧았다. 마녀와 늑대인간이 입을 모아 변태라고 조심하라고 했던 것만 머릿속에 떠돌았지만, 그 새침한 대답에 순간 머리뚜껑이 열려버릴 뻔했다. 그러나 다행히도 이성이 잘 다독여서 폭발하기 전에 간신히 도로 닫을 수 있었다.

"엄마가 편식하지 말라고 안 가르쳐줬어요?"

"아뇨. 가르쳐주셨죠. 지금도 계속 잔소리 하시는데요."

주민등록증에 잉크 말랐으면 편식은 좀 대충 분위기 봐가면서 해야 할 거 아냐! 라고 말해주고 싶은 걸 꾹 참았다. 내 잠은 그의 손에 달린 거였으니 그의 기분을 맞춰줄 머리는 있었던 것이다.

"그런데 왜 편식해요. 어른이면 어른답게 편식하지 말고 가리지 말고 잘 먹어야 될 거 아니에요."

"그래도 한 번 먹은 거 두 번 먹기 싫은데. 매일 같은 거 먹으면 질린단 말이에요."

일.상 혹은. 환.상

남자가 계속 불평을 늘어놓으려 했고 성격 급한 나는 그대로 내 손목을 그의 코앞까지 들이밀었다.

"물어, 물어, 물란 말이야!"

그러나 남자는 멀뚱멀뚱 바라보고 물려 하지 않았다. 슬쩍 짜증이 나는지 험악하게 인상까지 썼다. 그러나 나는 하나도 무섭지 않았다.

"내가 아래층 똥강아지인 줄 알아요? 물라고 하면 물게."

그가 기분이 나쁜지 하얀 송곳니를 드러내고 으르렁거리기라도 하듯 틱틱거렸다.

"그럼 어떻게 하면 물어 줄 건데요?"

그가 고개를 갸웃했다. 뭔가 생각을 해보면서 머리를 굴리려는 모양이었다. 이미 오래 전에 머리 굴리기를 포기한 나는 그냥 내 운명을 이 남자 손에 맡겨보기로 했다. 사실 아니다 싶으면 잽싸게 발을 뺄 생각이었다.

"정말 물어도 돼요?"

미심쩍은 듯이 확인을 하는 이 남자의 소심함이 짜증이 났다.

"물라니까요, 제발. 나 잠 좀 자게 해줘요."

버럭 소리쳤다. 난 원래 자존심 없는 여자이다.

"자게 해주면 뭐 줄 건데요?"

순간 다시 머리뚜껑이 열리려 했다. 이보셔, 사람이 그러는 거 아니지. 서로 상부상조하면서 살아야지, 각박하게 꼭 그렇게 굴어야겠어? 물론 아무 말도 못 했다.

"피 마실 거잖아요. 그리고 우리 이웃사촌 아니에요. 이웃사촌이면 서로 좀 친하게 지내야죠."

어차피 나 매혈해서 자려는 여자야, 두려울 게 뭐가 있단 말인가. 아니 그전에 내 모럴은 어디 있냐는 둥 헛소리를 하려거든 당신도 세 달 동안 잠 못 자 봐. 나처럼 되지. 내 자신 있게 말하는데 사람에게 가장 중요한 건 성욕도 식욕도 아닌 수면욕이야!

"그건 자본주의 논리에 맞지 않는데요."

남자가 시큰둥하게 손톱으로 귀를 후비면서 말했다.

"네, 뭐라고요?"

이 뱀파이어가 나에게 자본주의 같은 단어를 꺼냈다. 뱀파이어면 뱀파이어답게 먹이 앞에서 체면을 지키란 말이다, 이 썩을 뱀파이어 놈아. 물론 마음속으로만 욕했다.

"지금 내 욕했죠?"

근데 이 귀신같은 놈이 내 마음까지 읽는 모양이었다.

"안 했는데요."

급 찔린 나는 정색을 하며 손사래까지 쳤다.

"했는데, 뭐. 표정 보면 다 나와."

나는 오리발을 내밀기로 했다.

일.상 혹은. 환.상

"안 했다니까요."

내가 짜증을 버럭 내며 화제를 바꿔버렸다. 설마 저 뱀파이
어 놈이 아니 뱀파이어 님께서 내 마음을 완전히 읽으시는 건
아니시겠지라.

"왜 자본주의 논리에 맞지 않는다는 건데요?"

마음이 급해진 내가 들이댔다.

"아니, 저는 403호 씨가 원하는 걸 갖고 있어요. 그렇죠? 근데
403호 씨와 서로 물건을 교환할 때 내 물건이 403호 씨가 갖고
있는 것보다 더 좋으면 이거 등가교환이 안 되잖아요. 안 그래
요?"

그가 바보 같은 학생에게 친절하게 설명해주는 선생님이라
도 된 양 아주 상냥한 척 설명해주면서 내 속을 벅벅 긁어왔다.
뭐라고, 이 써글놈아! 등가교환?

"그래서요? 뭐가 더 필요한데요? 돈이면 돼? 얼마면 되는데?"

이미 눈이 휙까닥 뒤집힌 나는 입에서 나오는 대로 내뱉었다.

"뭐 그래도 이웃사촌끼리 잘 지내야죠. 일단은 물어 드리는
걸로 하지요. 근데 조건이 있어요."

이 남자 말을 하면 할수록 성격 나쁜 게 점점 드러나고 있었
다. 그래서 또 뭔데? 소리라도 버럭 지르고 싶은 걸 억지로 꾹
꾹 눌렀다.

"내가 원하면 그 집에 들어갈 수 있게 해줘요."

"도어 록 비번은 3912……."

"그건 이미 아는 거고. 나한테 집에 들어오라고 정식으로 초대해줘요."

이 새끼, 언제 우리 집 비번까지 알아낸 거야? 그나저나 진짜 뱀파이어는 뱀파이어인 모양이었다. 초대하지 않으면 절대 들어올 수 없는. 내가 그동안 뱀파이어물 좀 보았지.

"그래요. 그래. 까짓것 그래 우리 집도 당신 집 해요. 계속 잘 들어오십쇼."

남자가 웃자 짧다고 생각했던 송곳니가 꽤 길게 뻗어 나오는 게 보였다. 지난밤엔 별로 길어 보이지 않았는데, 그때는 적당히 감추었던가 보다. 이 사기꾼 뱀파이어 놈 님 같으니라고!

그렇다 그는 뱀파이어.

나를 잠재워줄 드림 나이트(DREAM KNIGHT).

내가 다시 손목을 들이대자 그가 좀 주춤했다.

"아니, 저기 식사하기 전에 예절이란 게 있는데 무턱대고 들이대면 바로 깨무는 건 좀 그렇지 않아요?"

당신이 낭랑 18세야, 내외하게 라고 말하고 싶은 마음이 있었지만 일단은 참았다. 수틀려서 안 문다고 하면 나는 또 오늘 밤도 새하얗게 새우겠지. 불치병이라는데 평생 잠 못 자겠지.

"씻고 올까요?"

내가 다시 황급히 물었다.

일.상 혹은. 환.상

"아니, 그건 괜찮은데 좀 분위기는 내보죠."

"네?"

남자 입에서 나온 예상 밖의 단어에 나는 그만 놀란 기색을 내비춰 보이고 말았다. 이거에 또 이 섬세한 뱀파이어 양반께선 심기를 좀 상하신 모양이셨다.

"영화에서 뱀파이어가 그냥 처음부터 무는 거 봤어요? 물 만한 분위기를 조성해야 물 마음이라도 생기지. 사람도 밥 먹기 전에 기도라도 하던가 하잖아요."

지금 그러니까 나이 서른은 넘어 보이는 남자가 — 실제 추정 나이는 전혀 모르지만 더 많을 걸로 짐작된다 — 분위기를 찾고 앉아 있는 웃기는 상황인 거네.

헛하고 비웃지 않으려 갖은 애를 다 썼다. 그런데 내 표정을 읽었는지 그의 표정은 더욱 험악해졌다. 그래도 다행히 마음은 바꾸지 않은 모양이었다. 대신 미묘하게 다른 표정을 지었다.

"그리고 똑같은 데 물면 재미없잖아요. 똑같은 피 빠는 것도 지겨운데 무는 자리라도 좀 바꿔보든가 해야지."

혼자 불평을 늘어놓더니만 크고 하얀 손마디가 긴 아름다운 손이 뼈만 남은 내 어깨를 살짝 잡았다. 내가 놀라 주춤했지만, 그의 긴 손이 흘러내려온 산발이 된 긴 머리카락을 옆으로 슬쩍 넘기까지 했다.

사실 목을 물 거라곤 생각 못 했기 때문에 조금 당황했다. 체온이 낮은 누군가의 손가락의 냉기가 옷을 뚫고 내 살갗까지 닿았다.

그리고 지난밤의 그것은 단순한 전조였을 뿐이었다.

내 어깨를 틀어쥔 남자의 악력은 의외로 셌다. 마른 체구여서 아랫집 늑대인간처럼 힘이 좋아 보이진 않았는데. 그리고 그는 내 목을 뚫어져라 보면서 물 곳을 찾는 듯했다.

그가 엄지손가락으로 내 아랫입술을 건드렸다. 내가 움찔하며 살짝 뒤로 물러나려 했지만 그럴 수가 없었다. 적재적소의 곳을 찾았는지, 남자가 고개를 천천히 숙여왔기 때문이다.

그는 방금 전에 그의 손가락으로 만졌던 내 입술을 목표로 하고 있었다. 살짝 열에 들뜬 입술에 서늘하게 닿은 403호의 입술이 달콤한 연인인 듯 아랫입술을 부드럽게 빨아왔다. 그러나 조심스레 접근했던 입술은 순식간에 다시 내 입술을 가르며 침입했다.

차가운 물의 송어처럼 체온이 다른 사람의 살이 나의 입 안을 자유로이 유영하고 있었다.

곧 깊숙이 파고든 그의 혀가 나의 혀를 휘감고 희롱하기 시작했다. 나는 왠지 그가 얄미워져서 살짝 그의 혀를 물었다. 그러자 파닥거리는 생선이라도 되는 듯이 순식간에 온 입 안을 헤집기 시작했다. 갑작스레 숨쉬기 곤란할 정도의 강렬한 움직임에 흠칫 놀랐지만 이미 어깨가 잡혀서 움직일 수가 없었다.

일.상 혹은. 환.상

아니, 지금 일단은 어떻게든 이 남자가 자기를 물게 만들어야 하니 물고 싶은 마음을 만들어주는 게 좋겠지라고 나는 심지어 자기를 설득하려 하는 중이었다. 헐떡거리는 와중에 이런 생각을 하고 있었다.

그리고 점점 그의 혀는 내 체온에 맞추어서 점점 따뜻해지고 있었다. 그렇게 행위가 농밀해지면 질수록 그 따뜻한 숨결이 입술뿐만 아니라 온몸으로 번져나갔다.

그가 잠시 내가 숨을 쉴 수 있게 입을 떼었을 때 나는 투덜거렸다.

"그래서 언제 물어 줄 건데요?"

헐떡거리며 불평하는 내게 그가 답했다.

"난 맛있는 건 가장 마지막에 먹거든요."

이런 아뿔싸. 왜 마녀 언니가 그렇게 말렸는지 그 남자 나쁘다고 말했는지 완전히 이해할 수 있었다. 걸려들었구나. 나는 내 어리석음을 탓했다. 그가 내 입에 대고 후후 웃는 게 느껴졌지만 나는 눈을 감고 있었기 때문에 알 수 없었다.

곧 차가운 숨결이 내 목을 간질이고 목에 차가운 뭔가가 닿는다. 목에서 느껴지는 차가운 낯선 사람의 숨. 뱀파이어도 살아 있나 보다, 숨을 쉬는 것을 보니. 그러고 난 뒤 내 목에 살짝 박히는 따끔한 느낌. 송곳니를 박아 넣었나 보다.

송곳니가 들어오는 아릿한 통증이 느껴지면서 낯선 이방인의 입술이 내 목을 빨기 시작했다.

이번에는 잠과는 다른 뭔가가 같이 오고 있었다. 몽롱함과 더불어.

뭔가 속은 것 같은 기분도 들었고 마녀 언니와 늑대 아저씨가 조심하라고 말했던 이유를 아주 조금은 알 것 같았다. 뭐야, 이 사기꾼, 이러면서도 나는 잠이 비실비실 찾아온다는 게 너무 좋아서 슬머시 웃었다.

그 와중에도 그는 내 목을 핥고 있었다.

그래 너는 핥아라, 나는 자마.

그는 입 짧은 뱀파이어, 나는 불치병 불면증 환자. 우리는 사이좋은 이웃사촌.

옆집 사는 사람과 인사하셨나요? 옆집에서 키우는 보름달마다 울부짖는 개가 사실은 워울프일지, 아니면 볕 좋은 날마다 깃털이불을 빗자루로 터는 옆집 아줌마가 마녀일지, 모르는 거잖아요.

fin.

일.상 혹은. 환.상